잘가거라 용생,

어서와라 인생

GOOD BYE,
DRAGON LIFE.

나가시마 히로아키
HIROAKI NAGASHIMA

8

목차

엔테
위그드라실

엔테의 숲의
세계수 위그드라실이
사람의 형태로
현현한 모습.

올리비에

엔테의 숲의 중진이자
마법 학원의 학원장을
맡고 있다.
하이 엘프.

류류시

세계수의 목소리를 듣는
무녀 공주 중 한 사람.
가녀린 엘프 미녀.

디아드라

요염한 흑장미 정령.
세계수 축제를 앞두고
갑작스럽게 무녀 공주로
선발됐다.

가반

세계수를
자기 소유물로 만들고자 하는
악마의 왕자.

드란

최강의 용이 전생한 모습.
고향 마을을 떠나
가로아 마법 학원에 입학했다.
육체는 인간이나 용종의 힘을
간직하고 있다.

세리나

반인반사의 미소녀 라미아.
드란과 사역마 계약을 맺고
마법 학원에 동행한다.

주요
등장인물
MAIN CHARACTERS

서장 악마의 속삭임

　이 세계는 선한 신들이 거주하는 천계, 악한 신들이 거주하는 마계, 사후의 혼이 향하는 명계, 진실된 용종이 거주하는 용계, 그리고 신들의 피조물이 거주하는 지상 세계 따위로 나뉘어 있다.

　그중 하나, 파괴와 망각을 관장하는 대사신 카라비스가 거점을 둔 대마계의 한 구획— 광대한 회색 대지에 썩은 거목이 미처 헤아리지 못할 만큼 꺾여 포개져 있는 장소에서, 두 개의 세력이 치열한 전투를 펼치고 있었다.

　자신의 지배 영역을 넓히고 패배자에게서 모든 것을 약탈하는 데 열심인 사신(邪神)들 사이에서는, 같은 마계의 주민끼리 벌이는 분쟁도 드물지는 않다.

　이러한 분쟁이 일상적으로 되풀이되고 있음을 감안하면 천계의 주민들과 맞붙는 전쟁보다도 마계의 주민들끼리 벌이는 전쟁이 오히려 더욱 많을 것이다.

　회색 대지에 진치고 서 있는 측은 도마뱀 및 용종과 닮도록 만든 괴물들이 눈에 띄고, 무수히 많은 별이 빛나는 극채색의 하늘 저편에서 다가드는 침략자들은 어떠한 비생물의 특징을 갖춘 인간형이 많았다.

　쌍방을 더하여 백만, 천만에 달할 지경의 이 대군세는 진정한 악마 내지는 사신의 권속이다. 양쪽 다 본래의 힘을 지닌 채 지상에 현현하면 우주 규모의 파멸을 초래할 수 있는 고차원의 괴물들이었다.

양군의 사이에서는 인간이라면 차마 보유할 수 없는 막대한 양의 마력을 동원하는 공방이 거듭 펼쳐졌다. 여기에는 비처럼 쏟아지는 마력의 포탄과 광선, 1만 색채를 띤 불꽃과 바람, 벼락 그리고 물줄기 같은 삼라만상뿐 아니라 시간의 정지 및 가속, 운명의 개변 등 신의 영역이라 일컬어지는 수단마저 포함되어 있다.

순식간에 서로의 숫자를 서로 줄이는 사악한 군세들. 그런 와중에 회색 대지를 수호하는 측에 움직임이 나타났다.

이제껏 전장에 들어차 있던 변변찮은 괴물들과 비교도 되지 않는 강대한 힘의 소유주가 일어나서 세로로 오므라지는 노란 눈동자를 머리 위쪽에 있는 침략자들에게 힘껏 부라린다.

그것은 강인한 사지, 예민한 감각 기관, 단지 살아 있기만 해도 발생하는 방대한 마력까지 겸비하는 강력한 종족, 「용(竜)」— 그 신체에서 발산되는 사악하기 짝이 없는 기운과 눈동자에 깃든 잔인한 빛을 보건대 진짜 용종을 사신들이 흉내 내서 만들어 낸 「위룡(偽竜)」이리라.

"쿠우으르오오!"

기다란 목을 쳐든 위룡이 목구멍 깊은 곳에서 금속을 맞대어 문지르는 듯 날카로운 울음소리를 쏟아 내자 거기에 노출된 침략자들이 잇따라 터져 나갔다.

악의를 담은 울음소리를 고작 한 차례 내질렀을 뿐인데 무수히 많은 악마들을 거뜬히 몰살시켰다. 이 위룡의 영격(靈格)이 신들에게 필적함은 틀림없었다.

그 성과에 흥분한 위룡의 부하들이 키에, 키에, 키에, 추잡한 울음소리로 아첨하며 자기 주인의 강대한 힘을 상찬한다.

"캬캬캬, 니드호그의 일족에 이름을 올린 나 니드헬의 영토에 허락도 없이 걸음을 들여놓았겠다, 어디에서 온 천둥벌거숭이더냐? 악마 놈들아."

니드헬이라고 이름을 외친 위룡의 시선 저편에는 새롭게 불러들인 수만의 악마들을 거느린 채 일단 멈춰서 절대적인 힘을 표출하는 파격의 악마가 셋 있었다.

그들 중심인물은 황금색 머리카락에 검붉은 네 개의 뿔이 솟아난 세련된 청년.

상급 악마일지라도 일축할 힘을 지니고 있는 니드헬마저 저 청년에게는 한껏 경계하는 의식을 가져야 했다.

청년의 좌우를 지키고 있는 인물은 집사 차림에 단정한 용모의 악마와 이마에 제3의 눈을 지닌 요염한 여악마. 둘 모두 악마왕에 다음가는 힘을 보유함으로써 악마공의 위상에 오른 강력한 개체였다.

틀림없이 언젠가 악마왕의 계보를 잇게 될 청년이 우아한 미소를 지어 보인 채 니드헬을 향하여 허공으로 한 걸음 내디뎠다.

니드헬과 청년의 사이에서 보이지 않는 힘의 충돌이 발생함에 따라 무시무시한 난기류와도 닮은 보이지 않는 역장이 주위 잡병들을 무차별로 분쇄했다.

니드헬을 추종하는 괴물들도 청년이 거느리고 온 악마들도 고작 서로의 주인이 벌인 기 싸움의 여파 때문에 고통의 목소리를 흘릴

틈조차 없이 혼이 깨져 나간다.

다만 니드헬도 청년도 저런 부하들에게는 의식을 티끌만큼도 할애하지 않았다. 이 정도의 기 싸움조차 견디지 못하는 허약한 부하 따위에 가치는 없을 테니까.

청년은 우아한 분위기를 유지한 채 지배자의 오만함과 절대 강자의 냉혹함이 뒤섞인 목소리로 니드헬에게 말을 건넸다.

"세계수의 세 번째 뿌리를 삼킨 악룡의 말예여. 귀하의 호젓한 잠을 방해하는 행동이었음은 사죄하지. 그러나 내가 이렇듯 걸음을 옮긴 이유는 서로에게 두루 이익이 되는 이야기를 하기 위함이다."

"캬캇, 용인 나와 악마인 그대에게 이익이라니. 마계의 나무와 꽃으로는 만족을 못 하고 지상의 식물까지 탐낸다 들었거늘. 필시 지상에 있는 많은 천치들을 속여서 바라는 것을 얻어왔을 터이다. 악마다운 방식으로 말이지……."

니드헬의, 용의 입꼬리가 히죽 비뚤어졌다.

"수많은 위룡 및 악마 가운데 어째서 나를 선택했는가 짐작은 족히 된다만, 지상 세계로 나갈 길은 가공스러운 시원(始原)의 일곱 용들과 천상의 신에게 막힌 지 오래일지니. 그 길을 이쪽에서 억지로 비틀어 여는 것은 한 가지 예외를 제외하면 어떠한 사신도 악마도 불가능하지. 그럼 묻겠다, 우리들 또한 초월자라 부르는 존재들이 펼쳐 놓은 봉인을 깰 방법이 그대에게는 있단 말인가?"

서로의 부하들을 무수히 죽고 죽이는 전투를 막 펼쳤음에도 불구하고 두 세력의 우두머리인 니드헬이든 청년이든 전혀 원한이 느껴지지 않는 말투다.

마계에서는 이것이 특별히 드문 냉혹함의 발로가 아니었다. 자기 자신을 받들고 따르는 자의 신변을 염려해주는 주군이 오히려 더욱 진기하리라.

"물론이지. 가증스러운 천상의 신과 용종들이 손써서 펼쳐 둔 결계. 그것을 단 한 번뿐이나마 통과할 수 있는 방법에 대해 대화를 나누고 싶군."

청년은 겉보기에 친애로 가득 찬 완벽한 미소를 지은 채 악룡의 말예에게 속삭였다. 그야말로 악마의 속삭임이었다.

그리고 이 말을 들은 악룡은 다시 귓속을 뒤흔드는 웃음소리를 터뜨렸다. 확실히 이익이 될 제안이라고 인정했기 때문에 나온 반응이었다.

"캬캬캬캬캬, 다시 또 지상의 천치들을 꾀어내었는가! 자기 의사로 타락하도록 부추기기를 선호하는 네 녀석답게 번거로운 방식이로구나. 괜찮군. 내가 지배하는 땅에 그대들이 지저분한 걸음을 들여놓았던 무례는 잠시 잊도록 하마. 그러나 명심하거라, 애송이. 네 녀석의 제안이 귀를 기울이기에 합당하지 않거든 나의 어금니가 네 심장에 박힐 것이다."

니드헬이 내뱉은 도발의 말과 진실된 살의에 맞받아서 청년의 좌우를 지키고 있던 악마들이 살짝 노여움을 드러냈지만, 청년은 가볍게 시선을 보냄으로써 제지했다.

이런 정도의 수작에 일일이 반응했다가는 대놓고 그들을 얕잡아 보는 악룡과의 교섭은 지지부진한 진행이 되지 않을 것이다.

"그 부분은 나 또한 마찬가지라네. 악룡의 말예여, 귀하의 힘이 유용하다 판단했기에 교섭에 임했을 따름이지. 귀하에게 충분한 가치가 없다 판명된다면 나에게 저질렀던 갖은 무례의 대가 삼아서 네 녀석을 갈기갈기 찢어주겠다."

"흐흥, 이만한 기개는 가져야 일을 도모할 수 있을 테지. 자, 상세하게 설명을 들려다오, 악마의 왕자여."

†

어디인지 알 수도 없는 푸른 하늘. 그곳을 흘러가는 구름의 바다 안, 태양의 빛에 축복받아서 떠오른 거대한 물체가 있었다.

회전하는 거대한 원환의 내측에 산이 우뚝 솟았고, 초록색 옷과 푸른 호수, 아울러 광대한 성과 호화로운 저택을 잔뜩 보유하고 있는 하늘을 나는 성채이다.

어떠한 마법의 작용인가, 아니면 과학의 힘에 의한 현상인가. 터무니없는 질량이 유유하게 구름바다의 안쪽에 멈춰 서 있다. 이렇듯 장대한 천공의 성의 주인은 아득히 먼 마계에서 걸음을 들인 손님을 맞이하고 있었다.

호수 부근에 건설된 남청색의 대리석 정자에서 주인과 손님들의 모습이 보였다.

이곳 천공성을 방문한 손님은 대마계에서 니드헬과 교섭을 거듭했던 예의 왕족이라고 짐작되는 악마와 호위를 맡은 악마공 둘이었다.

이 장소가 지상 세계에 속한 이상은 세 개체 모두 본래의 힘을 자기 뜻대로 발휘할 수 없는 처지지만, 그렇다 해도 저들이 작정한다면 지상에서 지옥 같은 광경을 만들어 내기는 몹시 수월할 것이다.

상아 세공 의자에 앉은 청년의 좌우를 지키고 있는 두 호위 악마는 자신들의 주인과 맞은편에 앉은 인간을 주시했다.

이것은 지극히 예외 사례에 해당한다. 아무리 소환주일지라도 고작 인간 따위에게 악마공이 경계에 가까운 의식을 품을 줄이야.

그런 분위기를 뻔히 알면서 천공성의 주인은 약간의 동요나 공포를 내비치지도 않고 미소를 지은 채 스스로 소환했던 악마를 향해 입을 열었다.

"어떠십니까? 옛 시절 신들께서 베풀어준 천상의 술이 약간이나마 남아 있어서 말입니다. 그것을 어떻게든 재현할 순 없을까, 고심한 끝에 만든 물건입니다. 신의 술 가운데 대표격이라는 소마라고 부르기에는 다소 부족한 감도 있겠습니다만, 진정한 악마 되시는 귀하의 입에 맞는다면 다행이겠습니다."

천공성 성주의 목소리는 남자인지도 여자인지도 판별이 되지 않는 아름다운 방울 소리를 연상케 했다.

폭포처럼 흘러내리는 검은 장발을 등에 늘어뜨린 채 무수히 많은 다이아몬드를 꿰어서 박은 숄과 백합의 꽃잎을 연상케 하는 디자인의 드레스를 차려입었고— 목소리와 똑같이 남자로도 여자로도 보이는 불가사의한 인간이다.

일찍이 드란과 일행들이 천공 도시 슬라니아에서 조우했던 자글스의 스승이자 잔학무도한 마도 결사 오버 진의 총사.

대마도라는 칭호에 더하여 인류 최강의 마법사로 두려움을 사는 초인종, 바스트렐이었다.

초인종의 최고위에 위치하는 인물답게 영격, 신체 능력, 마력, 지력은 인간의 틀을 뛰어넘은 데다가 무엇보다 이자의 미모는 눈앞에 있는 악마들의 마음마저 뒤흔드는 영역에 다다랐다.

요염하다는 말을 현실에 구현하는 미소를 짓는 바스트렐과 마주하면서 악마 청년은 소마 모조품 술을 단숨에 들이켠 뒤 군왕의 풍격을 내비치는 여유 가득한 미소로 받아쳤다.

"합격점은 줄 수 있겠군. 지상에서 이런 수준의 주류를 양조했다는데 비하할 순 없는 노릇이지. 그렇다 한들 나의 소환자이자 계약자여, 번거로운 환대는 필요 없다네."

청년이 집게손가락을 가볍게 튕기자 내용물을 비운 유리잔은 순식간에 무수한 입자가 되어 바스러졌다.

바스트렐은 청년의 눈 깊숙한 곳에 악마다운 교활함과 잔혹한 빛이 슬금슬금 떠오르는 것을 인식했지만, 그럼에도 미소를 허물어뜨리지 않았다.

주인의 시선과 마주 대하고도 끝내 동요하지 않는 자세의 의미를 알고 있었던지라 호위를 맡은 악마들은 바스트렐에 대한 경계를 한층 더 강화했다.

옛적에 신이 추구했던 완전한 존재, 「사람」은 아닐지언정 눈앞의 과하도록 아름다운 인간이 한없이 그에 가까운 존재라는 사실은 악마들의 입장에서도 무시할 수 있는 요소가 아니었다.

"이런, 실례를 저질렀군요. 마계의 벗과 우호를 깊이 다지겠다

는 마음에 몰두하고 말았습니다. 아무쪼록 용서해 주시길, 가반 전하."

바스트렐은 청년의 이름을 입에 담고는 은근히 무례하다고도 받아들일 만큼 과하게 공손한 태도로 사죄의 뜻을 전달했다.

대마도의 칭호를 받은 이 남자라면 가반과 계약을 맺은 동안에 허를 찔려서 죽어 나가는 얼간이 같은 실수는 않을 터이나, 그럼에도 아득히 격이 높은 악마 왕족이 상대인 만큼 과감하기 그지없는 태도라고 말할 수밖에 없겠다.

"아무튼 가반 전하, 악한 용 니드호그를 시조로 둔 그자와 가진 교섭은 어떠셨습니까?"

"니드헬 말인가……. 네놈이 굳이 물어볼 사안도 아니다. 세계수의 뿌리를 삼키는 등 우습고도 어리석은 짓을 저지른 니드호그 종의 일원답게 머리 회전이 영 나쁜 용이었다. 계약자여, 네놈이야말로 계획에 미진한 부분은 없을 터이지? 우리가 준비를 만전하게 갖춘다 한들 네놈의 실수 때문에 모든 계산이 파탄될 수도 있단 말이다."

그렇게 됐을 때 가반은 일말의 자비도 관용도 없이 바스트렐의 육체를 억천만 조각조각 찢어발겨서 혼에 영겁의 고통을 가져다줄 것이다.

시선 하나, 기세 하나로 혼을 부서뜨리는 악마가 앞에 있는데도 바스트렐은 결코 여유를 잃지 않았다.

"아무쪼록 안심하시길. 그들은 숲 전체에 공간 고정과 공간 차단의 결계를 펼쳐 놓았습니다만, 그것 가지고는 부족합니다. 저희가 준비해 둔 차원의 벽을 관통하는 구멍은 별들의 배치를 포함하는 술식에 근거하지요. 니드헬과 가반 전하께서 힘을 더해주신다면 본인의 의사로 족히 이쪽에 넘어올 수 있습니다. 앞서 마도병들을 엔테의 숲에 소환함으로써 마계에서 목표 지점에 다다르는 길을 이어 붙이는 데 성공했던 사례가 있지요. 따라서 지난날의 궤적을 더듬어 가며 제가 약간의 힘을 보탠다면 바라는 때에 바라는 장소로 나설 수 있으실 것입니다."

"그럼 되었다. 그럼으로써 네놈과 나의 사이에 체결된 계약은 완수되는 셈이니까."

"그다음 일은 아무쪼록 원하는 대로 진행해주십시오. 계약이 만료되면 저와 전하의 관계도 끝을 맞이할 테니. 으음……. 다만, 한 차례는 인연을 맺은 사이잖습니까. 만약 니드헬이 탐탁지 않아 처분하기로 마음먹으신다면 연락 주십시오. 다행히 제 수중에는 용을 상대할 때도 유용한 물품이 있사온지라."

가반은 니드헬보다 먼저 바스트렐의 목숨을 거둬야 할까 등 위협을 겸한 발언으로 받아치고자 했다. 그렇지만 그런 심보도 바스트렐이 허공에서 불러낸 한 자루의 장검을 목격할 때까지만 유지될 수 있었다.

"네놈, 그 검은……!"

가반의 눈에 보이는 것은 터무니없이 강력한 용 멸살의 인자를 보유하고 있는 검. 용제이나 용황을 죽일지라도 이토록 강력하고 죄과가 깊은 인자가 깃들 순 없을 것이다.

일단 예외가 없이, 용계에 거주하는 고위 용종을 처단한 것이 아니라면 이렇게까지 강력한 용을 멸살하는 검이 되지는 못한다.

이 검을 손에 든다면 지상의 존재일지라도 니드헬에게 큰 우위성을 확보할 수 있을 것이다. 바스트렐의 자신에 찬 발언도 제법 납득이 갔다.

"여러 기연이 겹쳐 제 손에 들어온 검입니다. 본래는 지상 세계에 존재할 수 없는 신기급의 물품이지요. 이 검이라면 귀하께도 도움이 될 겁니다. 어떻습니까?"

"흐흠……. 네놈의 오만 방자한 태도도 이유를 잘 알겠구나. 감히 대마도라 불리고 있는 인간이여, 자기 그릇에 감당이 되지 않는 힘을 얻어서 우쭐거리는 듯싶군. 과도한 힘은 언젠가 자기 자신에게 재앙이 되어 내리 떨어질 것이다. 우리가 바로 비슷한 방법을 써서 인간을 함락시켜온 터라 잘 알지."

"후후, 무섭군요, 무서워요. 악마왕의 자제 되시는 전하께서 이런 발언까지 하시는 데야 왜소한 인간에 지나지 않는 저로서는 공포에 몸이 오그라드는 기분입니다."

"뻔뻔한 말을 유들유들하게……. 이렇듯 내게 주둥이를 놀린 인물은 1만 년 이상의 시간을 살았던 신선 늙은이 이후 처음이군."

"오호, 저 말고도 목숨 아까운 줄 모르는 자가 있었군요. 감히 여쭙겠습니다만 그 신선께서는 어떤 말로를 맞이하셨답니까?"

"머리뼈를 갈라 뇌수를 휘젓다가 혼을 잡아먹어주었다."

"어이쿠, 무섭군요."

전혀 두려워하지 않고 즐거움이 묻은 말투로 바스트렐은 한마디 중얼거렸다.

제1장 베른 마을로 가는 길

나— 드란은 가로아 마법 학원의 여름휴가를 이용해서 라미아 소녀 세리나와 함께 고향 베른 마을로 돌아왔다.

그나저나, 나는 학원에서 「목욕탕 주인 드란」이라는 별칭을 받아들게 되었더랬지. 모처럼 고향에 돌아온 만큼 별칭에 부끄럽지 않은 성과를 남기고 싶다.

즉 베른 마을에 목욕탕을 건설하고자 한다.

나아가서는 목욕탕을 더욱 발전시킴으로써 베른 마을의 관광 자원으로 이용하고 싶은 생각도 있다.

그러나 애당초 베른 마을의 주민들에게는 빈번하게 입욕하는 습관이 없다.

가로아처럼 큰 지역 및 도시가 아니면 물과 장작과 일손을 필요로 하는 목욕탕의 경영은 어려운 터라 이 마을뿐 아니라 농촌 지역이나 소규모 마을에는 대중목욕탕이 별로 보급되지 못하고 있는 상황이다.

우선은 극히 일반적인 목욕탕을 건설해서 마을의 주민 모두에게 입욕의 즐거움을 널리 알리고, 장래에는 한층 더 특색이 있는 시설을 건설한다면 더욱 쉽게 받아들여지겠지.

내가 가지고 있는 지식과 기술과 마력을 투입하는 거대 목욕탕을 건설하기에는 아직 때가 이르다고 자신을 타이른 뒤, 처음으로 목욕탕을 방문한 사람도 이용 방법을 알 수 있도록 신경 쓰자고 나는 사고를 전환했다.

물을 끓이기 위한 연료를 마련하자면 베른 마을의 부근에 펼쳐져 있는 광대한 엔테의 숲의 수목이 먼저 떠오르지만, 숲은 우리들 베른 마을의 주민들이 살아가는 세계가 아니었다. 숲의 주민들과 우호적인 교류 관계를 유지하기 위해서라도 장작 패기는 피하고 싶다.

이러한 이유 때문에 나는 가로아 마법 학원 내부에 건설했던 목욕탕의 사례를 따라 정령의 힘을 이용하는 화정석(火精石) 및 수정석(水精石)을 쓴 마법 목욕탕을 건설하기로 결정했다.

건설 작업에는 나와 세리나 두 사람이 힘을 쏟아서 수많은 골렘들을 작정하고 제작한 뒤 노동력으로 활용한 터라 베른 마을의 대중목욕탕 제1호는 눈 깜짝할 틈에 완성되어버렸다.

스스로도 얼떨떨할 만큼 몹시도 빨랐다.

막 완성된 베른 마을의 공중목욕탕은 2층 건물이다.

1층에 욕탕과 탈의실 등을 두었고, 2층은 휴게용 공간을 만들어 놨다.

석재를 쌓아 올려서 이음매에다가 회반죽을 꼭꼭 눌러 바른 뒤 외관은 청결한 하얀색으로 통일했다.

입구에는 베른 마을 공중목욕탕이라고 써넣은 천을 늘어뜨려서 가림막을 걸어 놓았다.

목욕탕 관리는 새로 제작한 테르마에 골렘들에게 일임했다. 저 녀석들에게는 내가 가지고 있는 목욕탕 건설 및 관리·유지에 관한 지식과 기술을 복사해준 만큼 걱정은 필요 없겠지.

지금은 아직 중턱에 오르기는커녕 첫 번째 걸음이 될 대중목욕탕을 막 완성시킨 것이 전부이지만, 북방의 벽지 마을이라는 인상밖에 없는 베른 마을이 언젠가 손꼽히는 관광지로 발전해 나가는 것도 불가능하지는 않다.

……아니, 반드시 관광지로 개발할 필요는 없지만, 이 마을의 생활을 어떻게든 더욱 풍요롭게 만들어야 하니까.

"뭔가 의욕에 가득 찬 표정을 짓고 계시네요."

완성된 목욕탕을 옆쪽에서 보고 있었던 세리나가 말을 건넸다.

기본적으로 추위에 약한 세리나의 처지에서는 언제든 몸을 따뜻하게 데울 수 있는 목욕탕이라는 시설은 대환영일 테지.

그런 심정이 겉에 드러난 세리나는 꼬리 끝부분을 실룩실룩 좌우로 흔들거렸고, 유례가 드물도록 아름다운 얼굴에 생글생글 미소를 머금고 있다.

"드디어 내가 원하는 대로 진행할 사전 준비가 첫걸음이나마 갖춰졌잖아. 이 목욕탕을 발판 삼아서 베른 마을을 북방의 벽촌이 아닌 아크레스트 왕국의 모든 사람이 다 아는 명소로 발전시키기 위한 계략을 구상하던 참이야."

내가 농담조로 말한 뒤 어깨를 으쓱거리자 세리나는 쿡쿡 미소지었다. 사람 백 명이면 백 명이 전부 품위 있다고 인정할 만한 미소였다.

"계략이라는 말씀과 달리 상쾌하고 환한 얼굴인걸요. 마을 주민분들도 기뻐해주시면 좋겠네요. 그건 그렇고 제가 예상했던 인원수보다 많은 종업원을 고용하셨어요. 최근에 이주를 마친 분들을 중심으로 채용하신 것 같던데, 뭔가 생각이 있으세요?"

건설 작업은 어쨌든 간에 목욕탕 운영에는 많은 사람이 관련되어 있다.

촌장의 딸 센나 씨가 경영 책임자의 직책을 맡았고, 접수처 및 접객, 음식 관계 등 테르마에 골렘에게 맡길 수 없는 부분에 마을 사람들을 다수 고용했다.

그런 종업원은 베른 마을의 새 주민들이 과반수를 차지하고 있다.

"나처럼 태어났을 때부터 베른 마을에서 자란 사람이면 모를까, 타지에서 이주한 사람들에게 이곳의 사냥 방식은 좀 위험요소가 과하게 많아. 평범한 농민이라면 맹수나 마수가 나타났을 때 곧장 도망치겠지만, 우리 베른 마을의 사람들은 모두 입맛을 다시면서 적극 몰아서 사냥해버리잖아. 이주자가 부상이라도 당하면 큰일이니, 가능한 한 밭일이나 가죽 및 목재 가공이라든가 위험이 적은 작업을 맡기자는 방침인 거야. 내가 건설한 공중목욕탕에서 맡을 노동은 여기에 정말 딱 들어맞는 부류이고. 돈 관리는 센나 씨가 철저하게 봐줄 테니까 안심하고 맡길 수 있어."

"보통은 큰 어금니 악어 같은 마물을 목격하면 등을 돌리고 도망치는 게 당연하겠죠. 어쩔 수 없는 환경이었다지만, 베른 마을의 주민분들은 좀 과하게 씩씩한 성향이 있기는 해요. 타지에서 온 사람들은 적응할 때까지 제법 고생할 거예요."

세리나는 깊이 공감하며 고개를 끄덕거렸다.

"배타적이지 않아서 다행이야. 일손은 언제나 필요하잖아. 생활에 아직 적응이 안 되는 사람은 다 같이 가르쳐줘서 잘 살아 나가도록 도우면 되는 거지. 자, 목욕탕은 이만하면 됐어. 어서 다음 작업을 시작하자고."

"드란 씨는 정말로 부지런하세요. 그런데 조금 지나치게 부지런한 게 아닌가요? 아무리 드란 씨의 혼이 특별하더라도 육체는 인간이니까요, 과로는 금물이에요."

"육체도 이것저것 슬쩍 만져 놨으니까 딱히 피로하지는 않아. 게다가 시간은 유한하잖아. 더구나 여름휴가 기간에만 이곳에서 지낼 수 있으니까 마음도 자꾸 급해지는군."

"너무 서두르다가 주의력이 산만해지지 않도록 조심해주세요. 잠깐 긴장을 풀었다가 큰 사고가 벌어지기도 하니까요."

나는 걱정스럽게 이쪽을 쳐다보는 세리나의 푸른 눈동자에 미소로 답해줬다. 이렇게 내게 마음을 써주는 상대가 있다는 데 깊은 감사를 느낀다.

"유념하고 있어. 고마워. 세리나가 옆에 있어주면 마음이 차분해지네. 멋지게 일을 해낼 수 있겠어."

"후후, 그렇게 말씀해주시니까 걱정하는 보람이 있네요. 그래도 정말 조심하셔야 돼요. 드란 씨에게 무슨 일이 일어나면 저는 물론 다른 분들도 모두 슬퍼할 거예요."

"그래, 마음속 깊이 새겨 둘게."

가슴 따뜻해지는 세리나와의 대화 후, 나는 마을의 남문 가까운 곳에 산처럼 쌓아 놓았던 암석이 있는 곳으로 이동했다.

이미 태양은 중천에 높이 떠올랐고, 이쪽의 사정 따위는 아랑곳 않은 채 내리쏟아지는 강한 햇볕이 바람 및 대지를 달군다.

밭일에 힘쓰는 마을 주민들은 여러 번 그늘에 들어가서 휴식을 취하거나 수분을 보급하고 있다.

그런 와중에도 나는 피로 따위와 연이 없는지라 정력적으로 이런저런 일을 처리했지만, 세리나의 체력이 다소 염려됐다.

세리나는 햇볕을 막기 위해서 큼지막한 밀짚모자를 썼고, 피부가 타지 않도록 얇은 긴소매 원피스를 걸쳐 입은 채 하루하루의 작업에 종사하고 있다.

내가 작업에 너무 열중하는 탓에 세리나의 몸 상태가 혹시 안 좋아진다면 나는 평생토록 자기 자신을 용서할 수 없을 것이다.

아무튼, 나와 세리나는 마을 남문에 도착했다.

이곳에는 미리 모아 둔 암석 말고도 호스 골렘을 마차에 메어 대기시켜 놓았다.

일단은 공중목욕탕이 완성되었기에 이제부터 나와 세리나는 일부 마을 사람들과 함께 이틀, 사흘쯤 마을 바깥에서 「모종의 작업」에 종사할 예정이다.

나는 글자 그대로 산처럼 쌓아 둔 암석 주위를 걸어 돌아다니며 연금술 행사 준비로 가로아 마법 학원에서 구입한 간이 도구를 한 벌 설치했다.

내가 연금술을 행사하는 과정에 관심이 갔는지 마을 어린아이들뿐 아니라 어른들까지 작업하던 손을 멈춘 채 이쪽을 보고 있었다.

흠, 이리된 이상 사소한 실수도 용납할 수 없겠군.

"후후, 주목의 대상이 되셨네요. 긴장되세요?"

세리나가 살짝 놀리는 말투로 물어봤다.

"무척 긴장되는데. 이렇게 대답하면 만족하나?"

"아뇨. 괜히 여쭤봤어요. 드란 씨가 그렇게 귀여운 분이 아니라는 것은 잘 알고 있는걸요."

"세리나도 말재주가 많이 늘었네."

"후후, 오랫동안 알고 지내면 스스럼없는 사이가 되는 법이죠. 싫으셨어요?"

"이렇게 쓸데없는 대화는 좋아하니까 상관없어. 가로아에 간 이후 친구가 꽤 늘었지만, 역시 세리나와 대화할 때가 마음도 편하고 차분해지네."

"그렇게 말씀해주신다면 저는 무척 기뻐요."

화사하게 미소를 띤 세리나가 무척 귀여웠다.

이렇게 세리나와 편안하게 대화 나누는 동안에도 나는 사고의 일부를 나눠서 손과 마력을 줄곧 움직이고 있다.

이윽고 지면에 발광하는 연금진 작성이 완료되었고, 내부에서 미세한 빛 입자가 발생하기 시작했다.

입자는 즉각 숫자를 불려 산더미처럼 쌓여 있던 암석을 감싸 안았고, 내 의지를 따라서 분자 구조에 간섭하여 대상의 형태를 바꿔 나간다.

오오, 구경하던 낯익은 사람들의 입에서 놀라움과 감탄의 목소리가 흘러나왔다. 제법 기분이 좋다.

바위들은 연금진 안쪽에서 성인 남성의 곱절이 되는 거구를 지니는 인간 형태로 변화하며 즉석에서 스톤 골렘이 됐다.

진 안쪽을 가득 채울 만큼 숫자를 확보했다만, 오래 쓸 예정은 없는 터라 조형은 상당히 간소하게 처리했다.

안면에 요철이 아예 없을뿐더러 바위 및 돌의 형태를 고스란히 유지하고 있는 부위도 눈에 띈다.

"좋아, 우선 이렇게 숫자는 확보가 됐군. 슬슬 가자고."

"네."

나와 세리나는 먼저 기다리던 일행과 합류한 다음 회색의 스톤 골렘을 이끌어서 이웃하고 있는 클라우제 마을로 가는 길에 올랐다.

남문을 지키고 있던 마을 사람 두 명과 전투용 골렘 네 개체에게 배웅을 받아 가면서 우리 대열은 나아간다.

이번 귀성을 맞아 나는 마을의 방어를 위해 전투용 골렘을 스무 기 정도 제조해서 가지고 왔다.

이 녀석들의 외관은 기사 및 병사의 전신 갑옷을 모방했고, 크기는 성인 남성쯤 된다. 손에는 대략 열 명은 한 번에 꿰뚫을 수 있을 장창을 들었고, 신장 높이의 대검을 허리에 장착하고 있다.

두꺼운 성문을 깨부수는 파성추에 직격을 당하더라도 기껏해야 움푹 파인 자국이나 생기는 튼튼함과 고양잇과의 맹수 같은 민첩성, 거인종에도 뒤지지 않는 괴력에 더해 겹겹이 장치해 놓은 대물리·대마법 방어 처리가 특장점이다.

조금 과하게 손을 쓰기는 했다만, 최근 고블린을 비롯하여 북방의 이종족도 곧잘 모습을 드러내고 있다는 상황을 감안하면 이 정도는 마련해 두고 싶었다.

대장장이 공방의 주인장과 협력하여 마을 주민들 모두에게 무장도 새로 장만해준 만큼 어지간하면 희생은 발생하지 않을 것이다.

아무튼, 우리가 지금 하려는 것은 베른 마을과 남쪽에 인접해 있는 클라우제 마을을 잇는 도로의 정비이다.

통행인은 아직 별달리 많지 않다만, 비바람에 손상된 길을 보수한 뒤 길의 중간에 있는 숙박소의 정비를 실행하는 것이 이번 목적이었다.

도시와 도시를 연결하는 주요 가도뿐 아니라 이렇듯 여러 마을을 이어주는 작은 도로일지라도 여행자가 하루에 나아갈 수 있는 대략적인 거리를 기준 삼아서 비바람을 피할 작은 쉼터나 여관이 위치하는 법이다.

과거에 베른 마을은 북부 변경의 개척 최전선이었던 사정도 있어 클라우제 마을로 이어지는 길에는 대강 도보로 한나절쯤 나아가는 거리를 기준 삼아서 쓸 만한 쉼터를 지어 놓았다.

그러나 개척 계획이 중지된 이후 이러한 시설을 이용하는 사람이 격감했던 터라 관리가 이루어지지 않아서 몹시 황폐해진 상태다.

이번에 도로 정비 및 포장을 진행하는 김에 이렇듯 쉼터를 다시 건설하는 작업도 해치울 예정이어서 마차에는 이것저것 목재와 도구까지 실어 놓았다.

베른 마을과 클라우제 마을을 연결하는 도로에 있는 숙박용 쉼터에 도착한 우리는 곧장 각 부분의 점검에 착수했다.

제법 넓이가 되는 쉼터는 다소 갑갑한 느낌을 참는다면 대략 열 명은 새우잠을 잘 수 있겠다.

두꺼운 목재를 쓴 쇠살문 및 철판으로 보강된 문 등등 지역의 형편상 맹수나 강도들에게 습격당해도 며칠은 농성할 수 있을 만큼 견고한 만듦새다.

쉼터 내부에는 침대가 아예 없는 대신에 마른 풀이 잔뜩 쌓여 있었다.

다행히도 건축 자재에 부식된 곳은 찾아볼 수 없었고 문과 마룻바닥도 파손된 곳이 없었다. 이런 상태라면 보수할 필요는 딱히 없겠다.

"으음~ 특별히 손상된 곳도 없고요. 청소만 하면 될 것 같아요. 한 번 해체해서 다시 지으려면 꽤 많이 수고를 해야 할 텐데 어떻게 하시겠어요? 드란 씨."

세리나도 이곳저곳을 둘러본 뒤 나와 같은 결론에 다다랐나 보다.

"흠, 기왕에 온 만큼 한 채를 추가해 두자. 다행히 부지는 충분히 여유가 있어."

"그럼 오늘은 새로 건설한 쉼터에서 묵도록 하죠. 저희가 첫 번째 이용자네요."

어쩐지 기쁜 기색으로 말한 세리나에게 음, 작게 고개를 끄덕거리고 나는 보수용으로 마차에 실어 둔 목재를 꺼내다 놨다.

자재가 부족한 몫은 주위의 나무를 베어 보충하면 된다.

나와 세리나는 톱이나 도끼가 없어도 마법으로 거목을 간단하게 베어 넘길 수 있는 데다가 건조시켜서 목재를 만들기도 손쉽다.

겸사겸사 2층 침대를 제작해서 원래 있었던 쉼터에다가 설치했다.

새로운 숙박용 쉼터는 눈 깜짝할 틈에 완성됐고, 우리는 이 쉼터에서 묵기로 했다.

 다음 날 아침, 우리는 태양이 떠오르기보다 빨리 쉼터를 떠났다. 곧장 클라우제 마을로 이동한 뒤 그곳에서 되돌아오며 오늘 중 베른 마을까지 복귀할 예정이다.

 그나저나, 이곳까지 데리고 온 스톤 골렘은 가도의 포장 작업에 쓸 노동력인 동시에 추후 가도의 명물이 되어야 할 중요한 임무가 있다.

 앞으로 이 길의 이용자가 늘어날 것을 상정해서 여정의 안전을 지켜주고 관광 명물이 될 수 있도록 스톤 골렘들을 곳곳에 배치할 계획이다.

 그때 골렘의 형태를 내가 아는 신들이나 괴물로 바꿔서 신화 등 이야기에서 묘사하는 한 장면을 연기시키려는 생각도 있다.

 현재 사람들이 신앙하는 신들의 모습과 내가 아는 실물들은 크든 작든 차이가 있는지라 내 기억을 따라 제작한 스톤 골렘들의 외관은 열렬한 신도들에게 이질적으로 보일지도 모른다.

 다만 이 녀석들 스톤 골렘에서는 내가 부여한 용종의 마력을 포함하여 미세하게나마 신의 위엄이 발출되기 때문에 충분히 관광 명물 겸 마물 부적의 역할을 완수해줄 것이다.

 만에 하나, 통행인이 마물 및 도적 부류에 공격당할 때는 자율 행동으로 통행인들을 지켜주는 수호자도 되어줄 수 있기에 일거양득의 스톤 골렘 제군들이라고 말하고 싶다.

 도중에 베른 마을로 향하는 사람들과 엇갈렸다만, 우리는 사람들 눈을 마구 끌어들였다.

호스 골렘이 끄는 마차에 타고 있지를 않나, 마부석에 라미아가 앉아 있지를 않나, 뒤쪽에 스톤 골렘을 잔뜩 데리고 오지를 않나, 이래서는 어쩔 수 없겠다.

클라우제 마을에서도 사람들이 모여들어 한바탕 소동이 일어날 뻔했지만, 어차피 구경꾼들 시선이 집중되었으니 적극 활용하지 않으면 아깝겠다는 생각이 들어서 나는 마차 짐칸에 씌운 덮개에 다가 광고판을 꿰매 붙이고 베른 마을에 지은 공중목욕탕이며 새로운 특산품을 선전했다.

큰 기대는 하지 않는다만, 조금이라도 사람들 눈이 머물러준다면 횡재라고 치고 넘어가자.

그렇게 우리는 꼬박 하루를 들여 순조롭게 도로 포장과 정비를 마친 뒤 베른 마을로 귀환했다.

앞으로도 「가로아 마법 학원에서 배웠다」라는 수법을 구사해서 목욕탕 및 도로 정비로 그치는 게 아니라 온갖 공사를 해치우도록 하자, 흠하하하하하하!

†

시간을 조금 거슬러 올라가서, 드란이 학우들과 지냈던 항구 도시 고르네브를 뒤로하며 베른으로 출발했을 무렵.

레니아 루플 블라스터블라스트는 대단히 고민하고 있었다.

일찍이 대사신 카라비스에 의해 만들어졌던 이름도 없는 신조마

수(神造魔獸)의 혼을 지니고 있는 이 소녀는 존재가 발생한 이후 현재에 이를 때까지 처음으로 경험하는 고민을 앞에 두고 끙끙 신음했다.

인간이란 생각이 안 들 만큼 단정한 용모를 지닌 레니아가 가녀린 팔로 팔짱을 끼고 미간을 찌푸리고 있는 모습은 곁에서 보면 정말이지 깜찍한 모습이었지만, 은연중에 온몸과 혼에서 신조마수의 기세가 피어오르고 있는 탓에 섣불리 접근을 시도했다가는 아찔하니 현기증이 솟구칠 것이다.

레니아는 지금 고르네브의 상점가를 천천히 걸어 다니며 선물을 취급하는 상점의 진열대를 쳐다보다가 앓는 소리를 흘리고 있다.

도시를 온통 뒤흔들었던 해마(海魔) 습격이 일단락되고 사태의 종결 선언이 떨어졌던 까닭도 있어 거리를 지나다니는 사람들의 숫자는 대단히 많다. 사람들의 얼굴에는 하나같이 밝은 웃음이 떠올라 있다.

다만 이러한 고르네브의 사람들도 고민에 잠긴 얼굴의 레니아를 마주하면 남다른 미모와 기세에 압도되어 자연스럽게 좌우로 물러나서 길을 양보해줬다.

레니아 본인은 주위 사람들의 저런 태도 따위는 전혀 안중에 없이 선물로 구입할 만한 물건을 취급하는 상점이 눈에 들어오면 진로를 급변경해서 돌진하기를 반복한다.

또한 레니아에게서 세 걸음 떨어진 위치에 그림자같이 따라다니는 인물은 소녀와 용모도 성격도 정반대인 이리나였다.

이리나는 모성을 느끼게 하는 미소를 머금은 채 레니아를 조용히 지켜보고 있다. 이리나는 레니아가 직접 조언을 요청할 때까지는 참견을 안 하려는 듯싶었다.

처음 경험하는 선물 고르기라는 행위 때문에 몹시 지쳐버렸던 레니아는 상점가에 난 큰길 한쪽에 설치되어 있는 공원의 벤치를 찾아 주저앉고는 잠시간 휴식을 취하기로 했다.

이리나는 설탕을 듬뿍 넣은 바나나 우유를 노점에서 둘 구입한 뒤 레니아에게 하나를 건네주고, 자신도 벤치에 걸터앉아서 입을 가져다 댔다.

목제 컵에는 작은 얼음을 몇 개 띄워 놓아서 입 안쪽으로 퍼져 나가는 바나나 우유의 농후한 단맛뿐 아니라 목에 청량한 감촉을 선사해준다.

"후후……. 금방 결정을 못 내리는구나. 뭐든 곧바로 결정하던 레니아치곤 별일이야."

고민에 빠진 여동생을 앞에 둔 언니처럼 웃는 이리나와 달리 레니아는 바나나 우유를 쭉 들이켜고는 얼음을 으득으득 거칠게 씹어 부수더니 입술을 있는 힘껏 시옷 자로 비뚤어뜨렸다.

실제 연령과 비교해서 너무나 앳된 용모인지라 어떻게 봐도 삐친 어린애로 보일 뿐이다.

"나는 선물을 산 경험이 아예 없단 말이다. 아버…… 드란 씨의 분부가 아니었다면 이러한 고생을 사서 하지도 않았겠지."

얼마 전부터 레니아를 고민하게 만든 것은 고르네브에서 헤어질 때 드란이 말했던 「효도를 하렴」이라는 당부였다.

효도만 하면 여름 방학 기간 중 드란을 만나러 가도 된다는 말을

받아 낸 레니아는, 모든 힘과 정신을 다 바쳐 지금의 부모에게 효
도를 할 생각이었다. 하지만 무엇을 해야 효도가 되는지 소녀는
도무지 알 수가 없었다.

드란과 카라비스가 진짜 부모님이라는 인식을 가지고 있는 레니
아는 인간으로 다시 태어난 이후에 얻은 부모에게 특별한 감정을
품었던 기억이 없다.

덧붙여서 창조주인 대사신 카라비스의 영향도 있어 레니아는 타
자에 대한 배려나 염려와 같은 관념이 크게 결여되어 있다.

비록 드란과 만난 이후 레니아의 감성이 카라비스 쪽에서 드란
쪽으로 대폭 기울어졌다지만, 누군가에게 감사의 뜻을 수월하게
전할 수 있을 만큼 크게 바뀌지는 않았다.

그러나 이대로 쭉 속수무책이어서는 드란을 만나러 갈 수가 없
다— 레니아의 마음속에는 더할 나위가 없이 조바심이 가득 들어
찼다.

다만 이렇듯 심각하게 고민하는 레니아의 모습도 이리나에게는
참으로 흐뭇하게 보일 따름이었다.

"후후, 괜히 고민만 할 필요는 없지 않을까? 드란 씨는 특별히
어려운 답을 레니아한테 기대하…… 이게 아니라, 바라지는 않을
테니까 별거 아닌 선물이라도 사서 지금까지 길러줘서 고맙다, 짧
게 말씀드리면 충분할 거야."

이대로 두면 해가 떨어지도록 결론을 못 내릴 듯싶어 이리나는
짤막하게나마 레니아에게 도움의 말을 건넸다.

"으음……. 그런 건가?"

"응. 우리 아버님이랑 어머님은 내가 집에 돌아오기만 해도 충분하다고 기뻐해주시거든."

그렇다 하더라도 레니아가 학교에서 보여주는 퉁명스러운 태도를 본가에서 줄곧 고집하리라는 것은 상상이 그리 어렵지는 않다.

붙임성 없는 레니아를 과연 소녀의 부모가 어떻게 생각하고 있을까 생각하면 이리나는 불안을 주체할 수가 없었다.

"......."

이리나의 말을 어떻게 받아들였는지 레니아는 잠시간 아무 말없이 입을 꾹 다물어버렸다.

그 후 이리나는 바닷길로 본가에 돌아가기 위해 고르네브의 항구에서 레니아와 헤어졌다.

결국 레니아는 이리나의 조언을 순순히 따라 무난한 선물을 구입했다만, 얇은 입술을 시종일관 시옷 자로 비뚤어뜨리고 있었던 터라 이것이 마지막까지 이리나를 불안케 했다.

한편 레니아는 비행선에 타서 본가와 가장 가까운 발착장에 도착한 뒤 그곳에서 승합 마차로 갈아타고 사흘을 들여 가로아의 동부에 있는 블라스터블라스트 남작가의 저택에 귀환했다.

갈아입을 옷 등등 최저한의 손짐을 담은 가죽 가방을 오른손에, 부모에게 줄 선물을 고이 포장한 천 꾸러미 하나를 왼손에 들고 레니아는 자신이 태어나 자란 저택을 올려다봤다. 앳되고 아름다운 얼굴에 아무도 본 적이 없는 긴장의 빛을 띠고서.

이제부터 소녀가 어떻게 부모를 대하냐에 따라서 이번 여름 방학 중 드란을 만나러 갈 수 있는가 없는가 결정된다.

그것은 레니아에게 우주의 존망 따위보다 훨씬 더 중요한 사안이었다.

"가볼까."

전장으로 떠나는 역전의 전사처럼 장렬한 표정으로 레니아는 발을 내디뎠다.

마중을 나온 집사와 메이드들이 쭉 늘어서 있는 저택의 정문으로.

일생일대의 효도를 하기 위하여!

†

대사신 카라비스에 의해 만들어졌던 신조마수는 사후 레니아 루플 블라스터블라스트가 되어 아크레스트 왕국 북동부에 영지를 보유하고 있는 블라스터블라스트 가문에서 다시 탄생했다.

아버지는 블라스터블라스트 가문의 제6대 가주 쥬리우스 발카 블라스터블라스트, 어머니는 라나 라나라 블라스터블라스트. 형제는 없다.

쥬리우스는 엷은 갈색의 머리카락을 올백으로 묶어 내리고 있는 다소 선이 가늘면서 온화한 풍모의 40대 남성이다. 무훈을 세워 입신했던 가문의 가주인지라 제법 전투 훈련을 받긴 했다만, 굳이 분류하자면 서재에서 책 읽기를 선호하는 학구파이다.

또한 남작이 아내로 맞이하기 위하여 영지와 접한 소영주에게 요청했던 대상이 사랑하는 아내 라나.

왕족 및 귀족의 자녀쯤 되는 신분이라면 자신에게 일족의 혈맥을 보존할 뿐 아니라 권력 투쟁의 도구라는 역할이 있음을 배우며 자라나는 법이다.

여성의 사회적 지위가 남성과 다르지 않은 아크레스트 왕국에서 귀족 가문 출생의 젊은이들은 자신들의 혼인이 정략에 따라 결정된다는 것을 어린 시절에 자각한다.

다만 개중에는 오로지 반려에게 헌신하도록 철저하게 가르침받은— 수면 아래의 더러운 분쟁 따위는 전혀 모른 채 순수 배양된 자도 드물게 존재한다.

그러한 아이는 혼인 때 상대의 가문에서 귀중히 여겨 환대해주고 좋은 대우로 맞아들이는 사례가 많고 대체로 반려에게서 신뢰와 애정을 얻기 수월한 까닭이 있어서다.

라나가 이런 사례에 속한 인물인데, 사랑의 여신 중 하나인 아스라리아를 신봉하는 수도원에 맡겨진 이후 세욕과 멀리 떨어져 있는 환경에서 자랐다.

이는 라나의 부모가 조용하고 온화한 딸이 귀족의 굴레와 가능한 한 관련되지 않기를 바랐기 때문이었다.

그렇게 수도원에서 자란 라나가 본가로 돌아온 뒤 영내에의 가난한 사람들에게 봉사 활동을 다니던 중 상업 교섭을 위해 방문했던 쥬리우스의 눈에 뜨였고, 수개월의 교제 끝에 두 사람은 맺어졌다.

이렇듯 온화한 쥬리우스와 순진무구한 라나 부부의 사이에서 태어난 외동딸이 다름 아닌 레니아다. 이 세상에서 가장 교활한 자,

꺼림칙한 자, 두려운 자로 알려져 있는 대사신 카라비스를 혼의 근간이 되는 부모로 둔 레니아였다.

왜 하필이면, 이렇게 표현해야 할까— 아마 정신적 측면에서 하늘과 땅 이상으로 동떨어져 있는 부모 자식이 이렇듯 성립되고 말았던 까닭이다.

다만 다행스럽게도 소녀가 태어났던 고향에 대해 드란이 조사한 결과, 영주민 중 수수께끼의 대량 살인이나 행방불명 및 영주 가족의 의문사 등은 발생하지 않았다. 딱히 레니아가 무차별 살육이나 파괴의 폭풍을 야기하지는 않은 셈이다.

그렇다 한들 레니아가 새삼스럽게 불쑥 효도를 하고자 하면 부모는 거품을 뽑고 거절할지도 모르겠다.

초대 가주의 이름을 이어받은 영지 내 최대의 도시 아밤의 중심지에 블라스터블라스트 가문에서 대대로 살아온 저택이 지어져 있었다.

가지런하게 구획된 시가지는 빽빽이 늘어서 있는 상점이며 자기 매장을 가지지 못한 자유 상인들이 북적거리는 상업구, 이러한 상점과 나란히 상품의 가공 및 제조를 수행하는 공업구, 도시에서 생활하는 사람들이 사는 거주구로 나뉘어 있다.

블라스터블라스트 가문의 깃발을 내건 마차가 호위들의 보호를 받아 도시에 들어왔을 때 아밤의 주민들은 영주의 딸이 귀환했음을 알았다.

어떻게 저런 영주 부부에게서 이러한 딸이 태어났을까, 누구든

한 번은 생각했던 소녀이다.

블라스터블라스트 저택에는 신분 및 내력이 분명한 근방 부농이나 유복한 상인의 자식 다수가 예의범절 학습을 명목 삼아서 근무하고 있다.

레니아를 마중하기 위해 저택의 정면에 쭉 늘어서 있던 메이드 중 한 사람, 파우파우도 평민 출신의 고용살이였다.

메이드들은 모두 진감색 메이드복 위에 주머니가 많이 달린 하얀색 앞치마를 걸치고 하얀 헤드 드레스를 착용하고 있다. 머리카락이 긴 사람은 리본으로 끝부분을 묶거나 경단 모양으로 정리해 놨다.

올해로 열아홉 살이 된 파우파우는 저택에 고용살이를 들어온 지 7년이 지났다.

사생활에서는 다소 꾀를 부린다만, 공사 구별은 확실한지라 성실하고 실수가 없는 일솜씨는 좋은 평가를 받고 있다.

블라스터블라스트 가문 역사상 최대의 문제아라며 영민들과 친척 및 주변 유력자들 사이에서 악명을 널리 떨치고 있는 레니아가 귀환한다는 소식이 전해진 이후 파우파우와 동료 메이드 및 저택에 근무하는 기사, 병사까지 모두가 안절부절 어찌할 바를 모르는 나날을 보내왔다.

레니아가 딱히 심기에 거슬리는 대상에게 폭력을 휘두른다거나 자기 지위를 이용해서 심술을 부리는 것은 아니다.

당대의 영주 부부는 몰지각한 행동을 극히 싫어하는 인격자이기도 하고, 좋은 의미든 나쁜 의미든 레니아는 비열한 수단과 인연이 없는 성품의 소유자이다.

그러나 레니아가 고용인들을 보는 눈동자에는 일말의 온기조차 없었다.

소녀의 냉철한 눈동자를 마주하며 지낸다는 것— 단지 하나의 이유 때문에 고용인들은 마음속으로 정체를 알지 못할 불안감을 느껴야 했다.

다만 저택의 현관 앞쪽에 멈춰 선 마차에서 내려선 레니아를 언뜻 본 순간 파우파우를 포함한 모든 고용인들이 위화감에 사로잡혔다.

그들이 위화감을 느낀 이유는 레니아의 표정과 분위기에 있었다.

봄의 장기 휴가를 맞아 돌아왔을 때와 비하면 뭔가 냉철함이 누그러진 듯한……. 게다가 표정이 전혀 달라지지 않는 레니아의 얼굴에 감정 비슷한 흔적이 떠올라 있지 않은가.

수석 집사 구르오프도 살짝 눈살을 움찔거리며 이 변화에 의아해하고 있다.

이래서는 업무가 끝난 뒤 동료 메이드들이 많이 시끄러워지겠다— 파우파우는 오늘 밤 예정이 변경될 것을 확신했다. 메이드들은 2인 1조로 하나의 방을 쓰는 것이 기본이고, 어지간히 지쳐 피로할 때가 아닌 한 밤중의 자유 시간에는 각각의 방에서 수다를 즐기고는 한다.

"레니아 아가씨, 다 같이 귀성을 기다렸습니다. 가주님과 사모님께서 2층 발코니에서 기다리고 계십니다."

초로의 수석 집사가 한 걸음 나서서 흠잡을 데 없이 예의를 갖쳤다.

평소였다면 레니아는 이대로 무시한 채 지나가버렸을 텐데 오늘은 달랐다.

"그런가. 짐을 놓아두고 찾아뵙겠다."

이렇듯 상식적인 대답이 돌아왔으니까.

마중을 나온 고용인들에게 격려의 말 한마디도 없는 것은 칭찬받을 처신이 아니겠지만, 예전의 레니아와 비하면 파격적인 발전이었다.

이는 평소부터 드란에게 「자신과 관련이 있는 다른 사람을 대할 때 배려심을 가지렴」이라고 교육을 받았기 때문이다.

구르오프는 온 힘을 다하여 마음속 경악을 억눌렀다만, 말에서 내린 호위 기사 및 파우파우와 메이드들은 자제하지 못했다. 분명하게 표정이 바뀌어서 말똥말똥 레니아를 빤히 쳐다보고 말았다.

구르오프가 작게 헛기침을 한 덕택에 파우파우와 메이드들도 곧 제정신을 차린 뒤 허둥지둥 자세를 바로잡았다만, 그럼에도 주변 인물들을 습격한 동요는 쉽게 수그러들지 않았다.

아무튼 간에 단순히 마중을 나온 고용인에게 대답을 했을 뿐인데 이런 반응이라면 이제껏 레니아가 어떤 태도로 저택에서 처신해왔는지를 족히 짐작할 수 있겠다.

레니아는 당황하는 고용인들의 반응은 알아채지 못한 모습으로 저택에 들어가서 구르오프 및 파우파우 등 일부 고용인을 거느리고 자기 방으로 이동했다.

마법 서적과 마도구 따위가 가득 흘러넘칠 뿐 장식품과 전혀 인연이 없는 이곳이 레니아의 방이었다.

왕국 북부와 동부의 중계지답게 나날이 사람과 물자가 모여드는 지역의 특색도 있어 진위를 별개로 두면 마법과 관련된 물품을 모으기는 어려운 일이 아니었다.

모두 다 레니아가 인간의 육체에서 혼을 해방시키기 위한 수단을 찾아 수집했던 물품들이다.

결국은 거의 전부가 혼을 해방하는 방법의 해명이라는 본 목적에는 쓸모가 없었다만, 인간의 전투 방법을 확립하는 데는 유용했다.

레니아는 캐노피가 딸린 침대에 가방을 아무렇게나 던져 두고는 목에 맨 붉은 리본 타이를 풀어내고 옷을 갈아입기 시작했다.

평범한 귀족 영애는 시중인이 옷 갈아입히기 인형처럼 주인의 복장을 갈아입혀주겠지만, 인간을 꺼려는 레니아는 대부분의 신변 시중을 거부한다.

아무것도 할 일이 없는 파우파우와 메이드들은 단지 지켜보는 것이 전부였다만, 레니아는 용모만 두고 보자면 동화 속 요정과 같은 미소녀이다. 파우파우가 몇 년을 일한들 구입할 수 있을까 장담을 못 할 만큼 값비싼 극상의 비단을 연상시키는 살결이 고운 피부, 그 위를 미끄러지는 반들반들 광택을 띤 흑발, 큼지막한 눈동자며 코와 입술의 절묘한 배치는 한 편의 시를 쓰고 싶어질 정도.

블라스터블라스트 가문 최대의 문제아는 성격만 어떻게 수습하면 지금 당장 사교계에 나가도 부끄럽지 않은 미소녀라는 것 역시 사실이었다.

레니아는 이렇다 할 장식이 없는 간소한 디자인의 순백색 드레스를 차려입고 흑발은 흘러내리는 대로 가만둔 채 옷 갈아입기를 마쳤다.

소녀는 고르네브에서 산 선물 꾸러미를 손에 들고 빙그르 발길을 돌리더니 문 좌우에서 대기하고 있던 파우파우와 메이드들에게 말을 건넸다.

"두 분을 뵈러 가겠다."

파우파우는 재차 심장이 뛰어오르는 기분이었다.

"네, 아가씨."

파우파우와 동료 에르르가 한 목소리로 대답한 다음 연 문을 레니아는 어깨로 바람을 가르며 나아간다.

예쁘장한 소녀의 용모와 어울리지 않는 오만불손한 태도이지만, 마주하는 자가 자연스럽게 수그리고 마는 박력이 나타나는지라 고용인 및 저택에 근무하는 기사들이 반발하는 경우는 거의 없다.

햇살이 잘 비치고 시가지를 내려다볼 수 있는 발코니는 쥬리우스와 라나가 마음에 꼭 들어 하는 장소였다.

머지않아 레니아가 발코니에 모습을 드러냈을 때 신조마수의 부모가 된 두 사람은 기행만 잔뜩 저질렀던 딸을 따뜻한 눈빛으로 맞이했다. 저 눈빛은 레니아에게 보내는 애정이 사라지지 않았음을 어느 무엇보다도 분명하게 대변해준다.

이에 대하여 레니아는 평소의 무관심과 다른 모종의 감정을 눈동자에 담고 있었다.

파우파우는 레니아에게서 받는 위화감의 정체를 깨달았다.

도대체 무슨 까닭인지 파우파우는 신이 아닌지라 알 수 없다만

— 레니아가 대사신의 혼을 지니고 있는 이상 웬만한 신들도 쉽게 알 수는 없었을 터이나 — 문제아 아가씨는 양친과 만난다는 데 긴장하고 있는 듯싶다.

조부모 및 다른 친척들뿐 아니라 이웃 영주들과 만났을 때도 긴장의 「기억」자조차 없었던 아가씨가 이제 와서 도대체 왜 긴장을 할까? 파우파우는 의문을 품었다.

"어서 오거라, 레니아. 변함없이 건강해 보이는구나."

이렇게 말을 건네도 철가면처럼 표정이 바뀌지 않는 딸과 마주하며 쥬리우스는 몇 번째인지도 알 수가 없다만, 실망과 낙담의 빛을 내비쳤다. 이것은 쥬리우스가 아직 레니아와 대화하기를 기대하고 있다는 증거이기도 했다.

16년 이상 레니아를 길러왔는데도 아직 딸이 친밀감 담긴 미소로 답해주지는 않을까 믿는다는 것이 제법 대단하다.

"레니아, 이쪽에 와서 앉으려무나. 자, 마법 학원의 이야기를 들려주렴. 친구는 좀 사귀었을까?"

라나도 남편과 마찬가지로 레니아에게 자애로 가득찬 눈빛을 보내며 과거에 수없이 무시당했던 질문을 입에 담았다.

그러나 목소리와 눈동자에는 이번에는 꼭 다르기를 바라는 희망과 신념이 깃들어 있었다. 어쩌면 어머니의 의지라고 말할 수도 있겠다.

평소 같았으면 레니아는 부모에게 얼굴만 비춘 뒤 곧바로 자기 방에 돌아가거나 훌쩍 외출을 나갔을 텐데 이번에는 모두의 예상을 배반하는 반응을 보여줬다.

뚱한 얼굴은 변함없이 양친의 사이에 놓여 있는 의자에 다가가서 조용히 걸터앉았으니까.

아니, 그뿐 아니라—.

"선물이다…… 이에요."

그렇게 말한 뒤 왼손에 들고 있었던 꾸러미를 탁자 위쪽에 놓아두는 게 아니겠는가.

이 같은 행동에는 영주 부부의 곁에 대기하고 있었던 메이드장은 물론 레니아의 뒤쪽에 서 있던 파우파우, 누구보다도 영주 부부가 미처 숨기지 못한 경악에 휩싸였다.

심지어 라나는 너무 감격했던지라 호박색 눈동자에 눈물까지 살짝 배어났다.

레니아는 이리나가 함께 골라준 선물 꾸러미를 자기 손으로 풀어서 어머니에게는 진주 브로치를, 아버지에게는 바닷가에 서식하는 영조(靈鳥)의 깃털로 만든 깃펜 세트를 각각 앞쪽에 놓아줬다.

그러나 아버지, 어머니가 멍한 표정으로 선물에 시선을 떨어뜨리고 있는 모습을 보곤 레니아는 내심 「실패했는가」 신음했다.

다른 사람이 알면 정나미 없는 불효녀의 변덕으로 보고 넘길 테지만, 레니아에게는 이런 중대사가 또 없겠다. 이 선물에 부모가 어떻게 반응하느냐가 현재 맞이한 최중요 과제이니까.

마음속에서는 부모가 과연 기뻐해줄까 불안과 기대의 거센 파도에 시달리고 있었다.

레니아의 입술이 시옷 자로 움직이기 직전, 쥬리우스와 라나는 자신들의 딸이 불안해하는 — 그들에게는 불안한 듯 보였다 — 표정을 짓고 있음을 깨닫고는 허둥지둥 입을 열었다.

"레, 레니아가 선물을 사다 줄 줄이야, 처음 겪는 일이군. 깜빡 놀라버렸어. 안 그런가? 라나."

"그, 그러게요, 여보. 이렇게 멋진 선물을 사다 줄 줄은 상상도 못했단다. 엄마가 많이 놀랐어. 정말 아름다운 진주구나."

부모의 반응에 내심 안도한 레니아는 여름휴가가 끝나면 이리나를 칭찬해주겠노라고— 어디까지나 우위를 점한 입장에서 생각하고 있었다.

쥬리우스는 눈자위가 뜨거워지는 것을 느끼는 한편 웬일로 레니아가 여름휴가 전 보냈던 편지의 문면도 또한 떠올리면서 딸과 대화를 시도했다.

레니아와 부모 자식 간 나눈 대화의 평균 기록은 대체로 두 마디쯤이다. 지금이야말로 최장 기록을 갱신할 수 있는 최대의 기회일 테지.

"맞아, 레니아. 올해는 마법 학원의 교류전에 출장한다면서? 작년에는 참가하지 않는데, 무슨 마음의 변화라도 있었던 거니? 게다가 고르네브에도 학우들과 함께 다녀왔다면서. 새 친구를 사귀었나 보구나."

쥬리우스는 딸과 제대로 된 대화를 나눈 경험이 거의 없었던 터라 레니아의 표정과 분위기의 변화를 주의 깊게 관찰하면서 표현을 골라 말을 붙였다.

아버지가 대화에 고심하는 것처럼 딸 레니아도 또한 드란이 먼저 못을 박았던 만큼 한 마디 한 마디 발언에 주의를 기울이면서 대답해야 하는 처지였다.

"올해는 어떤 분이 출장하는 관계로 나도 나가기로 했다— 했어요. 고르네브에는 이리나와, 교류전에 출장하는 다른 인간들······ 이게 아니라, 학우들과, 같이 다녀왔어요. 베른 마을의 드란 씨와, 이리나와 아르마디아의 처업, 아, 크리스티나와, 아퍼에니아 가문의 네르네시아와 디시디아 가문의 파티마, 그리고 시건방진 심홍의 요오······ 뭐, 녀석은 그냥 넘어갈까."

레니아의 입에서 나온 이름들은 아크레스트 왕국 유수의 명가였다만, 쥬리우스와 라나는 여타의 사실은 신경 쓸 여유도 없이 이렇게까지 상세하게 말해준 딸아이에게 넋이 나가도록 감동하고 있는 모습이다.

레니아는 익숙지 않은 말투 때문에 악전고투하면서 간신히 쥬리우스에게 대답을 마쳤다.

흘러 떨어지려고 하는 눈물을 손수건으로 닦은 라나가 기쁜 얼굴을 반짝거리며 사랑하는 딸에게 말을 건넨다.

"그래, 레니아한테 친구가 많이 생겼다는 게 이보다 더 기쁠 수가 없네. 마법 학원의 대표로 선발된 것도 무척 큰 명예이지만, 너무 분발하다가 위험을 무릅쓰진 말렴. 네가 혹시나 다친다고 생각하면 우리는 가슴이 정말 찢어지는 것처럼 괴로울 거야."

평소의 레니아였다면「이 세상에 내게 상처를 입힐 수 있는 존재는 드란 님뿐이다」정도의 발언은 입에 담았겠지만, 오늘은 끙끙 입속으로 작게 신음할 뿐 넘어가야 했다.

다만 이러한 레니아의 태도 변화는 모든 부분에서 전부 드란이

못을 받았다는 이유 때문은 아니었다.

분명 쥬리우스와 라나가 맺어지지 않았다면 인간 레니아도 다시 태어나지 못 했다. 그리되었다면 소녀는 전세에서 단 한 차례도 말조차 건넬 수 없었던 드란과 재회를 이루지도 못했을 테지.

애달피 사모하고 우러러봤던 드란과 재회를 이룬 것은 다른 누구도 아닌 인간 부모들의 덕분이었다. 이런 생각을 하자 레니아는 사악한 신조마수 나름대로 쥬리우스와 라나에게 진실된 감사의 뜻을 품을 수 있게 되었다.

"교류전에 나가는 이상, 지지 않는다. 이게 아니라, 지지 않아…… 않아요. 걱정은 필요 없다…… 필요 없어, 없어요."

자꾸 더듬거리며 고생고생 답하는 레니아를 보고도 주위의 메이드와 집사들은 무슨 일이 일어났는가 이해하지 못한 채 멍하지 지켜보기만 할 따름이었다.

─이상하다. 저번에 저택에 귀성하셨던 봄 휴가 때는 이토록 확 바뀌실 만한 조짐은 전혀 없었을 텐데. 뭔가 악령에 씌기라도 한 것이 아닌가. 아니면 다른 누군가와 뇌가 바뀌어버린 것은 아닌가.

구르오프와 파우파우 등 고용인들이 이렇듯 결코 입 밖에 담을 수 없는 생각을 저절로 떠올릴 만큼 주변 사람들에게 지금의 레니아의 태도는 비정상적이었다.

"라나, 레니아가 이렇게 우리와 대화 나눠주는 것은 못 견디게 기쁘지만, 이 아이는 오늘 막 돌아온 참이잖나. 슬슬 쉬도록 보내줘야지."

"그래요, 당신. 마음이 조금 들떴나 봐요. 레니아, 저녁 식사 때

나머지 이야기를 들려주려무나."

어머니의 숫제 애원하는 목소리에 레니아는 가느다란 목을 위아래로 흔들었다.

"상관없…… 없어요."

레니아는 자기 몫으로 끓여서 내온 차를 단숨에 들이켜고 번쩍 자리에서 일어났다.

평소와 한참 동떨어진 태도를 취했던지라 정신적인 피로가 극히 막대했기에 소녀는 거하게 한숨을 내뱉고 싶은 마음을 간신히 견디면서 부모에게 인사한 뒤 등을 돌렸다.

아버지, 어머니가 눈물을 글썽거리면서 레니아의 등에 시선을 보내고 있는 줄 깨닫지도 못한 채 소녀는 파우파우와 에르르를 거느리고 자기 방으로 돌아갔다.

레니아의 마음에는 일찍이 느낀 유례가 없는 묵직한 피로감과 기묘한 온기 비슷한 감정이 퍼져 나가고 있었다.

뚜벅뚜벅 바닥을 밟는 규칙적인 소리가 복도에 울려 퍼진다.

레니아는 복도 저편에서 다가오는 젊은 기사에게 갑자기 말을 건넸다.

"이봐."

기사는 가만히 보는 파우파우가 동정을 느낄 만큼 덜덜거리면서 직립 부동의 자세를 취했다.

블라스터블라스트 남작가 영애의 악평은 결코 무뚝뚝하고 냉철한 태도 하나로 그치는 것이 아니다. 때때로 신하로 둔 기사 상대로 실행하는 대련이나 떠돌이 마수나 요마를 상대로 휘두르는 무자비한 폭력도 포함되어 있다.

공공연히 알려지지는 않았다만, 일찍이 레니아는 영내에 출몰했던 마수 및 맹수, 강도의 부류를 상대로 아무에게도 들키지 않는 곳에서 살육과 파괴의 폭풍을 불러일으켰었다.

"네, 레니아 님. 어떠한 용건이 있으신지요."

철제 막대를 집어넣은 것처럼 등줄기를 쫙 펴는 젊은 기사를 레니아는 흥, 시시하다는 듯이 일별했다.

효도 상대는 부모뿐이니까 다른 사람은 이제껏 취한 불손한 태도를 고수하려는가 보다.

그럼에도 이전과 비교하면 상대를 의사가 있는 존재로 간주하여 대하고 있는 만큼 상당히 나아지기는 한 셈이다만.

"기사 길라르, 영내에 뭔가 문제가 있지는 않나? 마수가 출몰했다든가 어딘가의 산적이며 용병단이 무법 행위를 저지른다든가, 이러한 문제 말이다."

레니아가 헷갈리는 기색도 없이 젊은 기사의 이름을 정확하게 불렀던 터라 당사자인 길라르뿐 아니라 파우파우와 다른 사람들도 오늘만 벌써 몇 번째인지 재차 놀랐다.

그러나 딱히 이 기사가 레니아에게 특별한 존재라는 것은 물론 아니었고, 소녀의 뛰어난 기억력을 발휘한다면 흥미가 없는 상대의 이름이며 다른 사안일지라도 한 차례 듣기만 하면 잊히지를 않는다.

레니아의 혼은 파괴와 망각을 관장하는 대여신에 의해 만들어졌지만, 대여신에게서 계승한 것은 파괴의 충동뿐이고 망각은 계승이 이루어지지 않았다. 따라서 이렇다 할 기억력의 결손은 없었다.

이전에는 누군가를 이름으로 부르는 것은 레니아에게 드문 행동이었다만, 마법 학원에서 이러한 일이 많았던 터라 본가로 돌아온 이후에도 소녀 본인이 자각하지 못했을 뿐 자연스럽게 말투로 나오게 됐다.

"넷! 제가 파악하고 있는 범위로 괜찮으시다면……."

길라르는 잠시 멍하니 서 있다가 퍼뜩 정신을 차리고는 대답했다.

"상관없다. 말해라."

레니아가 영주의 딸로 자각을 가졌기 때문에 이런 질문을 하는 것이라도 생각할 만큼 길라르도 파우파우도 천진하지는 않다.

다만 동시에 레니아가 어떤 의도로 꺼낸 질문인지도 알 수가 없었다.

설마 레니아가 효도의 일환 삼아서 무엇인가 자기 손으로 해결 가능한 문제가 없는가 찾고 있는 줄은 꿈속의 다시 꿈에서도 떠올리지 못할 테니까.

†

땅거미가 내려앉은 시가지에 무수히 많은 불빛이 피어나고, 하늘에 가득 찬 별 일부가 지상에서 빛을 발하는 듯한 광경이 펼쳐지는 시각.

레니아는 부모와 저녁 식사를 함께 들기 위하여 식당으로 걸음을 옮겼다.

금전과 마법 기술이 한껏 투입된 가로아 마법 학원의 대식당과는 비교할 형편도 못 되겠지만, 식사 시중을 위해 대기한 고용인들의 대열 및 은제 식기류 등을 보면 귀족의 식탁임을 알 수 있겠다.

상석에는 아버지가 앉았고, 아버지가 봤을 때 좌측에 어머니, 그 맞은편에 레니아가 자리를 잡고 앉았다.

식탁에 쭉 놓인 음식의 주된 요리는 어머니 라나가 손수 만들었다.

물론 블라스터블라스트 가문에서도 전속 요리사를 고용해서 쓰고 있지만, 레니아가 본가에 귀성해 있는 동안은 항상 라나가 직접 요리를 담당했다.

신선한 야채에 대하 오징어의 먹물 소스를 곁들인 샐러드, 건포도와 호두를 넣어서 향긋하게 구운 각종 빵, 잘게 다진 감자와 블라스트 조개 수프, 버섯 및 야채와 곡물을 속에 채워서 정성스럽게 통구이로 익힌 호로호로 뿔닭, 거품을 내서 과실주 소스를 얹은 민물고기 살케 소테.

차례차례 놓이는 어머니의 수제 요리를 레니아는 포크 및 스푼으로 묵묵히 입에 가져갔다.

이제껏 소녀는 요리의 감상을 딱히 입에 담았던 적이 없었다.

전세에서는 식사를 필요로 하지 않는 존재였던 터라 인간으로 다시 태어난 이후에는 줄곧 왜 하필이면 시간 낭비가 많은 방법이 아니면 영양을 확보하지 못하는 걸까 비탄에 잠겨 있었을 정도이다.

그러나 이렇게 어머니의 요리를 입에 넣어서 먹으면 가로아 나 고르네브의 거리에서 먹었던 음식들과는 다른 무엇인가가 느껴진다.

이제껏 레니아가 먹었던 것은 거의 전부가 미식이라고 말할 수 있는 식사였지만, 기존 경험과 확실하게 다른 무엇인가를 소녀의 혀와 마음이 느끼고 있단 뜻이다.

더욱 특별한 미식은 아마 아닐 텐데도 어머니 라나의 요리가 훨씬 더 깊이 와닿는다. 어린 시절부터 쭉 먹었던 음식이라 단지 익숙해졌을 뿐인가, 레니아는 생각을 정리했다.

하지만 라나의 요리와 여타의 다른 요리에서 결정적인 차이를 찾아보자면 아마 이 식사는 쥬리우스와 레니아 두 사람만을 위해 만든 요리였다는 사실에 있을 것이다.

가로아 마법 학원나 고르네브에서 먹은 요리는 모두가 불특정 다수를 위해 만든 요리였고, 단 두 사람만을 위해 시간과 정성을 담아 만든 요리는 달리 없었다.

레니아가 라나의 요리에서 느낀 「무엇인가」는 라나의 애정이 아닌 어떠한 무엇도 아니었던 셈이다.

어째서인지 지난날과 달리 더 맛을 음미하면서 먹는 레니아의 태도를 보고 라나와 쥬리우스는 서로의 얼굴을 쳐다보다가 생긋 기쁘게 웃음 지었다.

나이프와 포크를 움직이고 있는 동안은 대화를 않고 식사를 진행하는 것이 블라스터블라스트 가문의 예법이다.

쥬리우스가 레니아에게 마법 학원의 생활에 대해 이야기를 듣고자 말문을 열 때는 식후에 구르오프가 끓여서 내온 스옴 차로 목을 적신 다음이었다.

"그래, 여독은 좀 풀었니? 레니아."

"아무려…… 이게 아니라, 으음, 네."

끄기긱, 마치 소리가 날 것같이 잔뜩 비뚤어진 표정으로 말투를 고치는 레니아.

라나는 사랑하는 딸의 급격한 심경 변화에 웃음 흘렸다.

"레니아, 무리해서 말투를 고칠 필요는 없단다. 우리에게 격식을 차릴 필요는 없는걸."

내가 격식을 차리고 싶은 대상은 드란 님이다, 레니아는 입속으로 홀로 중얼거리곤 어머니에게 마주 고개를 끄덕였다.

이렇듯 관용이 있는 부분은 좋은 평가를 받을 만하다, 레니아는 예전부터 부모에게 다른 사람들보다는 높은 점수를 매겨왔었다.

"알았다."

본인이 허가해준 만큼 본래의 말투를 써도 드란 님은 꾸중하지 않으실 테지— 판단을 마친 레니아는 드디어 평소의 무표정으로 돌아와서 어깨의 힘을 빼냈다.

쥬리우스와 라나가 딸의 귀여운 노력에 미소 짓는다.

그간 영주 부부는 오늘만큼 딸의 행동 덕택에 웃음을 지은 날이 없었다.

"어서 듣고 싶구나, 레니아. 마법 학원의 생활은 어떻던? 작년에는 이리나라는 아가씨의 이름을 들었지만, 다른 별일은 딱히 없었다는 말이었지."

"맞다."

"고르네브에 놀러 갔다면서, 작년과 비교하면 친구가 꽤 많이 늘었구나. 다들 사이좋게 잘 대해주더냐?"

"그럼."

마냥 짧고 간략하기만 한 대답이었지만, 이렇듯 레니아에게 반응이 있는 것만도 대단한 진전이었다.

쥬리우스와 라나는 드디어 부모 자식 간 대화가 이루어졌다는 실감에 한층 더 절절한 감개에 휩싸였다.

오래도록 고용살이를 한 구르오프 등 다른 인물들도 두 부부가 레니아의 탄생을 얼마나 기뻐했고 또한 마음이 통하지 않는 현실을 얼마나 슬퍼했는가 잘 알고 있었던 만큼 가슴에 뜨거운 감정이 복받쳤다.

"레니아, 네가 조금 전 들려줬던 친구들의 이름 중 파티마 양과 네르네시아 양, 크리스티나 양의 이름은 우리도 익히 알고 있었단다. 그런데 베른 마을의 드란 씨라는 분은 처음으로 듣는 이름이었어. 게다가 네 입에서 남자분의 이름이 나오는 것도 처음이고. 도대체 어떤 분이실까?"

라나는 한 사람의 어머니로서, 또한 영주의 아내로서 이러한 질문을 꺼낼 수밖에 없었다.

아울러 이는 의도치 않게 레니아의 반응을 대폭 이끌어 냈다.

눈물을 글썽이던 고참 고용인들 및 쥬리우스와 라나까지 모두 다 커다랗게 눈이 휘둥그레질 만큼 분명하게 레니아의 분위기와 표정이 바뀌었다.

이 자리에 있는 모두가 본 적이 없을 만큼 부드럽고 다정한 형상으로.

―설마, 레니아에게 연인이라도 생긴 것이 아닌가?

만에 하나라도 아닐 터이다 부정했던 가능성이 뇌리를 스치고
감에 따라서 허를 찔린 쥬리우스와 라나의 심장이 짧은 순간 박동
을 멈췄다.

"드란 니…… 씨는 특별해. 그분만큼은 다른 잡다한 떨거지와는
모든 부분이 다르시지. 나 따위가 백만 모인다 한들 절대로 범접
할 수 없는 절대적인 힘의 주인. 그분은 나에게 보통 사람들이 흔
히 말하는 「하늘의 뜻을 체현하는 위인」이시지. 그분의 말과 의사
는 절대적으로 준수해야 할 진리. 드란 씨에게 당부를 들었던 덕
에 나 역시 비로소 두 분에게 가, 가, 가가, 감사의 뜻을 전하자는
마음을 먹을 수 있었어."

넋이 빠져서 황홀하게 드란에게 찬미의 말을 바치는 레니아를
쥬리우스와 라나는 정체를 알지 못할 생물을 앞에 둔 듯한 눈빛으
로 바라봤다.

다만 드란의 당부가 있었던 덕에 자신들에게 감사의 뜻을 표시했
다고도 해석할 수 있는 발언이 쥬리우스 부부의 얼굴에 통절한 빛
을 떠올리게 했다만, 레니아는 미처 알아차리지 못한 채 넘어갔다.

"그래……. 네게 드란 씨라는 남자는 놀랍도록 특별한 사람이구나,
사랑하는 레니아."

"당연히. 그분은 특별하지. 내 세계의 색을 바꿔준 분. 이 세상
의 유일무이한 존재이니까."

레니아는 시종일관 멍멍하게 도취된 모습으로 중얼거렸고, 그뿐
아니라 얼굴은 발갛게 달아올라서 열에 시달리는 것 같았다.

이토록 심취한 모습을 목격했을 때 예전의 레니아를 아는 인물

이라면 약물이나 마법을 이용해서 세뇌시킨 것이 아닌가 의문이 솟아날 것이다.

"음. 다만…… 뭐, 드란 씨의 말이 계기였다지만, 두 분에게 내가 가, 감, 감사의 뜻을, 전하고 싶었단 말은 진실이 맞군. 두 분이 맺어지지 않았더라면 내가 이렇듯 탄생해서 살아갈 수도, 드란 씨와 만날 수도 없었을 테니. 그러니까……. 응, 두 분에게 감사드리지. ……나, 나를 낳아줘서, 그러니까, 고마, 고고고, 고마아, 고마워요……. 아버지, 어머니."

레니아는 스스로도 이해가 되지 않을 만큼 얼굴과 귀가 뜨거워지는 것을 느꼈다.

도저히 가만 앉아 있을 수가 없어져 요란한 소리를 내며 의자에서 벌떡 일어서더니 고용인들의 만류하는 목소리도 무시하고 부모를 덩그러니 놔둔 채 식당을 뒤로했다.

쥬리우스와 라나는 잠시 멍하니 바람에 붙들려 가는 것처럼 떠나간 딸의 뒷모습을 지켜봤다만, 소녀가 나가기 전에 입에 담았던 말을 떠올리고는 두 사람이 나란히 뚝뚝 눈물을 흘리기 시작했다.

"여보, 여보, 레니아가, 우리 딸아이가 저를 어머니라고…… 당신을 아버지라고 불러줬어요!"

"그래, 들었어, 들었고말고, 라나. 레니아가…… 이제껏 한 번도 우리를 제대로 불러준 적 없었던 애가, 우리를 부모로 인정해준 거야. 오늘 하루는 진정 훌륭하고 멋진 날이군!"

"맞아요, 정말. 그건 그렇고 여보, 드란 씨라는 청년에 대해 말할 때 레니아는 진심으로 많이 행복해 보였죠?"

아버지와 어머니는 입장과 심정이 다른 법인가, 진정 기뻐하며 드란에 대해 말하는 라나와 달리 쥬리우스는 어딘가 복잡한 표정이다.

"그래, 동감이야. 기뻐해야 할 일이겠지만, 아버지로서는 마냥 축복해줄 수가 없군. 다만 아마도 블라스터블라스트 가문의 상속을 위해 양자를 맞아들여야 할 필요는 없어졌다 생각하자면 가주의 입장에서는 환영해야겠어."

"그런데요, 그 드란 씨라는 분은 평민이신 것 같아요. 신분이 다르다고 무작정 반대하는 사람이 나타날지도 몰라요."

"하지만 레니아는 자신이 백만 모인다 해도 범접할 수 없다고 말했잖아. 절반은 과장이어도, 절반의 실력은 가진 인물이라면 우리 블라스터블라스트 가문의 친족들도 자연히 수긍해주겠지. 애당초 레니아의 짝사랑일지도 모르는 데다……. 딸아이의 성격을 봐선 좀 어렵지 않으려나."

이상이 정작 당사자는 전혀 모르는 틈에 레니아의 부모에게 드란이 최유력 사위 후보로 이름을 각인시키게 된 사연이었다.

그날 밤.

블라스터블라스트 영지 내 교통의 요소 중 한 곳에 있는 여관에서 여주인과 추레한 사내들이 술잔을 주고받고 있었다.

대대로 가주들이 교통망 정비에 진력했던 덕택에 영지 내 가도에는 여관 및 역참 마을이 형성되어서 사람들의 휴식터로 기능하고 있다.

한편 무수히 존재하는 크고 작은 여관들 가운데에는 숙박객을 표적 삼아서 강도짓을 비밀 부업으로 저지르는 악당들도 뒤섞여 있었다.

취침 중 숙박객을 살해해서 짐을 약탈하거나 알몸뚱이로 만들어서 인신매매꾼에게 팔아 치우거나 혹은 숙박객이 숙소에를 떠난 뒤 남몰래 쫓아가서 사람들 눈이 없는 장소를 골라 살해하는 등등 꽤 많은 숫자의 희생자가 발생하고 있는 형편이다.

요즘 블라스터블라스트 가문은 이러한 악덕 여관을 색출하고자 하였지만, 악당들은 서로 연관이 된 조직이 아닌 터라 일망타진하기는 어려운 것이 고민의 근원이었다.

「까마귀가 쉬는 나뭇집」이라는 여관도 역시 숙박객을 노려서 악독한 짓을 벌이는 악덕 숙소 중 한 곳이었다.

오늘은 행상인 부부와 열 살 된 딸이 손님으로 찾아왔는데, 당장에 밧줄로 묶어다가 지하실에 던져 넣어버렸다.

부인과 딸은 비공인 창관에, 남편은 노동력으로 인신매매꾼에게 팔아넘길 예정이었다.

행상인이 타고 온 마차며 말은 귀중한 상품인 데다가 화물도 잔뜩 실어 둔지라 제법 큰 금액으로 바꿔 먹을 수 있다.

그래서 미리 축하를 위해 이들은 술잔을 주고받고 있었다.

꿀꺽꿀꺽 싸구려 술을 들이켜다가 여주인과 다른 여자들 몇 명과 음란한 행위에 빠져 있던 사내들이 행상인의 부인이며 딸을 맛보겠다고 추잡한 웃음을 지은 채 일어섰던 그때, 이변이 발생했다.

갑작스럽게 바깥에서 가해지는 압력에 의해 여관의 현관이 산산

조각 터져 나갔고, 거의 전라로 바닥에 누워 뒹굴고 있던 남녀 몇 사람이 파편의 직격을 맞아 아픔을 느낄 틈도 없이 절명한다.

술기운이 돌아 머리가 둔해졌던 악당들은 무슨 사태가 벌어졌는가 전혀 깨닫지 못한 채 뭉게뭉게 피어오르는 분진 속에서 콜록거릴 뿐.

악당들의 두령이자 가장 배짱이 좋은 여주인이 제일 먼저 제정신을 차린 뒤 살짝 늘어져 있는 커다란 유방도 맨몸뚱이도 전부 다 노출한 채 부하들에게 명령을 날렸다.

"무기를 준비해라! 이건 마법이야. 어디의 누구인지 모르겠는데 우리를 잡으러 온 거다!!"

허물어진 벽과 탁자 아래에 깔려서 굳은 사람은 방치한 채 살아남은 인물들은 마룻바닥의 아래나 계산대 뒤에 숨겨 놓았던 무기를 손에 들고 분진이 잔뜩 묻어서 더러워진 반라의 모습 그대로 반격 태세를 갖춘다.

머지않아서 싸울 수 있는 자 전원에게 무기가 지급되었을 무렵, 한바탕 바람이 불어 닥치며 분진을 흩날렸다.

"사악한 귀인의 손을 빌어서 만들어졌기 때문인가, 나는 네 녀석들처럼 하찮은 심보를 지닌 작자들의 위치를 훤히 파악할 수 있다. 네 녀석들의 영혼이 퍼뜨리는 썩은 냄새와 탁한 빛깔이 느껴진다는 말이다. 아무런 존재 가치도 없는 쓰레기들에게 나의 귀중한 시간을 할애하는 것은 뜻하는 바가 아니다만, 이것도 나의 대망을 이루기 위함이지. 꾹 참고 상대해주겠다."

싹 날아간 현관 건너편에 소녀가 달빛을 등지고 서 있었다.

"뭐냐아? 계집애잖냐!"

붉은 얼굴의 부하가 갑작스럽게 모습을 나타낸 소녀를 깔보면서 말을 내뱉었을 때 여주인은 험악한 목소리로 제지했다.

곤죽이 되도록 술을 마시고 방금 전까지 벌였던 험한 행각의 여운이 남아 있었어도 아주 사고가 둔해지지는 않았나 보다.

"방심하지 마. 아까 현관을 날려버린 게 이 녀석이라면 마법사야! 마법을 쓰기 전에 죽여 버려. 가라!"

두령의 지위도 겸하고 있는 여주인의 호령에 따라 사내들이 고간에 달아 둔 물건까지 뻔히 노출한 채 레니아에게 달려들었다.

흥, 레니아는 정말이지 시시하다는 듯이 소리를 내고 욕정의 빛이 뒤섞여 핏발이 오른 눈동자로 달려드는 사내들에게 파멸의 염(念)을 쏟아 냈다.

다음 순간, 사내들의 머리가 터졌다.

펑! 소리와 함께 피와 뼈 파편이 주위로 비산하고, 머리를 잃은 시체들이 실 끊어진 인형처럼 일제히 쓰러져 엎어진다.

회반죽과 목재와 빈 술병의 파편이 흩어져 있는 바닥에 붉은 피 웅덩이가 퍼져 나가는 광경을 보고 볼품없이 실금한 여주인은 허릿심이 싹 빠져버려서 자신이 만든 노란색 물웅덩이에 풀썩 주저앉았다.

"뭐, 뭐냐, 뭐냐고. 아무리 우리들 같은 악당이래도, 영주의 병사래도 들입다 몰살하지는 않을 텐데? 너, 모험가나 용병인가? 아니면, 아, 암살자 길드에서?"

"흥, 주절주절 시답잖은 잡설을 늘어놓지 마라. 저승길 선물로 가르쳐주마. 내가 너희들 쓰레기를 처분하러 온 이유는 말이지……."

여주인은 자신이 죽어야 하는 이유를 알기 위해서 공포로 눈동자를 덜덜 떨면서도 냉철한 죽음의 집행자 레니아를 바라봤다.

"효도를 위해서다."

웬 뚱딴지같은 소리야?! ……여주인이 레니아의 의미 불명 발언에 분노와 당혹스러움을 토로하기보다 빨리, 레니아의 사념이 여주인의 몸을 안쪽에서 파열시켰다.

내장 및 눈알이며 뇌까지 철썩철썩 습한 소리를 울리면서 바닥이 떨어지는 광경을 보고 레니아는 또다시 흥, 코웃음을 쳤다.

이날 밤을 발단으로 레니아가 본가에 머무르는 동안 여관 및 숙소의 거죽을 뒤집어썼던 악당들이 정체를 알지 못하는 누군가에게 습격을 받아 한 사람의 생존자도 없이 살해당하는 사건이 잇따라 발생했다.

살해당한 자의 숫자는 넉넉히 백 명을 넘었고, 블라스터블라스트의 영지에 도사린 채 여행자를 노리고 살던 악당들 대다수가 명부의 문을 두드리는 처지가 되고 말았다.

제2장 녹색의 도시

베른 마을과 클라우제 마을 사이의 가도를 정비하고 대중목욕탕 건설을 착착 진행하던 어느 날.

나와 세리나는 쨍쨍 내리쬐는 햇살에 눈을 가늘게 뜨며 마을의 길을 걷고 있었다.

그러던 때에 여름의 바람을 타고 어딘가 그리움이 느껴지는 향긋한 장미 냄새가 우리의 코를 간질였다.

우리는 곧장 이 향기의 주인을 떠올리며 고개 돌렸다.

완만하게 구불거리는 길 저편에 검은 장비로 온몸을 장식해서 이상적인 귀부인상을 구현한 듯한 여성과 엘프 소녀, 거기에 작은 요정의 모습이 보였다.

흑장미 정령 디아드라, 엔테의 숲에 있는 사이웨스트 마을의 주민 피오, 그리고 피오의 요정 친구인 마르.

나와 세리나가 가로아 마법 학원에 입학하기 직전 만났던 이후 첫 재회였다.

밭에 둘러싸인 작은 길은 저 여성들이 모습을 드러냄으로써 다른 세계의 광경으로 변화했다.

흔한 농촌의 풍경인데도 낯선 장면이 연출되는 이유는 다름 아니라 엔테의 숲에 거주하는 흑장미의 정령 가운데 가장 강하고 아름다운 디아드라에게서 비롯된다 말할 수 있겠다.

종족 및 연령과 관계없이 모든 여성의 질투를 끌어 모으는 듯한 품위 있고 아리따운 신체. 착 달라붙는 검은 원단의 드레스 곳곳에는 아름다운 흑장미가 피어났다.

여름 햇살을 받아서 마치 흑진주처럼 빛을 머금은 흑발에는 예리한 가시 줄기가 얽혀 있었기에 섣불리 손댄다면 피를 쏟게 될 것이다. 그러나, 그럼에도 저 흑발에 손대고 싶단 유혹에 지는 인물은 끊임이 없다.

비범하도록 요염한 미모는 자칫 싸늘함마저 느껴지는 기분이 들지만, 세리나와 나를 바라보는 디아드라의 검은 눈동자에는 친밀한 사람에게 보여주는 온화함과 친애의 빛이 반짝이고 있었다.

마르와 피오는 우리의 모습을 발견하자마자 종종걸음으로 다가왔지만, 디아드라만큼은 앞서 달리는 두 사람에게 흐뭇한 시선을 보내면서 홀로 천천히 걷고 있다.

디아드라의 머리카락이 물결에 닿은 듯 흔들릴 때마다 바람을 타고 새롭게 흑장미의 향이 날아온다.

한 발짝 걸어올 때마다 요염하게 휘어지는 허리, 때때로 드레스의 자락 안쪽에 노출되는 하얀 허벅지, 흔들흔들 튕기는 가슴, 그리고 검은 눈동자도, 유일하게 붉게 물들어 있는 입술의 형태까지. 디아드라의 존재를 구성하는 전부가 타자의 마음을 매료의 안개 속으로 유혹하기 위해서 있는 것 같다.

이제껏 나는 크리스티나 씨, 수룡황 류키츠, 뱀파이어 퀸 드라미나까지 이 세상의 존재가 아닌 것 같은 미모의 주인들과 만나왔다만, 타자에 대한 유혹이라는 점에서는 이곳에 있는 디아드라가 한 발짝 앞서는지도 모르겠다.

요염한 미모— 요미(妖美), 이토록 디아드라라는 여성을 표현하는 데 잘 어울리는 말이 달리 있을까.

그런 디아드라에게 호의가 담긴 시선을 받을 수 있다는 것은 남자로 태어난 몸으로서 대단히 자랑스럽다.

물론 디아드라 이외의 여성들에게도 같은 마음이다.

어떠한 인연인지 인간으로 다시 태어난 이후 나는 미모뿐 아니라 지닌 바 마음마저 역시 훌륭한 여성들과 좋은 관계를 이룰 수 있었다.

다만 카라비스, 너만큼은 예외로 빼놓아야겠군.

"오랜만이야. 디아드라, 피오, 마르."

"여러분, 오랜만이에요."

나와 세리나가 말을 건네자 피오와 마르는 함박웃음으로 꽃을 피웠고, 디아드라도 은은하게나마 친밀감이 담긴 미소로 대답해줬다.

"어휴, 드란도 세리나도 너무하다니까! 도대체 돌아오지를 않아, 얼마나 쓸쓸했는데!"

피오가 투정 부리면서 입은 항의의 뜻을 표시했지만, 여전히 생글생글 웃음을 짓고 있어서 전혀 박력이 없다.

쓸쓸했다는 말은 사실이겠지만, 우리와 몇 개월 만에 재회를 맞이하는 기쁨이 더욱 커다랄 테지.

"쓸쓸했다고요~. 마을 여러분들은 친절하게 대해주셨지만, 친구의 얼굴을 못 보고 지내면 역시 쓸쓸한걸요."

마르도 같은 의견이었는데 어린 용모를 지닌지라 쓸쓸한 표정을 짓고 있으면 나의 가슴을 찌르는 죄책감은 피오보다 더 컸다.

"미안하군. 그래도 매달 편지를 썼잖아? 편지만 갖곤 좀 부족했나?"

"그럼, 부족하지. 이렇게 얼굴을 마주하면서 말을 주고받는 것과 글자만 눈으로 따라가는 것은 전혀 다른걸."

"맞아요, 맞아요. 게다가 마르는 글자를 못 읽어서 피오나 마을 사람들한테 읽어달라고 부탁해야 됐거든요!"

"흠, 이거 난처한데. 둘 다 인간보다 수명이 긴 종족이니까 조금 더 느긋하게 기다려줄 것 같았는데 그게 아니었어. 살짝 오산이었군."

"후후, 다음부터는 마을에 더 자주 돌아오도록 일정을 맞춰봐야겠네요, 드란 씨."

세리나는 어딘가 기쁜 기색으로 동의를 구했다.

"흠……. 뭔가 방법을 강구해볼까. 또 다음에 돌아오려면 아마 겨울 방학은 돼야 할 텐데 그때도 또 토라져서 투정 부리면 좀 난처하겠어."

가로아와 베른 마을 사이의 이동 시간을 극적으로 단축할 방법이 아주 없지는 않다.

전이 마법진을 부설하면 그야말로 이웃집을 방문하는 듯한 가벼운 마음으로 왕래할 수 있게 바뀌겠지만, 가로아 측에 설치하려면 여러모로 번거로움을 겪어야 할 테지.

실현시키면 베른 마을의 큰 자랑거리가 되지 싶지만 사람들을 깜짝 놀라게 만들어주기 위해서, 혹은 긴급 사태에 대비해서 지금은 온존해 두고 싶었다.

"제가 도와드릴 수 있는 일이면 뭐든 할게요."

"고마워, 세리나. 또 힘을 빌리게 될 것 같네."

쓴웃음 짓는 우리의 앞에서 입을 보란 듯이 삐죽거리는 피오와 마르를 디아드라가 조용히 달랬다.

"피오도 마르도 자꾸 투정 부리지 말렴. 가로아는 드란과 세리나가 원해서 간 곳이니까 친구라면 두 사람의 선택을 응원해줘야지. 물론 쓸쓸하다는 마음은 나도 마찬가지이긴 하지만. 후후, 어쨌든 간에 두 사람 모두 건강해 보여서 다행이야."

"고마워, 디아드라. 너희가 여전히 잘 지내고 있어서 나도 안심했어. 오늘도 상단분들과 동행해서 온 거야?"

"맞아. 요즈음 베른 마을에는 다른 곳에서 사람들이 많이 방문하니까 숲의 주민들도 흥미진진하거든. 우리는 드란과 인연이 있어서 우선적으로 이곳을 먼저 찾아올 수 있었는데, 그 덕분에 부러움을 많이도 샀지 뭐야."

"그럼 선물이라도 분발해서 숲의 다른 주민들도 기분이 좋아지도록 신경 써야겠군. 멋진 선물을 찾을 수 있게 도와주는 정도는 할게."

"에이, 드란 씨. 디아드라 씨랑 다 같이 며칠은 더 베른 마을에서 머무르는걸요? 그러면 서두르지 말고 천천히 상의한 다음 결정해요. 광장의 노점을 돌아다니면서 골라보는 건 어때요?"

세리나는 군것질이 목적인가. 광장뿐 아니라 간이 숙박 시설 주변에도 노점이 쭉 자리를 잡고 있겠다, 다섯 명이서 둘러보면 즐거우려나.

다행히 내 지갑은 넉넉하다. 이런 때 한번 비용을 전액 부담하는 것도 좋겠지.

"그게 좋겠군. 쌓인 이야기도 많을 테니까 우리가 떠나 있던 동안에 베른 마을은 어땠는지 디아드라와 피오의 의견을 듣고 싶어."

"우리 이야기를 듣고 싶다면 얼마든지 말해줄게. 그러면 에스코트를 부탁해도 될까? 드란."

가만히 내민 디아드라의 손을 잡아서 나는 가로아의 귀족 자제들처럼 점잔을 빼는 말투로 대답했다.

"기쁜 마음으로 수행하겠습니다."

디아드라, 피오와 마르까지 세 명을 더한 우리는 노점 순회를 위해 마을의 중앙 광장으로 향했다.

이곳은 엔테의 숲에서 들여온 희소 동식물을 구하기 위해 가로아에서 상인들이 모여들기 시작한 무렵부터 마을 사람들 이나 숲의 주민 상대로 장사를 할 곳으로 제공된 장소였다.

촌장의 집과 더불어 마을에서 유일한 숙소 겸 주점인 「마물을 쫓는 방울관」이 옆에 있었고, 비교적 베른 마을과 길게 교류를 가져 신뢰받고 있는 상인이 가게를 벌여 놓았다.

가게라고 말은 해도 가로아의 상점처럼 훌륭한 점포가 아니라 나무 막대와 판자를 짜 맞춰서 천을 쓱 덮어 둔 간소한 노점이 대부분이다.

이러한 노점은 평소 마을의 공유 창고에 보관해 놓았다가 상인들이 왔을 때 창고에서 꺼내다가 조립한 뒤 사용하고 있다.

요즘은 다른 상점과 차별화를 꾀하기 위해 자신들끼리 판매대에 걸 천을 요란하게 장식하거나 그림을 그려 넣거나 간판을 걸어 놓는 등 가게마다 창의력을 발휘한 결과가 보이기도 한다던가.

특히 한 발자국 늦은 상인들에게 이러한 경향이 강하게 나타나는데, 마을에서 준비해준 공터 및 간이 숙박 시설 부근에 즉석 가게를 꾸린 뒤 중앙 광장 일파에 질 수는 없다며 상인혼을 불태우고 있다.

그들이 마을 사람들 상대로 판매하는 물건은 베른 근교에서는 수급하기 힘든 소금이며 갖가지 재질의 옷감, 장기 보존이 가능한 식품, 그 밖에는 목걸이와 귀걸이, 팔찌 등 자질구레한 장식품도 다수 찾아볼 수 있었다.

이런 물품은 엔테의 숲 주민들에게 특히 신기하게 보였을 텐데, 그렇다 한들 고스란히 상품적 매력으로 연결된다는 보장은 없다.

중앙 광장에서 숙박 시설 방면을 차례차례 돌아본 우리는 가게 앞을 들여다보다가 다음 가게로, 다음 가게로 자꾸 돌아다닐 뿐 특별히 물건을 많이 구입하지는 않았다.

우리의 노점 순회는 선물 고르기보다도 오랜만에 다시 만난 친구들과 산책을 즐기는 것이 목적이라고 설명하는 게 더욱 맞겠다.

나와 세리나가 둘이 마을 안쪽을 걸어 다니면 바깥에서 온 사람들은 흠칫거리는 경우가 많았다만, 여기에 디아드라까지 더해지니 우리들에게 쏟아지는 주목의 정도는 현격하게 증가했다.

꼭 흑장미가 아니라도 꽃의 정령이 인간들 사는 마을을 활보하는 것은 지극히 드문 상황이건만, 디아드라는 격이 다른 아름다움과 기품을 두루 갖추고 있는지라 무리는 아니겠다.

온 주목을 받으면서도 디아드라와 피오 및 친구들을 위해 선물을 다 구입한 우리는 한숨을 돌리기 위해 마물을 쫓는 방울관으로 향했다.

엔테의 숲에서 상단이 올 시기가 되면 마물을 쫓는 방울관은 그들을 위해 우선적으로 방을 확보하기에 숙박객 대다수는 숲의 주민이 차지하고 있는 분위기였다.

우드 엘프 및 원숭이 수인, 늑대 수인들이 북적거리는 마물을 쫓는 방울관의 문을 지나서 오랜 햇수 얼굴을 보고 살았던 주인장 라이트 씨에게 살짝 인사를 건넨 뒤 비어 있던 탁자를 잡고 앉았다.

라이트 씨의 외동딸인 레지나가 곧 주문을 받으러 와주었기에 우리는 과실수 및 우인족(牛人族)의 젖으로 끓인 차 따위를 인원수만큼 부탁했다.

레지나는 세 가닥 땋기로 묶어 둔 붉은 머리카락을 흔들거리며 라이트 씨가 있는 계산대와 탁자를 왔다 갔다 바지런하게 음식을 갖다 날랐다.

마물을 쫓는 방울관의 메뉴에는 주로 마을 안에서 재배되는 작물과 수렵으로 얻은 짐승을 요리한 음식이 적혀 있다. 내가 가로아에 가기 전보다 조금이나마 종류가 늘긴 늘었다.

다른 지역과 교류를 해서 온 변화가 이렇듯 사소한 부분에도 영향을 나타내고 있었다.

주문한 음식은 곧 우리의 탁자 위에 놓였다.

"그건 그렇고 디아드라 씨가 함께 다니면 시선이 자꾸 쏠리네요. 가로아에 있을 땐 저도 비슷한 처지여서 잘 알지만, 별로 좋은 기분은 안 들지 않으세요?"

희미하게 노란색이 감도는 과실수로 목을 적신 세리나가 쓴웃음과 함께 디아드라에게 공감을 표시했다.

확실히 구경거리 비슷하게 호기심의 시선이 모여든다는 뜻에서 세리나와 디아드라의 입장은 비슷한 측면이 있다.

그러나 당사자인 디아드라는 전혀 신경을 쓰는 기색은 보이지 않고 우아하다는 말의 견본과 같은 동작으로 목제 컵을 붉은 입술에 가져갔다.

"너희가 없는 동안에 익숙해졌어. 게다가 특별히 눈에 띄는 게나 혼자뿐이고 피오와 마르는 주목을 별로 안 받는 것도 아니거든. 물론 우드 엘프나 아라크네들도 전부 다. 요는 익숙함이야, 익숙함. 그리고 우리도 베른 마을의 주민이 아닌 사람들은 신기하니까 이것저것 관찰하면서 쳐다보기도 하고. 피차일반이네."

"디아드라는 그렇게 괜찮다고 치고 넘기나 본데, 우리는 지금도 조금 불편하더라. 숲 바깥에도 우드 엘프는 있잖아? 그라스 엘프라든가 시 엘프라든가 마운틴 엘프라든가, 넓은 의미에서 엘프는 다른 종족들의 사회에 제법 잘 섞여서 살아가는 것으로 알고 있었는데⋯⋯. 올리비에 님 같은 사례는 많이 드문가?"

피오는 한 손에 부러지면 어쩌나 싶을 만큼 가느다란 목을 기울여서 이해가 안 된다는 표정을 지었다.

"학원장처럼 높은 사회적 지위에 오른 경우는 분명 드물어도 모험가나 여행자, 일반 시민으로 살아가는 엘프야 제법 있기는 있지. 마법 학원에서도 몇 사람 봤거든."

내가 이렇게 대답하자 설탕에 절인 사과를 베어 먹던 마르가 흥미진진하게 질문했다.

"마르 같은 요정도 있어요?"

"아니, 유감이지만 요정은 본 적이 없네. 가끔 수업에서 요정을 불러내는 마법으로 연습은 좀 했었는데 학생 중에는 못 봤어. 그나저나 마르, 타지 사람들이 호기심에 찬 시선으로 쳐다볼 때 싫은 기분이 들진 않았어?"

"다른 요정들도 다 구경꾼 상대하면 피곤하다는 말들을 해요~. 가끔 과자를 주니까 기쁘긴 한데 말이죠……."

"흐음, 너무 신경 쓰지 않는 건 괜찮지만, 간식이나 장식품에 정신 팔려서 모르는 사람을 따라가면 안 된다? 슬프게도 어느 종족에나 나쁜 사람은 있는 법이거든. 덜컥 붙들린 요정이며 엘프가 버려지, 쓰레기 같은 작자들한테 팔려 나갔다는 이야기는 드물지 않아."

"잘 알아요. 암튼, 그렇게 나쁜 사람이 오지 못하게 베른 마을의 사람들이 많이 신경을 써주고 계시거든요. 게다가 만약 잡혀가도 디아드라랑 피오랑 드란이 구해줄 거죠?"

"물론. 필요하다면 억천만의 군세를 쓸어버려서라도 마계 밑바닥까지 내려가더라도 꼭 구하러 갈 테지만, 일단 위험은 피하는 게 제일이니까. 정말 조심해야 한다?"

"네에~."

생글생글 웃고 천진난만하게 대답하는 마르를 바라보면 이렇다

할 이유도 없이 불안이 느껴진다는 것이 나 하나의 생각은 아니었
겠지.

"피오, 디아드라. 마르한테서 눈을 떼지 말아줘."

내가 쓴웃음을 짓다가 당부하자 피오는 가슴을 쭉 펴고 자신만
만하게 대답했다.

"불안해하는 이유는 잘 알겠지만, 언제나 봐주고 있으니까 너무
걱정하지 마. 게다가 우리도 올리비에 님이랑 바깥에 나갔다 온
친구들한테 입에 침이 마르도록 얘기를 듣고 있거든. 웬만하면 쉽
게 속지는 않는다는 말씀."

글쎄, 어떠려나. 마르 정도는 아니라 한들 피오도 순진하고 사람
이 좋은 구석이 있기 때문에 본성이 썩은 작자의 사탕발림에 덜커
덕 속아 넘어갈 것 같아서 몹시 걱정된다.

그렇다면 믿을 사람은 디아드라인데, 태도야 어른스러워도 숲속
생활밖에 모르는 처지인 만큼 피오와 큰 차이는 없다고 말할 수
있겠다.

곰곰이 생각하면 세 사람은 모두 불안 요소를 갖고 있는 셈이군.

흠, 오늘까지는 무사하게 잘 지내왔다만, 앞으로는 과연 어떨까.

마을 사람들과 상인들의 양심을 믿고 의지할 수밖에 없나.

"어쩐지 불안이 가시지를 않네요, 드란 씨."

버들잎 같은 눈썹을 찡그린 채 말하는 세리나에게 나는 고개를
끄덕여줬다.

"맞아, 아무래도 좀. 뭐, 내가 보기에는 세리나도 마찬가지지
만……."

"어휴, 저는 이렇게까지 천진난만하지도 세상 물정을 모르지도 않거든요? 게다가 제 경우는 드란 씨가 언제나 곁에 있어주시잖아요?"

"흠, 항상 붙어 다니기는 하지."

나와 세리나가 소곤소곤 작은 목소리로 대화 나누는 모습을 보고 있었던 디아드라는 뭔가 의미심장하게 미소를 머금었다.

"어머, 어머나. 세리나와 드란은 사이가 꽤 많이 좋아졌구나. 내가 한 발자국 뒤쳐진 거야?"

"그야 물론이죠. 가로아에 간 다음은 언제나 어디에서도 함께 지냈는걸요! 저보다 더 드란 씨와 사이가 좋은 여성은 안 계시답니다!"

세리나는 자랑스럽게 가슴을 쭉 펴고 대답했다.

여성으로 한정을 지은 이유는, 뭐, 「그런 의미」이겠지. 요즘은 세리나와 같은 침대에서 잠드는 날도 꽤 늘어난 만큼 딱히 잘못된 발언은 아니겠다.

"어머, 이러면 곤란한데. 세리나한테 드란을 빼앗겨버리겠어. 후후, 억지로 입술을 받아 내기라도 하지 않으면 세리나한테 져버리겠구나."

디아드라는 장난스럽게 붉은 입술을 혀로 할짝이고 요염한 빛이 일렁거리는 눈동자로 내 입술을 쳐다봤다.

그것은 심장이 한층 더 커다랗게 맥박을 치게 만드는 매혹적인 시선이었다.

흐음, 내 입에서 평소 말버릇이 흘러나오는 거의 동시에 세리나가 내 왼팔을 와락 끌어안았다.

"저도 지지 않을 거예요!"

어이쿠, 이런.

디아드라에게 대항 의식을 불태워서 한 행동이겠지만, 세리나도 참 귀여운 반응을 보여주는군. 나도 참 커다란 호의를 누리고 있다.

"으으, 가뜩이나 드라미나 씨와 류키츠 씨에 루우 씨랑 바제 씨도 있는데, 그런데다가 디아드라 씨까지……."

세리나는 내가 친하게 지내고 있는 여성들의 이름을 잇따라 꼽아 말했다. 뭐, 많은 여성들의 호의를 받고 있다는 말은 거짓이 아닌데다가 숨겨야 할 일도 아니라는 생각에 나는 세리나의 입을 막지 않았다.

"뭐야아? 드란도 참, 세리나 말고도 네 명이나 여성한테 호의를 받고 있었던 거야?"

그러나 디아드라는 이 발언이 예상외였는지 눈을 깜빡거리며 놀라고 있다. 이제껏 요염했던 분위기는 거짓말처럼 사라졌고 의외로 순진한 반응이었다.

마르와 피오는 흥미진진하다는 모습으로 세리나의 말에 유심히 귀를 기울이고 있다.

"그~렇답니다! 도대체 언제 어디에서 알게 된 사이인지 자세한 사연은 저도 잘 모르는데 말이죠. 드란 씨도 참, 정말 엄청난 미인에 멋진 사람들과 안면이 있고, 게다가 모두들 드란 씨한테 적지 않은 호의를 보내온다는 게 훤히 눈에 들어온다고요!! 특히 드라미나 씨랑 류키츠 씨는 너무 뻔해서 저 두 분이 계시면 저는 언제나 드란 씨를 빼앗겨버릴까 봐 불안해서 도무지 마음이 편칠 않아요!"

세리나는 단박에 말을 쏟아붓고는 내 얼굴을 빤히 쳐다봤다.

나에게 항의하려나 보다. 이제까지도 세리나의 비슷한 얼굴을 몇 번인가 본 적이 있었다만, 여전히 박력이나 위압감이 티끌만큼도 없고 오히려 귀엽다는 생각밖에 안 들었다.

"드란, 너는 꽤 죄 많은 남자구나. 그렇게까지 여자를 홀리고 다닐 줄은 몰랐어. 나도 우물쭈물할 때가 아니었던 셈이네."

어디까지 진심인지는 잘 모르겠는데 디아드라는 무척 진지하게 받아들였다. 아무래도 흑장미의 정령님께서는 나를 예상보다 더 많이 마음에 들어 했나 보다.

더없는 영광이라고 단순하게 기뻐하고 싶지만, 새로운 호적수의 출현을 걱정하는 세리나가 내 팔을 아프도록 꽉 끌어안으니까 조금 자제해주면 좋겠다.

"고마운 말이군. 호의를 보내준다는 게 단순히 기쁘기는 한데 요즘은 조만간에 칼에 찔리겠다고 겁주는 사람이 많아졌거든. 지난 처신을 반성해야 할까 고민하던 참이야."

스스로도 얼굴에 다 드러났겠구나, 깨닫게 될 만큼 난처한 목소리로 대답했더니 마르가 걱정스럽게 이쪽을 마주 바라봤다.

아, 마르, 너의 순수한 시선이 묘하게 가슴을 꽉 찌르는 기분인데 어째서일까. 인간으로 다시 태어난 이후 16년 남짓……. 나도 어떤 의미로 더러워져버렸나?

"드란은 조만간에 칼에 찔리는 거예요?"

"그렇게 되지 않도록 최대한 노력할 생각이기는 한데 말이지. 어떻게 되든 앞으로 내 행동에 달려 있겠지. 이른바 남자의 능력이라는 녀석이야."

"남자의 능력억이요? 마르는 잘 모르겠어요."

마르는 얼굴을 찌푸린 채 머리를 부여잡고 말았다.

"사실은 나도 아주 잘 알지는 못해. 대략적인 의미는 알고 있지만 말이야."

"자, 자아, 세리나도 디아드라도 이쯤만 하고 넘어가줘. 그나저나 드란, 세리나. 평소에는 우리가 드란 마을에 오고 있는데, 가끔은 둘이 우리가 사는 곳에 오지 않을래?"

끙끙 신음하는 마르를 보다 못해서 피오가 새로운 얘깃거리를 꺼내 들었다.

"사이웨스트에 말인가?"

"그곳도 맞기는 한데, 사실은 말이야, 이번에 숲의 중심부에 있는 도시로 놀러 가게 됐거든? 그래서 드란이랑 세리나도 같이 가면 어떨까 싶어서."

"오호, 우드 엘프의 도시, 디프 그린 말이지? 그나저나 아무리 초대를 받았다 한들 우리들 같은 부외자가 발을 들여놓아도 되는 곳인가?"

"올리비에 님께 보증을 받으면 괜찮아. 자세한 말은 못 해주지만, 그분은 엔테의 숲에 있는 우드 엘프의 모든 씨족 가운데서도 상당한 거물이거든."

평소에 가로아에서 마법 학원장의 지위를 수행하는 까닭도 어쩌면 엔테의 숲 주민들과 아크레스트 왕국 사이에서 중간자 역할을 맡겠다는 의미가 있을지도 모르겠다.

사이웨스트 마을에서 들은 학원장의 평판으로 짐작하면 상당히 높은 지위에 있는 분이리라는 생각은 했었는데 역시 맞았군.

"고마운 제안이기는 한데 이동에 며칠이나 걸릴까? 나는 시간이 조금 걱정이 되는군."

"특별한 「요정의 길」을 지나서 갈 테니까 사이웨스트에서 출발하면 하루도 안 걸려 도착할 거야. 마침 위그드라실 님이 활발하게 거동을 하실 시기니까 도시에서 축제가 열리는 데다 요정의 길도 평소보다 훨씬 긴 거리를 날아갈 수 있거든."

"오호, 세계수 위그드라실인가. 이 별에는 분명 다섯 그루쯤 존재했었지 아마. 추측하자면 엔테 위그드라실이라는 이름이겠군."

"맞아, 드란이 말한 대로야. 우리가 사는 숲은 엔테 위그드라실 님을 근원으로 쭉 뻗어 나가는 숲이라서 엔테의 숲이라고 부르는 거야."

피오는 한 차례 고개를 끄덕거린 뒤 퍼뜩 갸웃거렸다.

"그나저나 조금 신기하기는 해……. 위그드라실 님이 별의 지맥과 동조해서 활성화되려면 조금 더 나중이나 되어야 했을 텐데, 지난 십수 년 동안 이곳 부근을 중심으로 이상할 만큼 지맥이 활성화된 탓에 시기가 상당히 빨라졌다나 봐. 이런 이유로 사이웨스트의 엘프들은 사실 상당히 예전부터 베른 마을 주변에 무슨 일이 있진 않았나 신경 썼었어. 뭐, 결국 수수께끼는 풀리지 않았지만 말이야."

……원인은 나였겠구나.

내가 어머니의 배 속에 있던 무렵부터 개시한 지맥 간섭이 서서히 뿌리를 넓혀 간 끝에 엔테의 숲의 위그드라실까지 영향을 받기에 이르렀단 말인가.

위그드라실이 활성화되면 행성의 모든 땅에 농후한 마나를 방출해서 생명력과 마력을 더욱 풍요롭게 만들어준다. 제대로 된 생물은 이에 따라서 다대한 혜택을 받을 수 있기에 두 손을 들고 환영할 일이다.

엔테 위그드라실의 활성화가 빨라졌다면 다른 네 그루의 위그드라실도 영향을 받아 활성화 시기가 빨라질 테지.

흠, 내가 한 행동이 과연 어떠한 영향을 가져왔는가 이 눈으로 확인하기 위해서라도 피오의 초대를 받아들여야겠군.

"이동에 며칠씩 걸릴지 않는다면 거절할 이유가 없군. 엔테의 숲 중심부까지 걸음을 들여놓은 경험이 있는 사람은 아크레스트 왕국에도 없지 않을까? 이것저것 공부가 되겠어."

"그래, 와준다니 잘됐어. 아, 미리 말해 두겠는데 올리비에 님도 잠깐 귀성해서 지낼 테니까 얼굴을 마주하는 행사가 있을지도 몰라. 조금 어렵다는 생각이 들어도 꾹 참아줘."

"어렵다고 말할 정도도 아니던데. 아무튼, 언제 출발하면 될까?"

"우리는 내일 일단 사이웨스트에 돌아가서 준비를 할 테니까 그다음 날에 도시로 출발할 거야. 그러니까 모레 점심쯤에 사이웨스트까지 와주면 고맙겠네. 저쪽에서는 이틀을 묵으려고 해. 친척집에서 신세를 질 예정인데 드란이랑 세리나가 지낼 곳까지 깨끗하게 방을 준비해 놓을 테니까 안심해줘."

이후 우리는 디프 그린에서 보낼 예정에 대해 이야기를 나눈 뒤 곧이어 저녁 식사를 함께 먹고 해산했다.

다음 날, 나는 우드 엘프의 도시를 방문하는 동안 밭 돌보기를 맡기기 위해 남동생 마르코에게 이야기를 하러 갔다. 나의 옛집과 밭은 실질적으로 마르코에게 양보한 것이나 마찬가지이니까 여름 휴가를 기회로 촌장과 아버지한테 상의해서 완전히 넘겨줘도 괜찮다는 생각을 하고 있었다.

마르코는 다른 마을 사람들과 사냥을 하고 돌아오는 길에 같이 동거하는 블루 슬라임 레아, 개미 인간의 공주 아르아나와 호위 클라이라, 하피족 피나와 함께 대량의 수렵물을 끌어안고 있었다.

아무래도 마르코는 자기들끼리 이토록 많은 수렵물을 잡은 듯싶다.

타지에서 막 정착한 사람들은 기진맥진한 모습이었다만, 고작 이만한 맹수·마수 사냥쯤이야 옛날부터 쭉 베른 마을에 살아온 사람들은 몹시 익숙한 일상. 화기애애하게 오늘의 성과로 이야기를 나누고 있었다.

수렵물의 해체 준비를 시작한 마르코에게 말을 붙여 당분간 엔테의 숲에 다녀와야 하는 관계로 부재하리라는 사실과 정식으로 내 집과 밭을 마르코에게 양도하겠다는 뜻을 전한 뒤 곧이어 해체 작업을 같이 도우면서 하루를 보냈다.

마르코는 내가 마을을 아예 떠나는 줄 알고 놀랐지만, 가로아 마법 학원을 졸업하면 다시 돌아와서 새집을 짓든 어쩌든 할 계획이라고 말해주자 겨우 안심하는 모습이었다.

본인이 이유가 되어 내가 마을을 떠날 것이라고 착각하다니, 덜렁이 녀석. 이래 가지고 아르아나와 레아 및 동거인들을 제대로 부양할 수 있을지 형은 못내 걱정이 되지 않는가. 흐흠.

†

레니아가 본가로 귀향한 뒤 인간 부모에게 효도를 위해 악전고투하고, 드란과 세리나가 우드 엘프의 도시를 방문하는 동안 크리스티나는 마침내 아르마디아 영지에 돌아갈 각오를 다졌다.

아르마디아 가문은 아크레스트 왕국 북부 굴지의 세력가로, 건국 왕의 모험가 시절부터 동료였다는 인물을 시조로 둔 명문이다.

그 때문에 역대 아르마디아 가문의 가주는 아크레스트 왕가에 충성을 바치는 한편 깊은 친교를 나누었고, 국내외 귀족들 사이에서 왕가의 심복이라는 인식이 자리 잡았다.

크리스티나는 가주 드람 아르마디아 후작이 떠돌이 예인 여성과 관계를 가져서 낳은 딸이다.

크리스티나가 가로아 마법 학원에서 첫째, 둘째가는 경의의 대상이 된 까닭은 이 세상의 존재 같지가 않은 미모는 물론이거니와 비록 서녀일지언정 본가의 격에 영향을 받은 측면도 다소 있었다.

유소년기는 어머니와 함께 이곳저곳 지방을 방랑하면서 살아왔던 크리스티나에게 전통과 품격이 가득 넘치는 지금의 아르마디아 가문은 대단히 숨 막히는 생활 환경이었다.

평소 좀처럼 본가에 돌아오고 싶어 하지 않는 이유는 단지 어머니와 이복형제, 자매들에게서 받는 시선이 싫어서일 뿐 아니라 대귀족의 엄격한 분위기가 거북했기 때문이기도 했다.

그러나 호출이 떨어진 이상 귀성을 거부할 수가 없었다.

이제껏 전례를 감안하면 기껏해야 1주일가량 본가에 붙들려 지내면 끝일 것이다. 잠시 견디면 또 베른 마을을 방문해서 드란과 세리나 및 친구들과 만나도록 하자— 크리스티나는 마음속 굳게 다짐했다.

대략의 도착 예정일을 적어서 편지를 보내고 새삼 본가로 돌아가기 위한 준비를 마지못해서 마친 뒤 크리스티나는 와그렐의 항구에서 비행선에 탑승했다.

이전에 천공 도시 슬라니아에 갔을 때 드란 및 친구들과 함께 승선했던 실버 스왈로 호와 다르게 이번 귀성에 탄 배는 정원 백 명 전후의 중형 객선이다.

엷은 갈색의 반소매 블라우스에 얇은 회색 바지를 차려입은 크리스티나는 얼굴이 완전하게 가려지도록 챙이 넓은 모자를 깊이 눌러쓰고 있었다.

어지간한 인간이 크리스티나의 얼굴을 목격한다면 곧장 망아의 바다 밑바닥에 정신이 가라앉아서 한동안 정신을 잃어버릴 수밖에 없기 때문이다.

따라서 승합 마차며 비행선 등을 이용할 때는 얼굴을 숨긴 채 되도록 다른 승객 및 선원들과 얼굴을 마주하지 않게 구석에서 박혀 있거나 도착까지 개인실에 틀어박힌 채 시간을 때우는 것이 버릇이었다.

아무튼, 크리스티나는 닉스라고 이름을 붙인 새끼 불사조를 사역마로 두고 있다.

기본적으로 외출할 때는 마물 토벌 등 위험을 동반하는 경우가 많아 닉스는 여자 기숙사의 자기 방에 놓아둔 채 다녔지만, 이번에는 함께 데리고 왔다.

단순히 아르마디아 가문에 돌아갈 뿐이라면 위험은 없는 데다가 무엇보다 혼자서는 마음이 불안하다는 것이 닉스를 동행했던 가장 큰 이유다.

희소한 불사조인 데다가 사람의 언어로 말할 수 있는 닉스는 어쨌든 간에 시선을 끌어 모은다. 크리스티나는 대형 맹금류도 들어갈 수 있는 특별 제작 새장에 닉스를 넣고, 더욱이 덮개를 씌운 다음에 특별 요금을 지불해서 비행선의 선실에 반입시켰다.

화물 운반을 도운 열두셋쯤 되었을 햇볕에 많이 탄 선원은 살짝 엿보였던 크리스티나의 미모에 정신이 심각하게 감명을 받아 비틀비틀 갈지자걸음으로 떠나갔다.

저래서는 다른 선원들에게 호되게 꾸중을 들을 듯싶어서 크리스티나는 잠시나마 소년 선원의 안부를 염려했다.

"크리스티나, 빨리 꺼내다오."

선실에 들어오기를 못내 기다렸다가 새장 속에서 줄곧 갇혀 있었던 닉스가 소리 높여서 항의한다.

크리스티나는 미안하다, 가볍게 사과한 다음 중앙에 설치되어 있는 둥근 탁자의 위에 새장을 올려놓고 닉스를 바깥으로 꺼내줬다.

선실은 썩 넓지는 않아서 둥근 탁자 위에 놓아둔 물주전자 말고는 방 구석의 청결한 침대와 짐을 집어넣기 위한 옷장이 마련되어 있는 정도다.

"이거, 참, 가만히 부리를 닫은 채 제대로 몸도 움직일 수 없는 신세라니……. 아르마디아 가문에 돌아가는 건 내게도 제법 고통이군."

닉스는 푸념을 늘어놓고는 새장 바깥으로 쓱 빠져나오더니 탁자 위쪽에 올라 날개를 파닥파닥 펼쳤다 접었다가 머리도 빙빙 돌리면서 몸을 풀었다.

말과 다르도록 편안한 분위기인 닉스 덕분에 다소나마 크리스티나의 긴장도 풀어졌다.

"사역마라면 주인과 마땅히 고초를 나눠 가져줘야겠지."

"사역마란 말이지. 염화가 가능해졌다는 건 편리하지만, 하인 취급을 받는 건 달갑지 않은데."

"마찬가지야. 나도 닉스와 관계를 바꿀 생각은 없어. 어머니의 기억을 공유할 수 있는 게 이제는 너뿐이니까."

"응. 그러게 말이다, 아주머니를 기억해주는 인간이 적다는 게 무척 섭섭해."

"정착하지 않고 여행자 생활을 쭉 이어 나갔으니까. 떠돌이 예인의 방문 따위야 모두들 금세 잊어버리는 법이지."

크리스티나는 철들 무렵부터 어머니의 인도를 따라 도시며 마을을 돌아다녀야 했고 노래와 춤을 선보이며 하루하루의 양식을 얻었었다. 가끔 떠돌이 예인의 극단이나 방랑민의 거처에 신세를 지며 잠시간 행동을 함께했던 경험도 있었지만, 대개는 두 사람과 닉스뿐이었다.

이곳저곳에 안면을 익힌 사람이 많다 표현하면 듣기야 좋겠지만, 실제로는 얼굴과 이름이나 알고 있는 얄팍한 관계의 인물뿐이었다.

다만 어릴 적 크리스티나는 천사처럼 사랑스러웠기에 아직껏 선명하게 기억하고 있는 사람은 당사자의 생각 이상으로 더욱 많을 것이다.

"그건 그렇고 갑갑하다지만 이렇게 사치를 누릴 수 있게 될 줄이야. 정말이지 좋은 신분이구나, 귀족이란 족속은."

닉스의 야유가 섞인 군소리에는 크리스티나도 몹시 수긍하는 바였다.

"고귀한 자의 의무를 운운하기도 하나 태어났을 때부터 고귀한 인간이 대체 어디에 있겠나. 고귀하여라, 긍지 높게 살거라, 가르침을 받아서 자라난들 한계야 뻔한 법이지. 피의 연결이 본인의 자질을 좌우하는 경우도 몹시 희귀하고 말이야."

"너 말이다…… 그런 소리는 마법 학원에서 꺼내지 않는 게 좋겠어. 혈통과 역사를 아주 좋아하는 사회에서 사는 처지에 그렇게 대놓고 부정하면 입지가 아주 불안해지잖나. 그런 사회를 뿌리째 바꿀 작정이라면 큰 목소리로 소리칠 자격이 있을 테지만 말이야."

"그래, 알고말고. 대뜸 세계의 구조를 바꾸겠다는 거창한 야심은 없어. 다만 부모를 잃은 아이에게 지금보다는 조금이나마 다정한 세계가 되어주면 좋겠다는 생각이 자꾸 들어서 안타까울 뿐이야."

크리스티나는 물주전자로 유리잔에 물을 따라서 단숨에 들이켰다.

꿀꺽 소리를 내면서 물 마시는 모습을 닉스는 딱하게 쳐다본다.

어머니가 건재했던 무렵은 명랑하게, 그야말로 여름의 해바라기 같은 미소를 짓던 소녀였건마는 지금의 크리스티나가 과거처럼 웃음을 짓는 날은 몹시 드물다.

유일하게, 드란과 행동을 함께하는 동안은 예외 같다만.

닉스는 불사조인 자기 자신이 자랑스러웠지만, 가끔씩 만약 자신이 인간이었다면 더욱 크리스티나를 위해서 무엇인가 해줄 수 있지 않았을까 생각할 때가 있다.

그로부터 비행선이 목적지에 도착할 때까지 이동하는 줄곧 크리스티나와 닉스는 몸도 마음도 침묵에 맡겨 놓았다.

†

아르마디아 영지의 중심 도시 이글리스는 북방 최대의 이글라 호수와 면한 지역이며 작은 어선은 물론이고 하천 교역을 위한 대형선, 비행선을 수용하는 항구의 기능을 보유하고 있다.

호수 바닥에서 산출되는 대량의 수정석 가공 · 수출과 생선 양식을 기간산업으로 하는 이 도시에는 왕국 각지에서 상인들이 끊임없이 찾아든다.

크리스티나가 마중을 나온 마차에 타서 항구의 건너편에 있는 이글리스 성의 도개교를 건넜을 때는 저녁나절이었다.

지평선 저편에서 가라앉고 있는 석양을 받아 광대한 호수 및 호숫가에 늘어선 가옥들이 주홍빛으로 타오르는 광경은 이 도시를 방문하는 여행자의 마음을 매료해 마지않는다.

어린 시절에 아버지의 부하라는 남자와 동반하여 처음 이글리스를 찾아왔을 때도 이러한 시간이었지, 잠시 크리스티나는 마차의 창밖으로 석양을 바라보면서 감개에 젖었다.

그때는 자신에게 아버지가 있었다는 사실이 아예 남 일처럼 여겨졌기에 어떻게 반응해야 할까 모른 채 불안에 시달렸다만, 세계가 석양의 색채로 물든 이 광경을 보자마자 모든 고민을 싹 잊어버렸던 기억이 난다.

"이제는 별로 기쁘지가 않군."

크리스티나는 무의식중에 입 밖으로 말을 꺼냈다.

조용히 앉아 있었던 닉스가 되묻는다.

"뭐가 말이야?"

"처음 저 석양을 봤을 때 무척 아름답다고 생각했지. 이토록 아름다운 풍경을 볼 수 있는 장소가 이제 나의 살 곳이구나……. 그렇게 기뻐했었던 기억이 잠깐 떠올랐어."

"으음, 그런가, 그랬었지. 석양은 어디든 다를 게 없을 텐데도 처음 이곳에서 본 석양은 무척 아름다웠어."

닉스는 크리스티나가 「이제는 별로 기쁘지가 않군」이라고 중얼거린 말은 일부러 언급하지 않았다.

석양은 변함없이 아름답게 여겨지더라도 이 도시에서 겪은 생활은 기쁨이 느껴지지 않았다는 말뜻이니까.

이글리스 성에 도착한 크리스티나를 온 저택의 일꾼들이 머리를 숙여 맞이해줬다.

다시 몸가짐을 단정히 바로잡고 방에 애검 엘스파다와 닉스를 놓아둔 뒤 크리스티나는 성내의 거실로 이동했다.

넓은 실내에 설치되어 있는 난로 옆쪽의 의자에 친부 드람이 앉아 있었고, 다시 옆쪽에는 의모 리사가 보인다.

드람은 쉰 살쯤 된 풍채가 좋은 남성으로 손질이 잘되어 멋진 수염과 한가운데에서 나눠 매만진 은발이 눈길을 끈다.

아내 리사는 붉은 연지를 바른 입술을 꽉 다문 채 크리스티나를 일별조차 않고 기다랗게 우아한 눈매로 불이 꺼진 난로를 바라볼 뿐. 마치 크리스티나 따위 맨 처음부터 없었던 것처럼 아예 주의를 돌리지도 않는다. 철저한 무시의 자세를 관철하고 있다. 연령이 쌓임에 따라 자그마한 주름은 있다만, 그럼에도 훌륭한 미모를 지닌 터라 더더욱 냉철함이 두드러졌다. 리사의 얼굴이 눈에 들어왔을 뿐인데 크리스티나의 위장은 삐걱삐걱 소리를 내는 지경이었다.

리사는 반려의 체면을 세워주며 항상 몇 발자국 물러난 곳을 걸어가는 전형적인 귀족의 안주인으로 보이는 반면 불꽃이 이렇다 싶을 만큼 격정가이기도 했다.

호사스러운 붉은 드레스에 감싸인 온몸에서 발하는 험악한 분위기의 전부가 크리스티나 단 한 사람에게 쏟아지고 있다는 것을 방 안의 고용인들은 진심으로 동정했다.

―만약에 자신들이 같은 입장에 놓여 있었다면 단 하루도 버틸 수 없었을 것이다. 최악의 경우 직업을 포기하면 도망칠 수 있는 자신들과 달리 크리스티나가 딸이라는 입장에서 도망치기는 몹시

곤란하다.

크리스티나는 가족을 대하는 것이 아니라 흡사 주인을 앞에 둔 가신처럼 공손한 동작으로 인사를 올렸다.

지난날 동안 이 부모에게 「딸다운」태도를 취한 기억이 없다. 애초에 차마 용납될 만한 분위기도 아니었던 데다가 시도하려는 생각마저 두렵게 느껴지는 관계였다.

항상 크리스티나는 자신이 더부살이이고 이방인이라는 느낌밖에 받지 못했다.

"아버님, 의모님, 지금 막 돌아왔습니다. 오랜만에 뵙습니다. 두 분께서도 강건하신 듯하여 다행입니다."

이 말은 진심이었다.

크리스티나는 이 사람들에게 적잖은 육친의 정을 품고 있었다. 두 사람이 혹시 부모다운 얼굴을 보여줄까 기대했다가 그때마다 배반당해왔다.

이러한 대화를 거듭 되풀이하면서 지금처럼 긴장과 불안에 시달리는 태도가 형성되어버린 셈이다.

"잘 돌아왔다. 변함없이 지냈나 보군."

"네."

드람은 딸에게 시선을 돌리지도 않고 마음이 담기지 않은 말을 건넸다. 적어도 피가 이어진 아버지다운 태도는 아니었다.

크리스티나의 어개가 살짝 떨렸다.

눈앞의 남자가 자신을 거둔 이후 몇 년이나 지났건마는 말소리가 들릴 때마다 이상하게 잔뜩 긴장해버리는 까닭은 어째서일까,

크리스티나는 항상 의문스럽게 생각하고 있다.

선대 아르마디아 가문의 가주— 크리스티나의 조부는 손녀딸을 마음에 들어 하면서 학문 및 검술과 예의범절을 가르치는 등 신경을 써서 돌봐줬다만, 정작 친부인 드람은 자기 딸에게 특별히 무엇인가 해준 전례가 없다.

드람은 평소부터 말수가 적고 어떠한 생각을 하고 있는지 짐작하기 어려운 인물이었다. 자식들의 입장에서는 아르마디아 가문의 가주가 맡은 역할을 엄숙하게 수행하는 데 몰두하는 사람으로만 보일 뿐이다.

그럼에도 크리스티나를 제외한 형제자매는 어릴 적 아버지의 품에 안긴다거나 함께 말에 타서 먼 곳을 다녀오는 등 제법 애정을 받은 경험이 있다.

그러나 변덕 때문에 떠돌이 예인 여성을 품어서 낳은 딸인 데다가 어느 정도 자란 다음에 데려왔기 때문인지 크리스티아를 대할 때 드람의 태도는 다른 자식들이나 고용인들이 봐도 냉담했다.

크리스티나는 싸늘하게 대하려거든 차라리 생활 원조만 하고 외면했다면 괜찮지 않았을까 생각이 들 수밖에 없었다. 그런 관계였다면 딱히 번거롭지 않았을 테고 쓸데없는 다툼이 일어나지도 않았을 테니.

참고로 귀족이 아니더라도 대지주나 유복한 상인이 첩을 두면서 아이를 낳는 사례는 드물지 않다. 아울러 첩과 낳은 아이는 다른 주택에서 살도록 떨어뜨리는 경우가 많았다. 이런 조치는 남자뿐 아니라 여성 가주의 경우에도 마찬가지다.

"크리스티나, 마법 학원에서 거둔 네 성적 및 행실에 대해서는 여느 때처럼 보고를 받아 들었다. 학업 부분은 내가 할 말이 아무것도 없군."

빈말이라도 귀성한 딸과 아버지의 대화 같지가 않은 갑갑한 분위기였다.

"네."

크리스티나는 고개 숙인 채 가만히 아버지의 말에 귀를 기울였다.

"다만 예전과 유일하게 다른 게 있군. 올해는 경마제(競魔祭)에 출장한다던가?"

마치 천사에게 죄를 추궁당하는 죄인처럼 크리스티나는 몸을 움츠렸다.

우울한 그림자는 사라지고 온화한 분위기가 나타나게 된 최근의 크리스티나를 아는 사람이 보면 경악을 금하지 못할 모습이었다.

만약 드란과 세리나가 이 광경을 목격했다면 이렇게까지 딸을 괴롭히는데도 정녕 부모가 맞냐고 분개했을 것이다.

"네에…… 네."

"이제껏 쭉 출장을 사퇴했으면서 무슨 바람이 불었기에?"

딱히 떳떳하지 못한 구석이 있는 것도 아니건만 크리스티나는 어째서인지 책망을 듣는 기분이었다. 아버지의 시선이 결코 헐거워지지 않는 쇠사슬이 되어 크리스티나의 몸도 마음도 꽁꽁 얽어매는 것 같다.

크리스티나는 쉰 목소리로 답했다.

"그게…… 마법 학원의 학우가 경마제에 출장하게 된 터라 저도 출장하여 조금이나마 그들의 도움이 되어주기를 바랐기 때문입니다. 진정 이것이 전부입니다. 다행히 저는 추천장을 받을 수 있는 입장이어서 출장 의사를 표시한 뒤 곧장 대표 선수로 선출됐습니다."

"학우?"

이제껏 크리스티나의 입에서는 한 번도 나온 적 없었던 단어였기에 드람이 살짝 반응했다. 대귀족의 가주가 보인 반응인가, 아니면 아버지답게 관심을 보인 것인가. 크리스티나는 전자라는 생각밖에 들지 않았다.

"네. 본래 베른 마을을 방문했을 때 알게 된 사람입니다. 그 친구가 가로아 마법 학원에 입학한 이후 다른 사람들과 함께 친분을 쌓았습니다. 이번에 친구들이 경마제에 출장하게 되었고 저 또한 힘을 보태고 싶다 생각했을 따름입니다. 아버님."

"친구라. ……베른 마을이라면 아버지가 계획의 책임자를 맡았던 최북단의 변경이었지."

"네."

그 말을 끝으로 침묵하는 드람.

크리스티나는 목이 바짝바짝 마르는 것을 의식했다.

—그토록 아버지에게 질책을 듣는 게 두려운가. 실망시키는 게 두려운가. 크리스티나는 자신의 마음을 전혀 이해할 수 없었다.

아버지가 다음 발언을 입에 담을 때까지 몇 순간이 마치 수십 년처럼 느껴졌다. 악마에게 혼을 팔아서라도 이 시간을 끝내고 싶단 생각이 들 만큼 고통스러운 시간이었다.

이윽고 드람이 위엄 있게 입을 열었다.

"알겠다. 방에 돌아가거라. 저녁 식사 때 다시 이야기를 듣도록 하지."

가장 바라 마지않았던 말이 나오는 순간, 크리스티나는 마음속으로 방방 뛰고 싶을 정도로 안도하는 동시에 왈칵 피로가 밀려드는 것을 느꼈다.

거대한 긴장에서 해방되고 마음이 풀어지는 통에 크리스티나는 리사가 더욱 냉담한 시선으로 쳐다보고 있었는데도 미처 깨닫지 못했다. ─혹시 무의식중에 저 시선을 피한 까닭인지는 알 수 없다만.

마지막까지 충실한 가신의 태도를 견지한 채 거실에서 나온 크리스티나는 자기 방에 돌아와서 캐노피가 딸린 침대에 쓰러지다시피 폭 엎드렸다.

"지쳤어, 어서 돌아가고 싶어. 이제 싫어. 저 공간은 대체 뭐냐고. 어깨가 저려, 숨이 꽉 막혀, 위장이 아파, 목이 따끔따끔해, 머리가 욱신욱신해……."

담쟁이덩굴 문양을 세공한 금속제 홰에 앉아 있었던 닉스는 저런 모습을 보고도 「또 시작인가」라며 개의치 않았다.

크리스티나가 아르마디아 가문에 돌아올 때마다 이렇듯 중얼중얼 약한 소리를 연신 늘어놓는 것이 습관으로 굳었기 때문이다.

닉스가 기가 막혀서 한숨을 뱉는 동안에도 크리스티나는 베개에 입을 꽉 문 채 줄곧 약한 소리를 늘어놓고 있다.

슬슬 좀 상대해주는 게 바보 같다는 생각이 든 닉스는 가장 쉽고

빠르며 또한 확실하게 크리스티나의 기분을 바꿔줄 수 있는 말을
꺼냈다.

"아이고, 크리스티나, 적당히 좀 해라. 이곳에 돌아올 때마다 매
번 푸념을 들어야 하는 처지가 되어보라고. 조금 더 발전적인 방
향의 고민을 하는 게 어때? 저 사람들에게 얼굴은 보여줬으니까
이제는 언제 가로아로 돌아가든— 음, 드란 군이 있는 곳으로 얼
굴을 비추러 가든 네 마음이잖아?"

효과가 직방이었다.

이제껏 침대에 엎드려 있던 크리스티나가 벌떡 일어나더니 팔짱
을 끼고 실내를 안절부절 정신없이 걷기 시작한다.

"그렇군. 아주 옳은 말이야. 후후, 결정이 났군. 드란과 세리나
한테 줄 선물부터 어서 사야겠구나. 으음, 무엇을 사 가면 더 많이
기뻐해줄까. 어때? 닉스."

"뭐든 괜찮지 않을까. 뭐, 베른 마을에서는 구하기 힘들 물건이
면 더 기뻐해줄 것 같기는 한데."

"그렇군, 음, 그렇겠군……."

뻔하지만 정론인 닉스의 의견에 애매하게 대답을 하고 크리스티
나는 빙글빙글 방 안을 계속해서 걸어 다녔다.

"이거 못 봐주겠군."

닉스는 질색하며 중얼거렸다.

인간 부모를 전혀 거들떠보지 않은 레니아가 한가득 애정을 받
아 가면서 자랐던 반면, 크리스티나는 친부 및 의모와의 양호한
관계를 진심으로 바라면서도 정작 본인은 깨닫지도 못하는 것이

이렇게 얄궂을 수가 없겠다.

†

엔테의 숲에서 사는 여러 종족들 중 우드 엘프들은 화폐 경제를 다소나마 도입했다만, 기본적으로는 물물교환으로 상거래를 한다는 것이 피오의 설명이었다.

그 때문에 나는 아크레스트 왕국에서 유통되고 있는 화폐가 아닌 물물교환에 쓸 물건을 몇 가지 들고 가기로 했다.

우드 엘프는 식물과 친화성이 높고 생활의 모든 부분에서 이용하며 공존하는 종족이기 때문에 대지와 물의 정령석, 마정석이면 쉽게 마련할 수 있는 쓸 만한 물품이겠다.

고르네브에서 작물과 꽃 씨앗을 대량 사들였던 보람이 새삼 느껴지는군.

또한 내륙부의 수정석과 해변에 면한 지역에서 산출되는 수정석은 서로 성질이 다른 관계로 우드 엘프들에게는 귀한 물품으로 대접받을 수 있겠다.

귀성 기간 중 신시를 지고 있는 세리나의 집에서 나는 마정석 및 정령석 생성에 힘쓰면서 내일 출발을 준비했다.

세리나는 옆에서 내가 생성한 보름달처럼 둥글고 하얀 마정석 및 푸른 수정석, 갈색의 지정석(地精石), 녹색의 풍정석(風精石) 따위를 「마법 주머니」 속에 집어넣고 있다.

마법 주머니란 일반에 보급되어 있는 매직 아이템 중 하나이다.

내부 공간을 확장시켜서 보이는 용량보다 훨씬 더 많은 물건들을 수납할 수 있기에 상인 및 모험가의 필수품이었다.

"이 정도 만들면 디프 그린에서 충분히 물건을 살 수 있겠지?"

나는 지금 세리나가 침대 대용품으로 쓰는 수많은 쿠션에 등을 기대고 있다.

정확하게 백 개째 마정석의 제작을 마쳤을 때 세리나가 쓰륵쓰륵 큰 뱀의 하반신을 휘감아 달라붙다가 내 어깨에 기대어서 안겨 들었다.

"일단 피오랑 마르가 물물교환에 쓸 물건을 어느 정도 준비해준다고 말도 했고요, 이 정도면 분명 충분할 거예요."

내가 정제한 마정석, 세 종류의 정령석은 각각 주먹 정도의 크기로 백 개씩이다.

"여기저기 구경만 해도 즐거울 테고, 너무 걱정할 필요는 없으려나."

나는 세리나의 가느다란 허리에 팔을 둘러서 끌어안은 자세로 배꼽 주변을 살짝 어루만졌다.

세리나는 단둘이 있을 때마다 — 아니, 요즘 들어서는 다른 사람들 앞에서도 — 곧잘 안겨 든다만, 나도 같이 이렇게 만지작거리는 버릇이 들었다.

내 손이 배꼽 주변에 닿자 세리나는 으응, 비음이 흘러나오면서 내 어깨에 머리를 가져다 댄다. 이런 무게와 온기는 무척 마음을 편안하게 만들어준다.

방 안은 나와 세리나의 마법에 의해 언제나 쾌적한 기온과 습도가 유지되기에 이렇듯 밀착해도 딱히 덥다는 느낌은 들지 않았다.

세리나의 머리가 딱 왼쪽 눈의 시야에 걸쳐 있길래 나는 저 풍성한 금색 머리카락에 얼굴을 파묻어봤다. 세리나는 살짝 놀라는 기색이었다만, 싫은 내색은 없이 여전히 힘을 쭉 빼고 가만히 몸을 기대고 있다.

"흠, 좋은 냄새군."

"후후, 드란 씨가 싫어하지 않게 언제나 손질을 빼먹지 않고 신경 쓰거든요."

"세리나는 절대로 싫어지지 않아."

"어휴……. 곧바로 이런 대사가 나온다니까요, 드란 씨는. 그래서 칼에 찔린다는 말을 자꾸만 듣는 거예요."

"좋은데 좋단 소리도 할 수가 없다는 건가. 세상 참 각박하군."

"후후, 마음속으로 생각만 해주셔도 저는 기쁘지만요."

"진심을 담아서 말로 전해주고 싶은 것뿐이야. 자, 슬슬 밤도 깊어졌으니 자도록 하자."

"네에. 그러면 드란 씨, 안녕히 주무세요."

"그래, 잘 자."

우리는 서로 껴안은 채 그날 밤을 보냈다.

세리나는 금방 잠들어 숨소리를 내기 시작했기에 나는 겹겹이 둘러서 감아 둔 뱀의 하반신을 어루만지며 잠들기로 했다.

디프 그린은 어떤 장소인가, 그곳에서 사는 우드 엘프들은 어떤 생활을 누리고 있는가, 그리고 엔테 위그드라실은 어떤 존재인가……. 나는 눈을 감은 뒤 내일 목격하게 될 광경을 머릿속으로 상상했다.

인간으로서 지닌 의식이 잠의 어둠에 떨어지기 전, 전세에서 나를 죽였던 일곱 용사와 만난 계기도 분명 위그드라실이 관계됐었던가— 그리운 기억이 문득 떠오르는 밤이었다.

†

세리나에게 온몸을 꼭꼭 붙들린 상태에서 눈을 뜬 나는 비교적 자유롭게 움직일 수 있는 왼손으로 세리나의 허리를 살짝 두드려 해방을 요청했다.

바짝 휘감긴 세리나의 몸에서 전해지는 온기와 은은한 단내에 감싸여 있을 때마다 평생 이대로 가만있어도 괜찮겠단 생각이 들지만, 머리를 좌우로 흔들어서 이렇듯 몹시 매력적인 충동을 떨쳐냈다.

세리나와 함께 잠들었을 때는 언제나 비슷한 상황인지라 슬슬 익숙해질 때도 되지 않았나 생각이야 든다만, 매번 달콤한 유혹에 마음이 흔들려버린다.

흠, 나도 참 의지박약한 녀석이군.

나와 세리나가 일어난 때는 엔테의 숲 저편에서 태양이 얼굴을 비춰 먼 곳의 숲 나무들이 붉게 물들기 시작하는 무렵이었다.

세리나가 차려준 토끼 고기 스튜에 호두와 벌꿀을 넣은 빵으로 아침 식사를 마친 뒤 우리는 엔테의 숲으로 갈 준비를 했다.

머무를 날짜만큼 갈아입을 옷과 비상시를 대비하는 음식물, 물물교환용 물품들은 어젯밤 미리 준비를 마쳤기에 이제 옷을 차려입고 마법 주머니만 챙기면 된다.

세리나는 삼베로 지은 엷은 녹색의 원피스, 나는 무명천 반팔 셔츠에 갈색 바지 차림이라 엔테의 숲에 들어가기에는 너무 가벼운 복장이라고 말할 수 있겠지만, 지금 향하는 곳은 안전한 우드 엘프의 도시이니까 이런 옷이면 충분하겠지. 나와 세리나는 의식하지 않아도 견고한 마력 장벽을 펼칠 수 있기 때문에 어지간히 뛰어난 장비가 아닌 한 의복이나 갑옷으로 몸을 보호한들 별반 의미가 없다.

마지막으로 둘이서 같이 한 쌍의 밀짚모자를 쓰면 옷 갈아입기는 완료다.

광장에는 벌써 디아드라, 피오, 마르가 나와서 우리가 도착할 때를 이제나저제나 애타게 기다리고 있었다. 사이웨스트에서 합류하자는 얘기도 나눴지만, 아마 엔테의 숲의 친구들은 한시라도 빨리 우리와 함께 다니고 싶어서 일부러 베른 마을까지 직접 찾아와준 듯하다.

디아드라는 평소와 다를 바 없이 흑장미와 가시 줄기로 장식된 검은 드레스 차림이었지만, 피오와 마르는 축제라는 축하할 만한 행사에 맞춰 평소와 다른 복장을 갖춰 입었다.

마르는 하늘하늘하고 보드라운 옷감을 겹겹이 포개서 농담이 있는 녹색의 드레스로 작은 몸을 감싸고 있다.

조그만 머리 및 허리에 두른 리본에는 새끼손가락쯤 크기의 가련한 붉은 꽃이 피어나 있다.

피오는 평소라면 숲속을 다닐 때 활동성을 중시하는 기장이 짧은 옷차림이었을 텐데 오늘은 숲속에서 산출되는 광석 및 정령석과 영조의 깃털을 쓴 목걸이며 팔찌 따위를 착용했고, 아마로 짐작되는 식물 섬유를 쓴 원피스 차림이었다.

도시 방문이니까 무기 종류는 일절 장비하지 않았다.

어쩌면 우리도 도시에 들어갔을 때 검이나 지팡이를 맡겨 놓아야 하려나.

숲의 주민들과 동행하고 있는 덕에 있어 사이웨스트 마을로 가는 여정은 몹시 신속하면서 원만하게 나아갈 수 있었다.

이전에 방문했을 때는 마계의 병력들에 침공을 받아 피와 폭력의 냄새가 가득 차 있었던 마을이 지금은 완전하게 평온을 되찾아서 차마 세지도 못할 화초며 수목이 서로 어우러지는 산뜻한 향기에 둘러싸여 있다.

"별로 사람들 모습이 안 보이네요. 모두들 먼저 우드 엘프분들의 도시에 가 계시는 걸까요?"

세리나의 말대로 사이웨스트 마을 안쪽에 들어섰는데도 우드 엘프나 요정들이 많지 않았다.

본래 이 마을에서 사는 주민들의 수를 떠올리면 절반 정도밖에 안 되는 상태다.

"축제 도우미라든가 아니면 그냥 놀러 갔다든가 먼저 도시로 가 있는 사람이 있는 것 같은데. 피오, 진자 이유는 무엇이려나?"

"축제는 대략 열흘간 이어지니까 그동안 각각 이틀이나 사흘씩 참가하면서 교대로 마을에 돌아오는 게 관습이거든. 우리는 축제의 처음 사흘간 참가하는 조야. 드란이랑 세리나를 마중하러 간 우리 말고는 다들 먼저 출발했고. 축제는 무녀 공주님의 말로 시작되지만, 그 전부터 축제 준비로 떠들썩해지는 데다 엔테의 숲에서 사는 이런저런 종족이나 씨족이 모여드니까 지금쯤 저쪽은 분위기가 아주 엄청날걸."

"무녀 공주? 단어 그대로 받아들이자면 위그드라실의 말을 따르는 무녀들 중 최상위자를 뜻하는 말이려나?"

"응. 위그드라실 님은 자기 의사를 분명하게 전달할 수 있어서 나한테도 목소리는 잘 들리지만, 풍작의 계절에 위그드라실 님과 동조해서 천지의 마나를 증폭시키려면 상응하는 영격과 무엇보다 상성을 갖춰야 해. 무녀 공주님은 축제에서 위그드라실 님과 동조가 가능할 만큼 상성이 좋고 동조할 때 부하를 견딜 수 있는 높은 영격이 필요한 거야."

피오는 응응, 고개를 끄덕거리면서 친절하고 자세하게 설명해 줬다.

"혈통이 아닌 적성으로 선발되고 선대 무녀 공주님이 영력의 쇠퇴를 느꼈을 때 다음 무녀 공주님을 선정하도록 제도가 만들어져 있어. 그렇다 해도 상성이 중요하니까 뜻밖의 사태가 벌어져서 느닷없이 무녀 공주님으로 발탁되는 경우도 있더라? 딱히 우드 엘프가 아니면 무녀 공주가 못 되는 것도 아니고, 숲의 요정족이나 수인들 중에 선발되는 경우도 있어. 대부분은 한 세대에 한 명이지만, 한 번에 몇 명씩 한꺼번에 뽑히는 경우도 있다는 말을 들었어. 뭐, 상황에 따라 이래저래 달라지는 셈이네."

"오호라, 즉 마르도 오늘 갑자기 무녀 공주로 발탁될 가능성이 있단 말이군."

"뭐, 그렇게 되기 전에 자질이 있는 아이들에게 수행을 쌓게 해 줘서 차기 무녀 공주 후보를 항상 복수 확보하는 게 관습이니까 다행히 무녀 공주님의 계보가 단절될 일은 없지만 말야."

마법 학원에서 열람한 문헌에는 엔테의 숲에서 살아가는 우드 엘프의 사회에 대한 기술이 거의 없었고, 다른 지방에서 만날 수 있는 우드 엘프의 사례를 들어 추측하는 것이 한계였다.

그런 의미에서는 피오가 아무렇지도 않게 말해주는 내용도 사실 은 귀중한 정보라고 말할 수 있지 않을까.

"와아~ 그러면 무녀 공주님의 전용 호위분들도 혹시 있을 것 같 은데 어때요? 이야기 속 공주님의 곁에는 멋진 기사님이 따라다니 는 법이잖아요."

세리나가 어딘가 꿈꾸는 듯한 어조로 말하곤 힐끔 나를 돌아봤다.

라미아 마을에서도 이런 종류의 동화나 설화가 부모 자식 간에 구전되는 것일까.

내 경우는 이야기 속 주인공의 기사들에게 협력하는 용과 퇴치 당하는 용, 쌍방의 입장을 두루 경험했던지라 뭐라 말이 안 나오 는 기분이다.

"응, 세리나 말이 맞아. 무녀 공주님 전속으로 수호자를 몇 사람 선발해서 다음 대 무녀 공주님이 결정될 때까지 지켜줘. 실질적으 로 그 호위 기사들이 엔테의 숲 최고 전사이고 정령사라고 말할 수 있겠네. 무녀 공주님이 스스로 특정 상대를 지명하는 경우도 있고, 족장 회의나 위그드라실 님의 신탁으로 결정되는 경우도 있어. 뭐, 예외도 물론 있지만 말야."

"그런 이야기는 공주님과 신분이 다른 소꿉친구의 조합이 정석이 겠죠? 무녀 공주님……. 후후, 어떤 분일지 벌써부터 기대가 돼요."

이렇듯 잡담을 나누면서 우리는 사이웨스트 마을의 동쪽 바깥쪽으로 이동했다.

우리는 이 시기에만 열리는 요정의 길로 단번에 공간을 도약하여 동쪽 너머에 위치한다는 디프 그린으로 향한다.

엔테의 숲은 우리 아크레스트 왕국의 북부부터 동부, 남부에 걸쳐 드넓게 펼쳐지면서 더욱이 동방의 여러 나라들까지 뻗어 나간다. 동쪽의 이웃 나라와 국경은 엔테의 숲이나 바다 사이에 끼여있는 자그마한 육지뿐이기에 육로로 아크레스트 왕국을 침공하기는 대단히 곤란하다.

요정의 길의 출입구는 자갈을 던진 수면처럼 일렁거리고 있었는데 드나들 때는 일순간이나마 점액 속에 잠겨 들 때와 비슷한 저항감이 느껴졌다.

요정의 길 안쪽으로 걸음을 내디디자 모든 냄새가 사라졌다.

주변 광경이 꾸물꾸물 비틀리면서 터널 형태의 공간이 만들어졌다. 이 안쪽을 한 발짝 걸을 때마다 통상의 이동 방법과는 비교도되지 않는 거리를 전진한다.

요정의 길을 나아가면서 위그드라실과 가까워짐에 따라 공간 축을 고정하는 보이지 않는 결계가 무수히 많이 펼쳐져 있다는 것이느껴졌다.

공간 도약을 차단하는 공간 간섭 쪽 결계다.

통행을 허가받은 요정의 길이 아니면 이 결계에 막혀 지상의 어느 누구도 위그드라실에 결코 접근할 수 없을 것이다.

수룡황 류키츠나 뱀파이어 퀸 드라미나 수준의 실력자여도 우격다짐으로 돌파하기는 극히 어려운 결계였다. 과연 세계수 위그드라실이라고 칭찬해줄 수 있겠다.

백 걸음쯤 걸어갔을 때 비틀린 터널의 건너편에 연녹색으로 빛나는 빛의 출구가 보이자 선두에서 걷고 있었던 피오가 우리를 돌아봤다.

아마도 목적했던 장소에 도착한 듯싶다.

평범한 이동 수단이었다면 며칠, 혹은 몇 달이나 숲속을 헤매야 했을 거리를 이 짧은 시간에 지나온 만큼 이보다 더 편리할 수가 없겠다.

"자, 디프 그린에 도착했어. 인간이 방문하는 게 특별히 처음은 아니지만, 엄청 오랜만에 맞이하는 인간 손님이야."

흠, 뭐, 나의 혼은 용이니까 순수한 인간이라고 말하기 어려운 부분이야 있다만.

연녹색으로 빛나는 빛의 출구를 지나갔을 때 우리를 둘러싼 것은 사이웨스트 마을보다 더욱 농후하고 풍성한 대기. 한 차례 호흡할 때마다 서로 다른 꽃들의 향이 폐와 뇌를 간질거린다.

극채색으로 물들지 않다는 것이 신기할 만큼 농후한 향기의 미립자가 가득 들어찬 대기에는 무수히 많은 사람들의 목소리와 숨소리와 열기가 포함되어 있다는 것이 느껴진다.

내 왼편을 기어가는 세리나는 눈에 확 들어오는 광경을 마주하고 푸른 눈동자가 커다랗게 휘둥그레져서 거짓 없는 감탄의 목소리를 터뜨렸다.

"우와아, 저요, 이런 광경은 본 적이 없어요. 굉장해라!"

우리가 서 있는 곳은 절구 형태로 파인 대지의 외곽부. 나무들 뿌리가 서로 복잡하게 뒤얽혀서 바닥의 형태를 갖춘 반원형의 무대다.

절구 형태의 바닥에는 평범한 인간의 시력으로는 들여다볼 수가 없도록 깊은 구멍이 뚫려 있다.

눈에 마력을 흘려 넣어서 마안화시킨 상태로 아래 방향을 봤더니 오싹할 만큼 깊숙한 구멍 밑바닥에 맑고 투명한 물이 고여서 만든 호수가 보였다.

긴 세월 동안에 내리쏟아졌던 빗물 및 눈석임물, 거기에 지하수 등이 배어나서 거대한 호수를 형성했겠지.

맑은 물속에 잠겨 있는 믿기지 않을 만큼 거대한 나무의 뿌리가 호수 밑바닥 더욱 깊은 지하로 뻗어 내려간다. 물속에도 현란하게 만발한 꽃들과 크고 작은 물고기들이 몹시도 많이 있었다.

그리고 무엇보다도 눈길을 빼앗는 것은 구멍의 중심부에서 하늘로 뻗쳐오르는 터무니없이 거대한 나무였다. 줄기 두께만 봐도 가로아가 싹 들어가버릴 만큼 대단하다.

눈앞에 있는 거대한 나무야말로 이 행성에 다섯 그루만 존재하는 세계수 중 한 그루, 엔테 위그드라실이다.

우리의 시야 좌우를 가득 빈틈없이 메우고 있는 거대한 줄기의 표면에는 유구한 세월을 보내오며 두꺼운 이끼 융단이 깔렸고, 여기저기에 붉은색과 푸른색과 노란색이며 보라색 등 갖가지 과실이 맺혀 있고, 이 세상의 갖가지 온갖 색채로 물든 꽃들이 화사하게 피어나서 주위를 꾸며주고 있다.

자세하게 관찰하면 무수히 많은 줄기를 뻗어 보내는 위그드라실의 이곳저곳에 수많은 작은 동물이며 곤충류, 조류가 보금자리를 만들어서 이곳 안쪽에 하나의 생태계를 구성했음을 미루어 짐작할 수 있었다.

푸른 하늘을 가득 메울 기세로 싱그러운 심록의 잎을 무성하게 매단 가지가 사방으로 뻗어 나가고, 더욱이 그것들이 겹겹이 거듭 겹치면서 그야말로 녹색의 천개(天蓋)가 되어 하늘을 온통 뒤덮고 있다. 이 천개를 통과하는 빛이 녹색으로 물들지언정 누구도 의문을 갖지 않을 것이다.

이 깊은 구멍의 바닥에 뿌리를 내려 뻗었기에 숲 바깥이나 사이웨스트가 있는 주변 지역에서는 안 보였지만, 만약 땅바닥 높이부터 자라났었다면 베른 마을에서도 충분히 보였겠다.

절구 형태를 이룬 경사면에는 많은 나무가 어지럽게 자라나 있고, 가지와 가지 사이에 수많은 가옥이 보였다. 혹은 나무들 자체를 가옥으로 이용하는 집도 있는 듯했다.

경사면의 건물 및 나무들은 몇 가닥씩 밧줄로 연결되어 있고, 밧줄에는 바구니가 매달려 있다. 아마도 저런 밧줄과 바구니가 이동 수단의 하나인 듯 작은 바구니에는 네 명 정도, 큰 바구니에는 백 명 가까운 숫자가 탑승해 있는 광경이 보인다. 나룻배가 아니라 나룻바구니라고 불러야 하나?

또한 이렇듯 바구니 이외에도 나무들 및 가옥 사이에는 현수교가 다수 매달려 있어서 짧은 거리의 이동에는 간단하게 현수교를 이용하는 듯싶다.

그 밖에도 이동 수단으로 대형 잠자리나 벌에 올라타서 하늘을 날아다니는 사람, 커다란 거미와 개미, 날개가 퇴화한 조류를 이용하고 있는 사람들의 모습도 보였다.

"이렇게나 활기찬 장소가 숲속에 있었다는 게 확실히 놀랍네. 아무리 엔테의 숲이 광대하다지만, 이토록 많은 종족이 생활하고 있는 줄은 왕국의 인간들은 상상조차 못 했을 거야."

구멍 외곽부가 요정의 길 출구로 설정되어 있는 듯 좌우를 둘러보면 우리와 마찬가지로 요정의 길을 지나서 온 사람들이 끊임없이 나타난다.

우리가 서 있는 무대에서는 좌우와 전방에 길이 이어져 있었는데 지나가던 우드 엘프들이 인간인 나를 보고는 놀란 표정을 지었다.

역시나 인간은 많이 드문가 보군.

다만 놀라움과 약간의 경계심을 내색할 뿐 적의나 모멸은 느껴지지 않으니까 특별히 인간에 대해 악평이 퍼져 있는 상황은 또 아닌 듯싶었다.

흠, 그나저나 아무렇지도 않게 여기저기 자라나 있는 화초 하나만 살펴봐도 아크레스트 왕국에서는 유통되는 숫자가 적은 희소한 종류가 잔뜩이구나.

진통·해열 작용이 있는 고요한 안개 풀, 뱀 종류의 독에 강력한 해독 효과를 발휘하는 벼랑뱀 꽃, 한 송이로 천 명을 환각의 바다에 빠뜨릴 수 있는 성분이 함유된 환각 백합, 꽃가루를 흡입하면 폐가 타올라 문드러져서 피로 폭포를 뱉는다는 지옥 담배.

조합 방법에 따라 영약도 독약도 될 수 있기에 마법 의사들이 군침을 흘릴 품종이 잔뜩 있었다.

무단으로 채집해서 가지고 갈 수는 없는 노릇인 만큼 어떻게든 물물교환으로 이러한 식물들의 종자든 잎이든 확보해야겠다.

요정의 길의 출구인 무대에는 각각 2층짜리 건물이 있었는데 우드 엘프 및 수인, 충인 등 무장한 병사들이 방문객들에게서 무기를 일단 맡아 두는 모습이 보였다.

"피오, 내 장검과 세리나의 지팡이는 저쪽에 있는 분들에게 맡기고 오면 되나?"

"맞아. 대신에 번호표를 건네주니까 안 잃어버리게 조심하고."

나는 피오와 함께 병사들의 대기소로 가서 장검과 지팡이를 맡긴 뒤 시장으로 — 이런 표현이 올바른가 어려운 감은 있다만 — 이동했다.

거리에서는 우드 엘프 및 수인, 충인의 모습은 물론 볼 수 있었던 반면 역시나 인간은 찾아볼 수 없었다. 아무래도 디프 그린에 있는 인간은 지금 시점까지는 단 한 명 나뿐이라고 생각하는 게 좋겠다.

피오가 선두에 서고 마르, 디아드라에 이어서 나와 세리나의 순서대로 걸어가던 중 나는 디아드라와 마르에게 말을 건넸다.

"피오는 여러 번 방문한 적이 있는 것 같은데, 디아드라와 마르는 이곳에 왔던 경험이 더 있었어?"

"마르는 항상 피오랑 함께 오고는 해요. 다른 요정 친구들과 만날 수 있고요, 떠들썩해서 즐거우니까 축제는 정말 좋아해요!"

"나도 마르와 비슷비슷하네. 내 경우는 다른 장미의 정령과 썩 화기애애한 사이가 아니지만, 위그드라실 님이 방출하는 마나를 몸소 받아들이면 영격과 마력을 끌어올릴 수 있거든. 이렇게 좋은 기회가 있을 때마다 가능한 한 직접 찾아오려고 신경을 써."

"흐음. 그러면 안내인을 구하려고 고생할 일은 없겠군. 물론 집합 장소만 사전에 가르쳐주면 나와 세리나는 가만 놔두고 편하게 돌아다녀도 별문제는 없을 거야."

"드란도 참, 섭섭한 소릴 하는구나. 나는 새로운 친구 두 사람과 함께 구경하러 다니기를 무척 기대했거든? 드란이 싫대도 같이 붙어서 다닐 거야."

그렇게 말한 뒤 피오는 밝은 미소를 머금었다.

그래, 쓸데없는 배려는 불필요한가. 이 축제를 함께 즐기기 위해 마음껏 의지하는 것이 피오에게도 우리에게도 가장 좋겠군.

신세를 질 피오의 친척집으로 가는 도중에 주위를 관찰하면 경사면 쪽에서 커다랗게 뚫린 큰 구멍이나 문을 찾아볼 수 있었다.

아마도 흙 속에도 주택과 곤충의 사육 시설 따위가 건설되어 있는 듯싶다.

재차 눈에 마력을 넣어서 마안화한 뒤 살펴봤더니 땅속에도 위그드라실이며 그 밖의 나무들 가지가 뻗어서 복잡하게 서로 뒤얽혀 주택으로 쓰기 적합한 공간을 몇몇 의도적으로 만들어 내고 있었다.

아마도 위그드라실을 비롯한 엔테의 숲의 식물들은 우드 엘프 등 주민들과 공생을 전제로 하여 얼마간 진화의 방향성을 결정해 왔을 것이다.

아래로 점점 내려갈수록 길의 폭이 넓어짐에 따라서 경사면부터 구멍의 중심을 향해 뻗치는 나무들의 줄기도 두껍게 변화했고, 그 위쪽 공간에다가 목재 및 덩굴을 써서 만든 주택을 다수 찾아볼 수 있었다.

동과 철 등등 금속제 물건은 적고 석재 및 벽돌같이 흙을 재료로 쓴 건축 자재가 많다.

나무들과 함께 살아가는 습관 때문인지 되도록 불을 안 쓰는 문화가 형성된 듯하다.

신세를 지게 될 피오의 친척집은 경사면의 중간쯤에서 살짝 아래에 건설되어 있었다.

아무러면 위그드라실에는 미치지 못할지언정 5층 구조의 건물에 필적할 만큼 높게 자라난 거목의 내부 공동을 이용한 가옥이었는데, 줄기 곳곳에 창문을 설치했고 거기에 유리를 끼워 놓았다.

피오가 문을 두드리려했지만 그 전에 양문형 문이 안쪽에서 열리더니 30대 중반쯤 된 외모의 우드 엘프 남녀가 모습을 나타냈다.

사전에 주위 나무들이나 요정들이 내방을 알려주었을 테지.

종족 단위로 용모가 아름답다고 알려진 우드 엘프의 평판을 배반하지 않고 피오를 마중하러 나온 부부 남녀도 회화 속에서 뛰쳐나온 것처럼 단정한 외모를 갖고 있었다.

인간으로 빗대어 말하자면 나와 비슷한 연령대에 속한 피오와 비교했을 때 아무래도 하얀 도자기 같은 피부에 주름 한둘은 새겨져 있었다만, 살짝 칙칙한 금색의 머리카락 및 비취를 연상케 하는 아름다운 눈동자의 배색 따위는 훌륭하다고 말할 수밖에 없는 광채를 발하고 있다.

축제라는 행사를 맞아 다소나마 장식품 및 자수를 한 물품을 몸에 착용했지만, 부부 두 사람 모두 긴소매 셔츠와 바지라는 간소한 차림새였다.

의복에 사용된 것은 비단이나 마, 무명과 같은 재질이 아니라 식물의 잎맥을 원재료로 만든 옷감 같았다. 의복용으로 가공하는 데 적합한 식물이 있고 그것을 활용하여 의복을 장만하는 기술을 보유했을 테지.

"아저씨, 아주머니!"

부부의 얼굴을 본 피오가 활짝 웃음 지었다.

"피오, 기다렸단다."

"20년 만이구나. 조금은 자란 것 같은데?"

20년이면 제법 오래도록 안 만난 사이군— 그런 생각이 들었지만, 수명이 긴 우드 엘프에게는 별로 대단한 시간이 아니었나 보다.

피오는 만면에 미소를 띠고 아주머니라고 불렀던 우드 엘프 부인에게 안겨 들었다.

가까운 친척끼리 사이가 양호하다면 좋은 일이다.

흠흠, 내가 내심 흐뭇해하던 차에 우드 엘프 남성이 온화한 미소를 머금은 채 비취색 눈동자를 우리에게 향했다.

"디아드라와 마르도 저번 축제 이후에 보는구나. 여전히 건강하니 다행이다. 그리고 드란 군에 세리나 양이로군. 피오에게서 이야기를 잘 들었다네. 나는 피오에게 백부가 되는 아지람, 이쪽은 나의 아내인 마리알일세. 마계의 악귀들을 상대로 사이웨스트의 모두를 위해 싸워줬다지. 많이 늦었지만 꼭 답례의 말을 하고 싶었지. 고맙네."

"네, 소식은 들었어요. 나도 꼭 인사를 하고 싶었죠. 여러분 덕분에 귀여운 조카들을 잃어버리는 신세를 면했네요."

부부가 나란히 머리를 깊이 숙였다.

"아니요, 지상 세계에서 함께 살아가는 사람으로서 당연한 행동을 했을 뿐입니다. 게다가 디아드라와 피오를 비롯하여 엔테의 숲에 사는 분들이 힘을 모아준 덕에 마계의 침략자들을 물리칠 수 있었던 겁니다. 저희가 한 일은 정말로 자그마한 보탬에 불과했죠. 세리나도 같은 생각이지?"

"네. 그때 마계의 강적을 상대로 두려움 없이 싸우러 나간 모든 분들은 비할 데 없이 용감하셨어요. 그래도, 저희가 조금 더 빨리 도우러 갔었다면……. 안타까운 생각은 들지만요."

"아니, 아니야. 자네들의 조력 덕택에 희생자의 숫자가 줄었다는 것은 분명하잖나. 자, 우리 집에 들어오게나. 먼 땅에서 방문해주신 손님들."

아지람 씨의 손짓을 따라 우리는 거목을 이용한 가옥 안쪽으로 걸음을 들여놓았다.

군데군데 비틀린 원형 공동이 형성된 내부에는 역시 나무로 만든 긴 책상이며 옷장, 의자, 소파를 비롯하여 여러 일상품이 놓여 있었다. 이러한 목제 일상품은 모종의 도료를 발라 놓았는지 아름다운 광택을 발하고 있다.

집 안은 바깥과는 또 다른 나무며 꽃향기가 나서 우리의 콧속과 폐를 단 한순간도 지루하게 놔두지 않는다.

벽과 천장에는 선명한 색채를 띠는 꽃을 활용해서 작은 꽃병이며 화환을 장식했기에 쓱 둘러봐도 아름답다.

집 안의 향기를 즐기던 때에 문득 디아드라가 나를 힐끔힐끔 곁눈질로 쳐다보는 모습이 시야에 들어왔다. 흠……. 자신의 향기가 더 좋다 말하고 싶은 얼굴이다. 흑장미 정령의 긍지인가?

"인간 손님을 맞이하는 건 처음이네. 후후, 네 눈에 우리들 집은 어떻게 보이려나 궁금해."

마리알 씨는 천진한 소녀처럼 웃었다.

여성의 연령을 따지는 것은 실례이겠지만……. 아마도 실제 연령은 수백 살을 넘겼을 텐데도 소녀 같은 몸짓이 잘 어울리는 부인이었다.

우리는 먼저 체류 중 머무를 객실로 안내받았다.

객실의 침대는 탄력성이 있는 대나무 같은 식물을 짜 맞춘 물건으로, 잠시 앉아봤더니 딱 알맞은 반동이 돌아왔기에 잠자리는 제법 편안할 듯싶었다.

벽이나 침대의 머리맡에는 수선화를 연상케 하는 유리 램프가 놓여 있고, 위그드라실을 중심으로 엔테의 숲에 거주하는 종족들이 묘사되어 있는 태피스트리 등이 걸려 있었다.

일단 남녀가 따로따로 묵을 수 있게 부부는 나와 세리나에게 각각 다른 방을 준비해주셨다.

세리나는 나와 다른 방이라 못내 아쉬운 눈치였지만, 애써 준비해준 성의를 떠올리면 불만을 내색하는 짓은 할 수 없었다. 세리나의 이런 부분은 대단히 흐뭇하게 생각된다. 그러나 세리나의 이런 심정을 아는지 모르는지, 아니, 뻔히 알면서 디아드라가 놀리는 말투로 입을 열었다.

"세리나 대신 내가 드란과 같이 자면 어떨까? 밤중에 몰래 숨어들어 가줄게."

"디아드라 씨! 그러면 아지람 씨와 마리알 씨가 방을 나눠주신 의미가 없잖아요! 게다가, 저도 드란 씨의 방에 숨어들고 싶단 말예요!"

"어머, 어머나, 세리나는 내가 생각했던 것 이상으로 적극적인 아이가 됐구나. 과연 드란은 누구를 더 환영해주려나?"

"누구든 대환영이라는 게 본심이지만, 미혼 남녀 사이에 별로 칭찬받을 행동은 아니겠지."

세리나가 자신이 무슨 소리를 꺼냈나 이해하고 얼굴 붉히는 모습을 바라보면서 나는 세리나를 너무 놀리지 말아달라고 디아드라에게 살짝 항의만 한 뒤 말을 삼갔다. 이런 때 남자는 무력하구나.

부부는 차를 권해주셨지만 한정된 시간밖에 없는 관계로 피오가 안달 냈기에 우리는 부산스럽게 아지람 씨의 집을 뒤로하게 되었다.

부부와 천천히 이야기를 나누려면 저녁 식사 때가 되어야겠다.

집에서 나오기 직전 1층 거실에서 피오가 자기 지갑을 보여줬다. 이것이 디프 그린에서 물건을 살 자금이다. 안쪽에는 작은 정령석 알갱이와 화초 씨앗이 들어 있었다. 그 밖에도 세공물이며 각 종족의 특산품 따위가 물물교환에 이용된다고 한다.

흠, 내가 가지고 온 마정석도 물물교환을 받아줄 것 같구나.

혹시나 싶어 나는 지참했던 마정석을 거실의 큰 탁자 위쪽에 꺼내다 놓고 피오와 아지람 부부에게 확인을 부탁했다.

식탁보 위에 산처럼 쌓인 지정석, 수정석, 풍정석, 마정석을 보고 피오는 물론이고 다들 입을 쩍 벌린 채 잠시간 말을 잃어버렸다.

피오는 주뼛주뼛 마정석의 산을 콕콕 찌르곤 그중 하나를 손에 잡아서 내포되어 있는 힘을 감지하고자 했다.

"으음……. 드란, 이게 뭐야? 터무니없이 순도가 높은데……. 결정화되기 직전이잖아. 불순물이 거의 없어. 이런 건 좀처럼 찾아볼 수가 없는 물건이야."

"베른 마을 근처에서 노천 채굴이 되는 정령성과 마정석이지. 내가 가공해서 순도를 높여 놨으니까 순수하게 막 채굴한 상태는 아니지만 말이야. 그리고 이런 물건도 귀하게 봐줄 것 같아서 준비했어."

나는 마정석 산 안쪽에서 뱀의 눈을 연상케 하는 문양이 떠올라 있는 푸른 마정석을 손으로 잡아 피오에게 건넸다. 어젯밤 잠들기 전에 세리나와 함께 만들어 둔 신작 마정석이다.

"어? 어? 이거 뭐야, 세리나의— 아니, 라미아의 마력이 느껴져. 순수한 마력에 뱀의 마력이 뒤섞여 있네?"

"세리나의 영혼과 혈육에 내포된 뱀 마력의 저주를 추출해서 마정석과 한데 섞은 물품이지. 일단 사정석(蛇精石)이라고 부르면 되지 싶은데. 뱀의 마력에 있는 마비와 매혹, 독의 성질이 강하니까 저런 계통의 마법을 쓸 때 사용하면 효과를 증강해주고, 반대로 비슷한 마법에 대해 저항력도 높여주는 일거양득의 물건이야. 장래에는 더 많은 종류의 마력과 혼합시켜서 어떻게 쓸모를 늘릴 수 있나 연구하고 활용할 예정이고."

나와 합작이기 때문일까. 세리나는 에헴, 어쩐지 자랑스럽게 가슴을 쭉 폈다.

라미아 및 뱀 마물은 예로부터 다수가 존재해왔던 만큼 우발적으로 만들어진 비슷한 물건이 없다는 말은 못 하겠다만, 인공적으로 만들어 내는 이 사정석은 지극히 드문 물품이라고 자신할 수 있다.

"아니……. 응, 드란. 이거 하나면 뭐든 다 사들일 수 있을 거야. 그게, 오히려 가치가 너무 높아서 교환할 때 난감하지 않을까? 마정석이나 정령석은 여기저기 많이 돌아다니지만, 드란이 갖고 온 돌은 순도가 최고 품질이고. 또, 사정석? 얘도 교환 가치가 가늠이 잘 안 될 것 같은데……."

피오는 뱀의 눈 문양이 떠올라 있는 사정석을 빛에 비춰서 빤히 들여다봤다.

"흠? 너무 과하다고? 곤란한데. 어느 정도의 물건을 가져오면 좋았을지 몰랐던 터라 기합을 넣어봤다만, 괜히 헛심을 쓴 셈인가."

"이렇게 잔뜩 준비한 만큼 충분하겠다고 태평한 생각이나 했는데 말이에요."

내가 탄식하자 세리나도 쓴웃음을 짓곤 동의했다.

이제 와서는 사후 약방문이다만, 미리 물물교환의 기준을 물어보는 것이 좋았겠군.

흠, 흐흠.

"뭐, 이왕에 축제 때 왔겠다, 인심 좋게 뿌려야지. 베른 마을의 드란이라는 인간은 씀씀이가 좋다는 소문이라도 퍼진다면 나중에 좋은 결과로 연결될 수도 있지."

"어머, 물건의 가치를 못 알아보는 만만한 상대라고 얕보일지도 모를 텐데?"

디아드라는 짓궂게 놀리는 말투로 말했지만, 얕보이든 씀씀이가 좋다는 인상을 주든 우선은 관계 형성이 안 되면 교섭이고 나발이고 못 한다.

"엔테의 숲 주민들이 바깥에 흥미를 가져준다면 내게 어떤 인상을 갖든 신경 쓰지 않아. 교류만 시작하면 평가는 나중에 어떻게든 바꿀 수 있기도 하고."

"자신만만하구나. 뭐, 너라면 정말 해내겠지만."

내 혼이 전생한 용이라는 사실을 아는 디아드라는 내 말을 실력이 뒷받침하는 자신감으로 받아들여준 듯싶다.

그렇다 해도 현시점에서 나는 베른 마을의 관광지화와 전력 증강 정도밖에 손을 대지 않았지만 말이다.

우선 피오에게 보증을 받았기에 우리는 이미 활기가 가득 흘러넘치는 디프 그린의 시가지로 몰려 나갔다.

나무들과 가옥에 거미집처럼 퍼져 있는 밧줄과 현수교에는 군데

군데 도롱이 벌레 같은 조그마한 노점과 오두막이 매달려 있다.

　아마도 개인이 경영하는 상점인 듯 지나다니는 손님이나 부르는 말에 반응해서 도롱이 벌레 오두막이 위아래로 이동하고 있다. 가끔씩 기세가 너무 붙어서 손님을 휙 지나쳐 가는 광경은 애교이려나.

　요정의 길 출입구가 있는 최외곽부에서 중간쯤 내려가는 부분부터가 가로아에서 쓰는 말로는 거주 구획과 상업 구획이라 여기저기에서 모피 다발을 든 곰 인간과 약초 다발을 든 우드 엘프, 나무 상자 한가득 채운 광석과 달콤한 냄새가 나는 약액을 교환·교섭하는 원숭이 수인 등등이 눈에 들어온다.

　우리는 거대한 포도알로 짠 신선한 적자색 주스를 인원수만큼 구입해 들고 마시면서 알짱알짱 걸어 다녔다.

　"흠, 부정기적으로 개최되는 드문 축제여서일까, 모인 사람들의 활기도 보통이 아니구나. 어디 보자……. 식사는 그 지방에 사는 사람들의 문화를 단적으로 체감할 수 있지. 우선 요리를 즐기고 싶군."

　용에서 인간으로 다시 태어난 이후 내가 특히 커다랗게 변화했던 부분은 식사라는 행위를 즐기게 되었다는 사실이다.

　가로아에서도 시가지에 나갈 용건을 만들어서 세리나와 함께 여기저기 군것질을 하며 돌아다닌다. 세리나도 생글생글 기쁘게 나의 식도락에 함께하면서 대식가의 먹성을 선보이다가 「배에 살짝 살이 붙어버렸어요」라며 한탄했던 적이 있었다.

　"그러게, 막대 모양으로 자른 과일이라든가 구운 버섯 종류가 많기는 한데 남자는 역시 고기가 더 좋을까?"

피오는 우리의 앞을 걸어가면서 괜찮은 가게를 골라보고 있다.

일반적으로 우드 엘프는 채식주의라는 선입견이 있다만, 사실은 평범하게 숲에 서식하는 동물의 고기를 섭취한다. 나무들의 길 위에 늘어선 포장마차 및 음식점에는 고기 요리가 진열되어 있고, 고기를 굽는 향기로운 냄새가 떠다닌다.

흠…… 아무래도 화정석에서 발산되는 열을 이용해서 볶기, 구이, 끓이기, 찌기, 데치기, 튀기기 등의 조리법을 구사하는 듯싶다.

진짜 불길이 아닌 화정석을 쓰면 가옥 및 나무들, 화초에 불이 옮겨붙을 우려는 대폭 줄어든다. 물론 화정석의 이용 방법은 조리가 전부이지는 않다.

"뭐든 괜찮아. 피오의 추천이라면 분명 무엇이든 맛있을 테지. 그렇지? 세리나."

"후후, 우드 엘프분들의 식문화를 즐길 때군요. 기대되네요. 왠지 야채만 잔뜩 먹을 것 같은 인상이 있었는데 어떨까요."

"둘이 기대해주는 만큼 내가 열심히 분발할게. 딱히 야채만 골라서 먹는 건 아니지만, 다른 종족 사람들이랑 비교하면 꽤 소식하는 것은 틀림없긴 해. 둘이서 배가 꽉 차오를 때까지 잔뜩 가게를 돌아다녀야 할 것 같아."

피오는 살짝 주먹을 부르쥐어서 기합을 넣었다.

우리를 위해 저렇게 우리를 생각해준다니. 정말 친구로 둔 보람이 있는 소녀다. 마르가 사이웨스트 마을에서 피오와 가장 사이좋은 것도 저런 부분에 끌렸기 때문인지도 모르겠다.

의욕이 가득 솟아나는 피오에게 이끌려서 우리는 넓고도 넓은 디프 그린의 안쪽을 걸어 다녔다.

승용 대형 곤충이나 큰다리 새가 때대로 멈춰 서더니 운전 기사가 우리에게 타지 않겠냐고 말을 건넸다만, 이왕에 삼림욕을 하는 기분으로 신록의 냄새를 만끽하기 위해 스스로의 다리로 움직이고 싶어서 사양했다.

대형 곤충은 외양을 받아들이지 못할 사람이 있을 테니까 어렵겠지만, 큰다리 새는 베른 마을에서 사육하는 쪽으로 검토할 만한 가치가 있겠군. 큰다리 새는 말보다 지구력 등이 떨어지는 대신 사육이 쉬울뿐더러 알은 식용으로 활용이 가능하다.

빈 포도 주스 컵을 쓰레기통이 버리고 이번에는 피오의 추천을 받아 구입했던 칠색 버섯 꼬치구이를 입안 가득히 우물거리면서 우드 엘프 시인이 연주하는 금(琴) 소리에 귀를 기울였다.

우드 엘프뿐 아니라 날갯소리로 합주를 선보이는 잠자리 인간이나 맑고 깨끗하고 높은 지저귐 소리 합창을 울려 퍼뜨리는 조인, 단 한 장의 잎사귀로 일곱 가지 음색을 나누어 부는 랜드러너 같은 사람들 덕에 귀 기울이는 청자의 마음을 풍요롭게 채워주는 소리가 도시 안쪽에 가득 흘러넘치고 있었다.

"이런데도 아직은 축제 전인가. 당일이 되면 얼마나 더 떠들썩해지려나. 아니면 위그드라실과 무녀 공주의 안전이라 오히려 다들 차분해질 수도 있겠군?"

내가 문득 피오에게 물어봤더니 우드 엘프 소녀는 생글거리며 고개를 좌우로 흔들었다.

"에이, 그렇지 않아. 위그드라실 님은 활기찬 걸 좋아하시고, 무녀 공주님도 평소 수행의 성과를 전부 선보일 수 있는 자리라서 마음껏 즐거워하서. 내일부터 정식 일정에 들어가면 더 많이 떠들썩해지고 많은 소리와 향기가 가득 흘러넘칠 거야. 후후, 드란과 세리나는 익숙하지 않아서 취해버릴지도 모르겠네."

"흠, 농후한 시간을 보낼 수 있겠군— 아니, 이미 보내고 있지, 아무튼 충실한 시간이 되겠어. 그나저나 그렇게까지 떠들썩하면 디아드라에게는 다소 어울리질 않겠군. 내가 제멋대로 한 상상이다만, 디아드라는 홀로 밤하늘 아래에서 달구경을 즐기는 장면이 가장 잘 어울리지 싶은데."

내 말에 반응해서 디아드라는 살짝 의외라는 표정을 지었다. 다만 어딘가 나를 놀리려는 기색이 흑장미의 미모에 섞여 있었다.

디아드라는 다른 여성들과 같지 않아서 항상 나를 떠보려는 듯이 행동하니까 신선한 기분이 든다.

나를 놀리려고 하는 부분에서는 카라비스도 비슷한 구석이 있다만, 고것과 비교하는 건 디아드라에게 너무나 실례되는 생각이다.

"어머, 이래 보여도 나 역시 꽃의 정령의 일종이니까 햇빛을 못 받으면 살아갈 수가 없는데? 다만 달빛과 밤의 어둠에 몸을 가라앉히는 게 더욱 성미에 맞다는 건 확실하네. 그런 의미에서는 드란의 견해가 옳아. 역시나 감이 날카롭다니까. 물론 여심을 잘 알아준다곤 도저히 말을 못 하겠지만."

"여심이라. 내게는 세계 최대의 수수께끼에 가깝군. 단순히 지식으로 알고 있는 것에 불과하니까."

"너무 딱딱하게 생각할 일은 아닌 것 같은데……. 세리나와 지내는 분위기를 보면 특별히 둔감한 것 같지도 않고. 너는 참 까다로운 남자야, 드란."

"흠, 그럼에도 옆에 있어주는 세리나에게 어떻게 감사해도 모자랄 지경이야. 혹시나 세리나에게 버림받는다면 나는 자기 자신을 근본부터 다시 돌이켜보고 반성해야겠지."

이 발언은 한 점 거짓도 없는 나의 본심이다. 사역마까지 되어준 세리나에게 버림받는 상황을 맞이한다면 나의 인격에 문제가 있다고 낙인찍히는 것과 마찬가지이니까.

"그럼 열심히 버림받는 신세를 면할 수 있게 노력해야겠네. 세리나를 보면 볼수록 딱히 걱정은 안 해도 될 것 같기는 한데……."

"디아드라가 보증해 준다면야 일단은 안심해도 별 탈은 없겠군."

우리는 그대로 피오와 디아드라의 안내를 따라 ─ 마르는 노는 데 정신없었다 ─ 인간이 된 이후에는 처음으로 보는 종족들이 가득 들어차 있는 녹색의 도시를 여기저기 놀러 다녔다.

도중에 이동용 바구니에 타서 도시의 반대편으로 향한다.

높은 곳을 꺼리는 사람이라면 실신할 수도 있는 높이였다.

바구니에 설치된 창문 너머로 내다보이는 위그드라실은…… 흠, 아직은 많이 어린 나무이다만, 건강하게 자라고 있군.

내가 알고 있는 최초의 위그드라실은 신들과 같은 영역에 존재하는 고차원 존재였다만, 그 아이들은 세대를 거칠 때마다 3차원 세계에 가까운 존재로 변모했었다.

마치 나의 용종 동포들처럼 영격을 끌어내림으로써 3차원 세계에 적응한 셈이겠다. 위그드라실의 아이들은 작은 개체는 행성에 뿌리내리고, 큰 개체는 잎사귀 하나하나에 하나의 우주 및 차원을 담아 다차원 세계에 뿌리를 뻗어 나간다.

"몇 번을 봐도 커다란 나무네요, 드란 씨. 저는 세계수를 여태껏 이야기만 알고 살았거든요."

깊은 감동의 말을 꺼내는 세리나에게 나는 음, 마주 고개를 끄덕여줬다.

바구니 안은 세리나의 크고 긴 뱀의 하반신 덕에 상당히 좁아진 데다 내 몸에 세리나의 하반신이 빙글빙글 휘감겨 있는 상태이다.

세리나가 나를 디아드라에게 빼앗길까 봐 경계하는 태도로 보이기도 한다.

그런 세리나를 보고도 디아드라는 그야말로 여유만만하게 미소를 짓고 있다.

이래서야 세리나에게 승산이 없겠군. 무슨 승부냐고 묻는다면 구체적으로는 대답이 떠오르지를 않는다만.

"인간의 세계에서도 위그드라실의 존재는 잘 알려졌지만, 구체적으로 어디에 어떤 이름을 가진 위그드라실이 얼마나 존재하는지는 수수께끼니까. 엔테의 숲만큼 오래되고 광대한 지역이라면 충분히 위그드라실이 존재할 만한 곳이라고 추측은 할 수 있어도 인간 중 실제 확인까지 마칠 인물은 일단 없겠지. 그러고 보니 수룡 류키— 흠, 류키츠와 루우가 말하기를 바닷속에도 위그드라실이 한 그루 존재한다더군."

"네? 바닷속에요?!"

"그래. 항상 해수와 영맥의 청정화를 수행하고 있고, 인어들의 어떤 나라의 중심지에 위치한다더라. 아마도 이곳 디프 그린처럼 활기찬 곳이겠지."

"그렇다면 다른 세 그루의 세계수분도 어떤 종족이 모시고 있는 걸까요?"

"최초의 위그드라실은 선한 신들의 곁에 있던 존재니까 그 계보를 이어받은 개체들이 지상의 여러 종족과 함께 공존을 바라는 것은 이상한 이야기가 아니야. 물질계와 다른 세계에 걸쳐서 두루 뿌리를 뻗는 경우도 많고 정령을 비롯한 다른 차원의 존재에게 공경을 받는 경우도 있지."

하나의 행성에 다섯 그루나 되는 위그드라실이 뿌리내리고 있는 현황을 감안하면 이 행성의 위그드라실은 모두들 아직 어린 나무가 전부일 테지.

아마도 이대로 쭉 위그드라실이 건강하게 성장한다면 언젠가 한 그루만 이곳 행성에 남고, 나머지 네 그루는 다른 행성을 목표로 지상을 떠나 여행하게 될 것이다.

뭐, 물론 내가 인간의 천수를 다 누린 다음에 훨씬 더 나중의 일이겠지만.

"드란, 세리나, 저쪽을 봐. 내일 저기에서 무녀 공주님이 축제의 시작을 선언하실 거야. 그리고 위그드라실 님이 지맥과 조화를 이뤄 만들어 낸 풍부하고 깨끗한 마나를 이 세계에 방출하는 거야."

바구니의 창문 너머로 몸을 내밀고 손가락질하는 피오를 따라 시선을 보낸 저편에서 위그드라실의 줄기에 설치되어 있는 반원형의 무대가 보였다.

"위그드라실의 축제인가. 베른 마을에도 좋은 영향이 나타나기를 기원하고 싶군."

적어도 농작물은 풍작을 맞을 테지만, 식량이 풍부해져서 동물들이 대량 번식함에 따라 짐승에 의한 피해가 다발할 가능성도 있다는 것이 고민이다.

뭐, 씩씩한 베른 마을의 사람들이라면 늘어난 짐승도 싹 사냥할 테지만.

맹수든 마수든 간에 식량이나 돈벌이로 이용할 수 있으니까 악영향이 발생하지 않을 정도로 이쪽에서 사냥 숫자를 조정하면 되겠다.

"드란 씨, 드란 씨."

위그드라실을 바라보던 때에 세리나가 입술을 내 귓가에 바짝 가져다 댔다.

"무슨 일이야?"

"드란 씨는 혹시나 엔테 위그드라실 씨와 알던 사이는 아니었나요? 류키츠 씨 때처럼 사실은 알고 지내던 사이가 아니었을까 생각이 자꾸 드는데요."

"흠, 세리나가 하려는 말은 알겠는데, 나라고 온 세상의 모든 존재와 알고 지냈던 건 아니야. 오래된, 정말 오래된 위그드라실하고 안면이 있을 뿐 이곳 엔테의 숲에 있을 위그드라실은 처음 만나는 사이니까."

"으음~ 정말 뭐랄까, 역시나라고 할까……."

세리나는 이제 놀랄 기력도 없는 탓인지 오히려 살짝 지친 얼굴로 중얼거렸다.

이미 세리나는 나의 전세가 용이었음을 알고 있다지만, 설령 용
이었어도 세계 규모의 저명한 존재와 안면이 있는 것은 예사로운
관계가 아니기 때문에 마음속에서 내가 터무니없는 거물로 인식되
는 게 아니려나.

물론 실제로 세계수를 비롯하여 정령왕 및 신수, 명계의 번견 등
유명한 존재는 나의 지인이니까 오히려 세리나가 받은 인상을 뛰
어넘는 셈인데……. 굳이 스스로 언급할 일은 아니군.

"세리나의 기대를 저버리지 않았다면 잘된 일이겠지."

"드란 씨는 저버리지 않는 수준이 아니라서 좀 지친다는 게 결점
이에요."

"그 부분은 조금 유감이군."

아무래도 나는 의도치 않은 부분에서 주위 사람들에게 심려를
끼치고 마는 경향이 있는 듯싶다.

흐음. 그러나 이것만큼은 내가 고신룡 드래곤이었던 까닭인지라
어떻게 손쓸 도리가 없군.

수심에 젖은 미녀는 대단히 멋진 그림으로 보인다만, 너무 빈번
하게 이런 부담을 줬다가는 면목이 없고 말이지…….

"흠."

내가 난처할 때의 말버릇이 무심코 입 밖에 나온 순간을 디아드
라는 예리하게 포착했다.

"무슨 어려운 고민이라도 있나 봐? 이렇게 많은 미인들과 같이
있는 와중에 다른 여자 생각이면 좀 싫은데."

"너는 언제나 나를 놀리는군. 별거 아니야, 세리나의 말을 듣고 잠시 생각할 게 떠올랐을 뿐이니까. 그나저나, 나의 처지에서 위그드라실에게 인사를 하는 게 맞는가 고민되는군."

최초의 위그드라실과 그 몇 세대 후의 개체들이라면 말을 나눴던 적이 있다만, 엔테 위그드라실처럼 어린 개체라면 과연 드래곤의 이름을 알고 있기는 할까 의문이다.

내가 먼저 드래곤으로서 인사하러 간들 몰라볼 가능성이 있는 셈이니까. 만약 그렇게 되면 이보다 더 어색할 수가 없겠다.

"아주 옛날에 무녀 공주님과 위그드라실 님과 대면을 허락받은 인간이 있었다는 신빙성 낮은 이야기라면 들어봤어. 만약에 네가 위그드라실 님에게 정말 인사를 올릴 수 있다면 엔테의 숲 모든 종족들 사이에서 널리 이름이 알려지게 될 거야."

"더한 명예가 없겠군. 어쩌면 엔테의 숲과 중간에서 친선 대사로 임명받을 수도 있겠어."

그렇게 되면 갖가지 책임과 권리가 두루 발생해서 번잡해질 것 같기도 한데, 반면에 즐거울 것 같기도 하다.

우리 아크레스트 왕국과 동방의 여러 나라들은 엔테의 숲의 존재 때문에 육로 간 교류에서 큰 제한을 받는다.

엔테의 숲은 너무나 광대하며 강력한 맹수, 마수, 수많은 위험종 벌레 및 뱀이 잔뜩 서식하고 있기 때문에 답파는 불가능하다는 것이 일반적인 인식이다.

숲에 살아가는 여러 종족도 숲 바깥의 종족과는 거의 교류를 갖지 않는 데다가 정작 본인들도 너무나 넓은 숲속을 다 파악하지 못한다. 따라서 엔테의 숲 횡단은 더없이 현실성이 희박하다.

그러나 위그드라실의 허락을 받아 다양한 종족들의 협력을 얻어 낸다면 엔테의 숲을 횡단해서 동방으로 넘어갈 육로를 개척할 수도 있을 것이다.

인접 국가의 침공을 초래할 수 있는 위험성도 부정은 못 하지만, 교역에 따른 다대한 이익을 획득할 수 있는 매력적인 구상이기도 했다.

"인간들 일 처리는 아직 잘 모르겠는데 네가 전달자 역할을 맡아 주겠다면 나는 대환영이야, 드란."

그렇게 말한 디아드라의 미소에 장난기는 없었다.

이런 구상을 실행하겠다면 내가 베른 마을과 엔테의 숲 중간에서 관계 설정에 개입할 수 있는 입장에 올라서야 한다. 또한 목표를 이루기 위한 방책에 대해 가로아 마법 학원에서 하는 공부 말고도 진지하게 더 고민해야만 한다.

빠르고 편한 방법은 무훈이나 공로를 세워 귀족의 지위와 베른 마을의 통치 권한을 받는 쪽이겠지만, 원하는 대로 뭐든 척척 이루어지길 바랄 순 없겠다.

잠시간 대화 나누는 동안 우리를 태운 바구니는 건너편 기슭으로 도착했다.

바구니에서 내리자 주위에도 역시 바구니를 타고 내리는 갖가지 종족의 사람들이 눈에 들어왔다.

흐음. 언뜻 보기에 노점 따위는 별로 두드러지지가 않고, 그 대신 제대로 된 점포를 운영하는 가게가 많군?

"피오, 아까 우리가 있던 지역이 거주구이고 이쪽이 상업구인가?"

"대충 비슷한 느낌이야. 이쪽은 디프 그린의 바깥 지역에서 찾아온 사람들과 교섭하기 위한 장소나 물품을 취급하는 가게가 모인 곳이거든. 각 지역의 교섭자와 대표자가 직접 찾아오니까 디프 그린의 평범한 주민들은 잘 안 오는 곳이고. 드란은 더욱 활발한 교역을 바라는 입장인 만큼 이런 곳을 봐 두면 공부가 될 거야."

아무래도 피오는 내 목적을 돕고 싶었나 보다.

죽 늘어앉은 갑충인이며 뱀 인간 및 토룡인들은 하나같이 익숙지 않은 인간인 나를 주목하고 있다.

인간에게 안 좋은 감정이 있는가, 혹은 단순하게 상인 내지는 각 종족의 대표자답게 정보 획득을 위한 진지함인가.

분명 상대하기가 만만치 않을 면면이 죽 늘어서 있군.

가로아에서도 드문드문 보았던 얼굴이지만, 장사가 관련되면 어느 종족도 비슷비슷한 표정이며 분위기가 나타나는 듯싶구나.

"다들 드란을 무서운 얼굴로 보고 있네요~."

주변 시선을 민감하게 느낀 마르가 걱정스럽게 나를 돌아본다.

이제껏 받아왔던 시선은 인간을 보았다는 단순한 호기심의 비율이 높았지만, 이 장소에서는 품평이나 혐오에 가까운 감정이 많다.

마르는 못내 안타까워서 견딜 수가 없는가 보다. 나는 마음씨 고운 작은 친구에게 미소로 답했다.

"신기한 녀석이 나타나면 자연히 이렇게 되는 법이지. 뭐, 금방 나한테 익숙해져서 관심을 잃어버릴 거야."

"그러면 좋을 텐데 말이에요."

"후후, 마르는 걱정이 많구나."

걱정 가득한 표정의 마르는 가만히 놔둔 채 우리는 디프 그린의 상업구를 돌아다녔다.

방금 전까지 우리가 있던 장소 이상으로 우드 엘프가 아닌 종족이 많다.

조용하게 물물교환을 하는 사람도 있는가 하면 거칠게 목소리를 높여 가면서 드잡이질 직전까지 상황이 꼬인 사람 등등 가지각색이다. 입발림 말에 넘어갔다가 뒤늦게 깨달았는지 척 봐도 기분이 안 좋은 사람도 적지 않았다.

방금 전까지는 평온한 분위기였다만, 이쪽에 온 이후는 다소 위험이 느껴지는군.

곳곳에 경비 병사들이 서 있기는 한데, 좋게 봐줘도 숫자가 충분하다는 생각은 안 든다.

위그드라실이 있는 인접지인 터라 혜택을 누리고 있는 종족의 인물들은 다소나마 행동거지를 주의하지 않을까 생각했었는데, 우리 쪽에서 괜히 실수를 하면 불필요한 분쟁이 발생할 수도 있겠다.

"무슨 일 있으면 학원장님을 의지하면 될 테지만, 먼저 인사를 드린 다음에 이쪽으로 오는 게 좋지 않았을까?"

"으…… . 사, 사실은 나도 막 똑같은 생각을 했어."

내 물음에 피오는 움찔, 가느다란 몸을 떨면서 「차례를 잘못 정했나 봐」 작게 중얼거렸다.

듣는 사람이 불안해지는 말을 꺼내는군, 우리 안내인님은.

"그러면 학원장님이 어디 계시는지 파악은 해 뒀나?"

"괜찮아, 무녀 공주님들과 함께 축제 당일에 맞춰 신전에서 대기하고 계시거든. 게다가, 봐봐, 체류 허가증은 안 빼먹고 받아 왔는걸. 드란이랑 세리나한테 여기 있는 누구도 불만을 늘어놓을 수 없어!"

홋! 피오가 자랑스럽게 말하더니 주머니에서 녹색 잎사귀를 모티프로 만들었을 대략 손바닥 너비의 금속제 판을 꺼내 들었다.

대륙 공용어가 아니라 우드 엘프들의 글자로 나와 세리나의 이름 및 체류의 허가, 체류 일수, 허가를 내린 학원장의 이름이 기재되어 있다.

흐음, 본인의 이름으로 허가증까지 발행할 수 있을 줄이야. 학원장은 우드 엘프의 사회에서도 상당한 거물인가 보군.

선대의 무녀 공주이려나? 다만 아무러면 그런 수준의 거물에게 숲 바깥의 활동이 허락되었을지 의문스럽군……. 그러면 당대 무녀 공주의 친족이거나 우드 엘프 중 어느 종족의 수장과 가까운 집안이라는 것이 타당하려나.

"나는 솔직히 학원장님의 의도를 미처 다 파악할 수가 없어서 피해왔지만, 조금 더 적극적으로 의지하는 게 괜찮을 수도 있겠군."

학원장이 들었다면 슬퍼할 수도 있겠지만, 이러한 나의 본심에 세리나가 동의의 뜻을 표시해줬다.

"그러게요, 교사와 학생 사이니까 이것저것 지혜를 빌려서 쓰는 게 나쁜 행동은 아닐 거예요. 졸업한 다음에도 가끔 의지하면 의외로 좋은 방안을 제시해 주실지도 모르잖아요?"

"만약에 내가 베른 마을의 영주나 관리자가 될 수 있다면 학원장님께 마을 경영에 참여할 뜻이 혹시나 있나 권유해봐야겠어. 그분의 인맥과 지혜와 지식과 지위는 틀림없이 유용할 테니까. 조언이라도 받을 수 있다면 충분히 큰 도움이지."

다만 학원장은 아크레스트 왕국의 마법 업계에서 상당히 큰 인물이니까 내가 권유한들 좋은 대답은 기대하기 힘들겠군. 저래 보여도 의외로 교사를 천직으로 여기는 경향이 있다.

머릿속 한쪽 구석에 유념만 하고 넘어가도록 하자.

내가 학원장을 머릿속 「의지할 수 있는 인물 목록」에서 상당히 위쪽으로 수정하던 중 디아드라가 살짝 난처해하는 표정으로 이쪽을 보고 있었다. 흐음?

"드란, 너무 올리비에한테 어려운 요청은 삼가주면 좋겠어. 표정이 잘 안 바뀌어서 다들 못 알아보지만, 사실은 너 때문에 제법 위통을 앓고 있거든?"

"음, 설마 싶었지. 아주 가능성을 생각하지 못했던 건 아니다만, 다음부터는 더 많이 조심해서 행동해야겠군. 그나저나 디아드라는 학원장님과 꽤 친한 사이인가 봐."

"너의 할아버지와 할머니가 태어나기 전부터 알고 지냈던 사이야. 오랜 친구라는 말이지. 입장이 입장이라서 가볍게 상담할 만한 상대도 딱히 없잖아? 내가 번번이 푸념을 들어주고는 해."

"그건 또 뜻밖의 말을 듣게 된 기분이군. 역시 학원장님도 보통 사람처럼 약한 부분을 갖고 계셨단 말인가."

내가 무심코 입을 열었더니 디아드라는 그런 거야, 라고 조그맣게 중얼거렸다.

"다음부터는 손쓸 때 살살 신경을 써 주렴."

나 또한 의도해서 학원장에게 폐를 끼치자는 생각은 전혀 아니었다만, 혹시나 알지 못하는 부분에서 심려를 떠넘겨버렸다면 지난 행동을 되돌아보고 늦게나마 고쳐야겠군.

"드란의 경우는 상대방이 전력 질주로 골칫거리를 갖다 주고, 피해가 발생하지 않게 최선을 다하지만, 그게 올리비에한테는 심려가되는 구도니까……. 네가 조심해도 바뀌는 게 없어서 문제구나."

"디아드라는 나를 아주 잘 이해해 주는군. 부정할 순 없다만 나스스로도 서글프달까, 한심하달까."

"반성이라도 하는 태도를 좋게 봐주고 넘어가도록 할게. 그러면이만, 섭섭하지만 나는 당분간 따로 행동해야겠네."

디아드라가 갑자기 작별의 말을 꺼내는지라 나는 물론이고 세리나도 크게 놀랐다.

피오와 마르가 놀라지 않는 모습에서 짐작하자면 디아드라가 이제부터 따로 행동하는 이유를 사전에 알고 있었겠군?

세리나는 직접 디아드라에게 이유를 물었다.

"디아드라 씨는 뭔가 다른 용건이 있어요?"

슬피 미간을 찌푸린 채 묻는 세리나에게 디아드라는 귀여운 여동생을 대하듯 다정하게 머리카락을 쓰다듬고는 대답했다. 아마도우리에게 숨겨야 할 큰일은 아닌 듯싶다.

"위그드라실 님께서 무슨 생각이 들었는지 올해의 무녀 공주 중하나로 나를 선택하셨기 때문이야. 슬슬 다른 무녀 공주들이 있는곳에 얼굴을 비춰야 할 시간이거든. 어휴……. 성미에 안 맞는 역할을 짊어지게 됐네."

디아드라 나름 거창하게 한숨을 쉬면서도 엔테 위그드라실에게 무녀 공주로 지정받은 결과에 대해서는 기쁨과 뿌듯함을 느끼는 듯 비관적인 내색은 티끌만큼도 없었고 입가에는 분명하게 미소가 떠올라 있다.

"와아, 디아드라 씨가 공주님으로 선택된 거예요? 굉장해요!"

"공주님은 나랑 안 맞아. 나보단 세리나가 더욱 잘 어울릴걸. 익숙하지 않은 역할을 맡으려니까 자꾸 긴장되더라. 웃어도 괜찮아. 지명받았을 때는 스스로도 「내가 왜?」 웃음이 나왔거든."

"그렇지 않아요. 정말 중요한 역할을 맡게 됐잖아요, 누구든 긴장하는 게 당연한걸요."

"그래, 그렇게 말해주니까 안심이 되네. 이제 다음에 너희들 앞에 나타나려면 축제의 인사 때나 되어야 할 거야. 나는 인사만 마치면 다른 담당은 따로 없을 테니까 나중에 또 같이 다니자."

이런, 디아드라는 이번 한 번이 끝인가. 아쉽다는 느낌을 받는다만 자유분방한 기질의 디아드라는 여러모로 제약이 많을 무녀 공주의 지위가 답답할 테지.

"한 번으로 마치는 게 너도 어깨의 짐이 가벼울 테니 괜찮겠군, 디아드라."

"어머, 드란도 나를 아주 잘 이해해주는구나? 아무튼 간에 「앞으로도 쭉 무녀 공주로 남아 있도록」이라는 말은 안 들어서 안심하고 있어. 그러면 난 이만, 슬슬 진짜로 가봐야겠네. 다시 만나자."

조금 섭섭한 마음이 들었다만, 디아드라는 기분 좋게 웃는 표정

을 짓고 우리와 일단 헤어진 뒤 위그드라실의 줄기로 향하는 길을
쭉 걸어서 멀어졌다.

제3장 세계수를 먹는 자

당대 위그드라실의 무녀 공주 중 대표를 맡은 류류시는 엔테의 숲에 살아가는 엘프 가운데서도 영격이 높고 위그드라실과의 친화성도 남달리 양호하다.

엘프의 상위종 하이 엘프이자 엔테의 숲에서 살아가는 하이 엘프 중 가장 젊은 세대이다.

숲 바깥의 인간들이 상상하는 이상적인 엘프를 훨씬 뛰어넘어 가슴 아릿해지는 미모를 지닌 여인은 유려한 선을 그리는 가녀린 신체를 위그드라실의 입과 줄기를 소재로 만든 무녀 공주의 의상으로 감싸고 있다.

건너편이 비쳐 보이도록 얇은 녹색의 날개옷을 거듭거듭 포갠 드레스 같은 형태이고, 발에는 담쟁이덩굴과 수목의 껍질을 거듭 포개서 만든 뮬을 신고 있었다.

손에는 위그드라실의 마력이 결정화된 노란 수정구를 끝에 끼워 둔 자그마한 지팡이를 들었고, 허리까지 내려오는 긴 녹색 머리카락의 위쪽에는 위그드라실의 나뭇가지를 쪼개 가공한 관을 얹어 놓았다.

류류시는 호위를 맡은 전임 전사며 다른 무녀들과 함께 신탁과 축제의 인사를 수행할 때가 오기를 안절부절 초조한 모습으로 기다리고 있었다.

장소는 위그드라실의 줄기 내부에 있는 신전 최심부, 신탁의 관에 있는 무녀 공주용 대기실이다.

신전으로 부르는 곳이지만 엄밀하게는 위그드라실이 아득히 먼 옛날, 무녀 공주들의 청을 들어줘서 자신의 몸속을 재구성함으로써 건설할 수 있었던 위그드라실의 일부이기도 하다.

위그드라실의 의식이 존재한다는 신탁의 관에 있는 처지인데도 막상 의식의 시작을 앞둔 지금까지 마음을 다잡지 못한 무녀 공주 류류시에게 느지막이 얼굴을 비춘 또 한 명의 무녀 공주가 입실하자마자 말을 건넸다.

드란과 떨어져서 온 디아드라였다.

"류류시, 그렇게 이쪽저쪽 돌아다닌다고 마음이 차분해지지는 않아. 명상이라도 잠깐 하는 게 효과가 있을걸."

"디아드라, 당신이 도무지 나타나질 않아서 자꾸 신경이 쓰인 바람에…… 한심한 것 같지만, 역시 함께 신탁의 의식이나 인사를 해줄 당신과 같이 있지 않으면 불안해진다고요."

갑작스레 두 번째 무녀 공주로 결정이 난 이후 류류시와 얼굴을 대면했을 때 눈앞의 하이 엘프 소녀가 크게 안도하는 얼굴이었음을 디아드라는 똑똑하게 떠올릴 수 있었다.

"흐응, 마음은 이해가 되네. 나도 이렇게 보이지만, 적잖이 긴장하고 있는걸."

대기하고 있던 무녀들이 디아드라에게 다가와서 류류시와 똑같은 무녀 공주의 복장을 입혀준다.

디아드라는 평소 드레스의 형태를 취하고 있는 자신의 신체 일부를 해제해서 전라가 되어 무녀들의 옷시중에 몸을 맡겼다.

디아드라가 수줍어하는 내색을 보이지 않고 당당하게 전라를 노출했기에 오히려 류류시가 괜히 얼굴을 붉히고 만다. 다른 종족의 동성이어도 디아드라의 신체와 특유의 분위기에서 비롯되는 색향은 충분히 강렬했다.

물론 디아드라의 당당한 태도도 남성 호위들이 자리를 비운 상황이기에 발휘될 수 있었다만.

의복을 갖춘 뒤 마지막으로 류류시와 똑같은 관을 받아 든 디아드라는 익숙지 않은 의상에 조금이라도 익숙해지기 위해 가볍게 손발을 움직였다. 마치 춤추듯 움직이는 디아드라의 자태에 류류시와 무녀들은 멍하니 시선을 빼앗기고 말았다.

"역시 나한테 딱 맞는구나. 이러면 걸어 다니다가 옷자락을 밟아 넘어지는 얼빠진 짓은 안 하겠어. 그래도 역시 이런 의상은 류류시가 더 잘 어울리네. 무녀 공주의 역할을 수행해야 할 때만 입을 수 있다는 게 아쉽게 느껴지는걸, 류류시."

"아, 아뇨, 저는 디아드라가 더 근사하게 보여요. 무척 품위가 있고 화사해서 지금도 막 정신없이 쳐다봤잖아요."

류류시가 토로하는 거짓 없는 본심을 듣고 디아드라는 살짝이나마 수줍게 미소를 머금었다. 칭찬을 받아 썩 나쁜 기분도 아닌가 보다.

디아드라는 장난스럽게 미소가 바뀌더니 대기실에 있는 호위 한 사람에게 말을 걸었다. 이번 호위 중 최강이자 가장 강한 영향력을 보유한 하이 엘프, 올리비에에게.

"그래? 그러면 나도 아직은 제법 쓸 만한가 보네. ……아, 맞아, 맞아. 올리비에, 드란이 여기에 왔어. 나중에 나랑 같이 얼굴이나 보여주러 갈래?"

호위로 이곳에 있는 올리비에는 거대 영조의 깃털과 만년 누에의 비단실에 위그드라실의 잎사귀를 꿰어서 만든 관두의(貫頭衣)로 몸을 둘렀고, 손에는 비틀린 나뭇가지 같은 지팡이를 쥐고 있었다.

반지와 팔찌, 귀걸이에 목걸이 등 평소에는 착용하지 않는 장식품도 잔뜩 몸에 달아 놓았다. 과거 모험가 시절에 입수했던 소재를 아낌없이 써서 완성시켰던 최강의 장비였다.

엔테의 숲 최강의 정령사 중 하나인 올리비에가 만전의 태세로 호위 임무를 맡고 있다는 것은 얼마나 이번 축제가 엔테의 숲 주민들에게 중요한 행사인지를 상징한다.

"그러게요. 이번에는 학원장과 학생의 관계가 아닌 엔테의 숲 주민과 베른 마을의 주민으로 대면해야겠어요. 지위의 상하에 신경을 쓰면 모처럼 맞은 축제를 즐기지 못할 테고요."

"그러는 게 좋겠어. 너도 오랜만에 태어난 고향으로 온 입장이니까 학원장님의 책임은 잠시나마 잊고 싶겠지."

"학원장으로 맡은 책무는 한시라도 잊었던 적이 없답니다, 디아드라. 당신이야말로 드란과 만날 수 있어서 잘됐어요. 긴장이 전부 풀린 모습인걸요. 친구로서 안심되는군요."

"역시나 너는 다 꿰뚫어 보는구나. 나도 남들처럼 긴장할 줄 알거든. 그러니까 사모하는 사람과 수다 떨면서 쓸데없는 긴장은 풀어버리고 왔어. 사랑하는 상대와 함께 지내면 마음이 들떠 오르는 법이잖아."

디아드라의 「사랑하는 상대」라는 발언에 류류시를 포함한 다른 무녀들은 눈이 휘둥그레져서 놀랐다. 올리비에는 가만히 못 본 척 넘어가기로 하고 디아드라와 계속 대화를 이어 나갔다.

"당신과 드란이 어떻게 될지, 개인으로서는 응원할게요. 당신하곤 내가 마법 학원의 학원장 지위를 맡기 이전부터 알고 지냈던 오랜 사이인 데다가 드란도 손은 많이 가지만 저의 소중한 학생이니까요. 뭐, 세리나도, 당신이 상대라면 납득하겠죠. 당신이 두 사람을 한꺼번에 사랑할지 드란에게 당신들이 한꺼번에 사랑받을지는 저도 짐작할 수가 없네요. 애당초 그 아이가 져서 밀려나는 형태로 마무리될지도 모르는 일이지만요."

"후후후, 그 부분은 내가 실력을 좀 발휘하면 되지 않을까?"

즐겁게 웃는 저 얼굴을 보면 올리비에는 디아드라에게 — 드란이 아니다 — 밀려 넘겨져서 「아으으」 한심하게 비명 지르는 세리나를 안타깝게도 쉽게 상상할 수 있었다.

"흑장미의 정령답달까, 아뇨, 딱히 흑장미의 정령이기 때문이 아니라 당신답게 적극적인 발언이네요. 어휴."

올리비에는 이마에 손을 가져다 대고 한숨을 토했다.

아크레스트 왕국에서는 조건부로 일부다처도 일처다부도 허가된다. 한 명의 남성이 복수의 여성과 관계를 맺어도 윤리적이든 법률적이든 문제가 없다.

―당사자들은 행복하게 살 수 있을 테니까 신경 쓰지는 말도록

하죠, 올리비에는 현실에서 눈을 돌리고 문제를 훗날로 미루기로 마음먹었다.

평소의 올리비에밖에 알지 못하는 사람은 이런 태도를 봤을 때 기겁했을 것이다.

특대 두통의 씨앗인 드란 때문에 쭉 푸념을 들어줬던 친우가 이번에는 새로운 두통의 씨앗이 되어버린 상황인지라 올리비에가 다소 무기력해진들 어쩔 수 없겠다.

"처음으로 겪는 사랑이라 중간을 잘 모르겠더라. 그냥 있는 힘껏 전력으로 노력할 뿐이야. 그러니까 언제나 여유 있는 척 꾸며도 사실은 꽤 애끓는 심정이거든?"

"당신 나름대로 애타서 하는…… 행동이군요. 그런 말까지 들었는데 친구 사이에 응원하지 않겠다는 소리는 입이 비뚤어져도 꺼낼 수가 없잖아요."

백기를 드는 대신에 곤란한 표정으로 웃는 올리비에에게 디아드라는 친구는 만들어 놓고 볼 일이라니까, 라면서 부드럽게 웃었다.

류류시 혼자였을 때는 긴장감만 감돌았던 대기실이 디아드라와 올리비에의 — 약간의 충격은 동반했다만 — 대화 덕분에 이제야 여분의 힘이 빠져나간 분위기로 차올랐다.

이대로 가면 류류시도 디아드라도 침착하게 무녀 공주의 큰 역할을 완수할 수 있을 것이다.

올리비에 이외의 호위 전사들 및 무녀들이 후유, 안도의 숨을 내쉬었을 때 류류시의 뒤쪽에 녹색 빛 입자가 홀연히 모여들더니 천천히 작은 몸집의 소녀로 형태를 갖추기 시작했다.

올리비에와 디아드라가 가장 먼저 반응해서 저 녹색으로 빛나는 사람 형체에 무릎을 꿇고 머리 숙인다.

두 여성에게 이러한 반응은 극히 당연했다.

착각할 수가 없었다. 이렇듯 눈앞에 현현하고 있는 존재는 지금 모두가 위치하는 곳이기도 한 위그드라실의 의사 자체이니까.

얼마 지나지 않아 명확하게 형태를 갖춘 위그드라실은 큰 꽃잎을 짜 맞춘 의상을 둘러 입은 채 양어깨와 맨발, 앙가슴을 아낌없이 드러내고 있다.

위그드라실의 복장은 류류시의 차림과 꼭 닮았는데, 이것은 인간과 비슷한 겉모습을 취했을 때 위그드라실의 의복을 무녀 공주와 주변 사람들이 모방했기 때문이리라.

위그드라실은 하늘과 땅을 이어주는 듯 거대한 세계수의 화신이자 가련하다는 평이 잘 어울리는 분위기와 용모의 소유주였다.

부드러운 선을 그리는 턱 윤곽이며 자그만 입술, 뾰족 위쪽을 향한 코끝, 동글동글한 눈동자와 어우러져서 스무 살은커녕 겨우 10대 중반쯤 된 소녀로 보였다.

귀의 형상은 우드 엘프들처럼 기다랗고 홀쭉하게 가늘어지고 있지만, 끝부분으로 나감에 따라 색깔이 짙어져서 녹색의 잎사귀와 똑같아졌다.

짙은 갈색의 머리카락을 무릎에 닿도록 길게 내려뜨렸다. 머리와 몸 여기저기에 연분홍, 빨강, 파랑, 노랑, 초록, 보라, 하양, 까망, 잿빛, 주홍 등 꽃잎이 현란하게 피어났고, 노출되어 있는 손발에는 담쟁이덩굴이 뒤얽혀 있다.

"다들 모여줬구나. 다른 사람들도 평소처럼 모여줘서 기뻐. 무척!"

외양뿐 아니라 목소리며 말투도 어린아이와 마찬가지였지만, 류류시와 디아드라 및 누구에게도 놀라는 기색은 없다.

성숙한 위그드라실은 차원을 넘어 다수의 우주를 떠받치는 거목으로 자라나지만, 하나의 행성에 겨우 뿌리를 내린 엔테 위그드라실은 위그드라실이라는 종족 중에는 아직도 한참 어린아이이니까. 인간의 나이로 환산하면 열 살 남짓 살아온 정도일 테지.

"자, 다들 일어서, 일어서. 벌써 내 안에 들어왔는데 무릎 꿇어도 서 있어도……. 응, 벌렁 누워 있어도 다 똑같은걸. 신경 안 써도 괜찮아."

생긋 웃는 엔테 위그드라실은 그야말로 순진무구한 아이와 다를 바 없다.

엔테의 숲 주민들은 숲을 부를 때 「어머니 숲」이라고 수식하는데 엔테 위그드라실의 실상을 아는 인물은 위화감을 느낄 때가 있었다. 어린 정신성을 가지고 있는 엔테 위그드라실을 아무리 비유라지만, 어머니라고 부르자면 아무래도 어색한 감이 있을 테니까.

그럼에도 디아드라든 누구든 엔테 위그드라실은 자신들의 터전 전부를 뒷받침해주고, 하루하루 생활의 양식을 베풀어주는 유일무이한 존재인 만큼 공경하는 마음은 전혀 엷어지지 않는다.

다만 여기에서 한 가지 문제는 엔테 위그드라실 본인의 태도가 마치 친구를 대하듯 허물없다는 데 있다.

친근하게 지낼 수 있다는 것이 썩 나쁜 기분은 아니다만, 입장상 난처한 점이 없지는 않잖은가.

"그럼 말씀을 감사하게 받아들여야죠. 그나저나 위그드라실 님, 여쭙고 싶은 게 있는데 괜찮으실까요?"

디아드라가 일어서면서 입을 열었다.

"뭔데? 디아드라."

"류류시는 예전부터 무녀로 수행을 쌓아왔던 만큼 아무것도 이상할 게 없지만, 어째서 저를 무녀 공주로 직접 선택하셨나요? 제 힘이 강하다는 자각은 갖고 있지만, 무녀 공주의 적성을 따지자면 의문인걸요."

디아드라의 의문은 이곳에 있는 인물들의 공통된 의문이었다.

디아드라가 엔테의 숲 굴지의 강자임은 모두가 인정하는 사실이다만, 강한 무력이 곧 엔테 위그드라실과 좋은 상성을 갖고 있다고 의미하는 것은 아니다.

게다가 엔테 위그드라실이 직접 디아드라를 지명한 것은 극히 최근의 조치였던지라 디아드라를 포함해서 축제 운영을 맡은 여러 종족의 수장과 무녀들은 여러모로 바삐 뛰어다녀야 했다.

"왜냐하면 디아드라가 말이야, 갑자기 혼이 풍성하게 성장했거든. 예전부터 훌륭했던 소질이 더 많이 훌륭해졌던 거야. 내가 엄청 놀랐다? 그런데 비슷하게 기뻤어. 이렇게 훌륭한 혼을 길러 낸 디아드라라면 류류시와 같이 나랑 동조해도 잘 받아들일 수 있겠다는 걸 분명하게 알 수 있었으니까."

엔테 위그드라실은 천천히 디아드라에게 다가갔다.

"디아드라, 네가 나쁜 마계의 꽃 정령을 물리쳤던 건 나도 알고 있었어. 그 덕분에 많이 씩씩해지고 강해진 것 같은데, 그래도 혼을 성장시키려면 다른 게 많이 모자라거든. 과거 자신의 가치관이 부서질 만큼 근사한 무엇인가, 자신이 갇혀 있었던 껍질을 깨부수는 정도의 경험이 아니라면 이렇게까지 갑자기 바뀌지는 않아."

엔테 위그드라실은 진심으로 궁금하다는 듯이, 그러나 동시에 디아드라의 성장을 마음속 깊이 축복하는 분위기로 가만히 디아드라의 가슴 위쪽에 오른손을 올려놓았다.

젊은, 아니, 어린 세계수의 화신은 보드랍고 풍만한 가슴을 통해 전달되는 디아드라의 심장 고동에 몸을 내맡긴 채 마음 따뜻하게 웃음 지었다.

디아드라는 자신에게 맞닿은 어린 세계수에게 어머니와 같은 자애의 미소를 머금고 엔테 위그드라실의 손 위에 자신의 양손을 포갰다.

"맞아요, 무척 근사하고 멋진 감정을 깨달았어요."

"어머! 디아드라, 그게 너 혼자만의 멋진 비밀이 아니라면 혹시 가르쳐줄 수 있어? 나 말이야, 엄청 흥미가 있어!"

어머, 어머나, 흥분한 모습으로 거듭 소리 높이는 엔테 위그드라실에게 가만히 입술을 가져다 댄 디아드라는 다른 사람에게는 들리지 않도록 살며시 — 다만 정열과 미쳐버릴 듯한 애정을 담아 — 대답을 속삭거렸다.

"사랑, 이랍니다. 게다가 첫사랑."

"어머나! 디아드라, 멋져, 진짜로 멋져! 그래, 그랬구나. 그러면 네 혼이 이렇게 풍성하게 자란 이유도 납득이 되네. 왜냐하면 네가 알게 된 감정은 그만큼 멋지니까. 음, 정작 난 모르는 감정이지

만 말야.”

“후후, 이제 이해가 되셨나요?”

“응, 엄청. 있잖아, 디아드라. 상대분은 지금 뭘 하고 계실까?”

“디프 그린에 같이 왔어요. 이후에 축제에도 참가할 예정이니까 제가 화려한 무대를 보여주려고요. 저요, 덕분에 심장이 폭발해버릴 것처럼 긴장했어요. 그런데 그 이상으로 마음이 무척 흥분되는 거 있죠.”

“그래, 그러면 나도 많이 힘낼게. 물론 평소에도 잔뜩 열심히 노력했지만, 오늘은 특별히 더 힘낼 거야. 디아드라의 멋진 부분을 그분한테 잘 보여드리자!”

뺨에 홍조를 띠고 폴짝거리는 엔테 위그드라실을 앞에 둔 디아드라는 기뻐서인지 수줍어서인지 「어휴, 참」 하고 웃음을 지을 수밖에 없었다.

류류시 및 올리비에 등등 다른 인물들은 디아드라가 엔테 위그드라실과 어떤 대화를 나눴는가 듣지 못했지만, 더없이 숭상하는 세계수가 더할 나위가 없이 흐뭇하게 반응을 보인다는 것은 확실한 데다가 어린아이가 들뜬 모습은 가만히 봐도 마음이 따뜻해지는 기분이었다.

디아드라와 엔테 위그드라실은 혼의 상성이며 강도뿐 아니라 성격 면에서도 문제없이 어우러지는 듯싶다. 어린아이와 다를 바 없는 엔테 위그드라실에게 돌봐주는 역할이 잘 맞는 디아드라는 상성이 좋을 테지.

이번에는 예년에 없는 단기간에 개최되는 예상 밖의 축제였지만,

무녀 공주가 두 사람 있는 데다가 엔테 위그드라실의 기분이 무척 흡족한 만큼 어지간한 불안 요소는 보충하고도 여유가 있겠다.

이윽고 개최될 이번 축제가 지난 행사들 중에서도 특히 큰 규모에 뛰어난 완성도를 선보이리라 확신한 류류시와 올리비에는 물론 모두의 마음이 풀어졌다.

그렇지만, 바로 그때에—.

가장 농밀하게 엔테 위그드라실의 마력이 충만한 곳, 외부로부터 전이를 막는 결계가 엄중하게 펼쳐져 있는 신탁의 관 천장 부근에서 전조도 없이 거뭇한 번개가 사방으로 퍼져 나갔다.

누구도 이들의 방심을 책망할 순 없을 것이다.

유일하게 한순간의 방심을 찔러 간계를 성공으로 이끈 자들을 제외한다면. 그자들만큼은 이렇게 조롱할 자격이 있다.

「방심했구나, 어리석은 것들」이라고.

계속해서 번개의 발생원에서 검은 빛 입자가 무수히 터져 나오더니 그것들은 스스로 마구 움직이며 거대한 문을 형성했다.

갑작스럽게 발생한 이상 사태에 가장 먼저 반응한 것은 디아드라, 올리비에, 그리고 엔테 위그드라실이었다.

디아드라가 재빨리 엔테 위그드라실을 등 뒤에 보호하는 위치로 이동했고, 올리비에는 자신이 전방으로 나서는 한편 류류시를 뒤쪽의 호위들이 있는 대열로 밀어냈다.

디아드라와 올리비에가 싸울 준비를 갖추는 동시에 거의 때를 같이해서 검은 빛이 만들어 낸 문이 경첩 삐걱이는 소리를 내며 천천히 열리더니 건너편에서 세계수의 마력으로도 미처 다 정화할 수가 없는 뜨거운 독기가 왈칵 흘러들어 온다.

뒤이어 들린 것은 억누르지 못한 유열이 배어나는 청년의 목소리. 욕망을 숨기려고도 하지 않으며 몸속 깊숙한 밑바닥까지 뒤흔드는 싸늘한 목소리였다.

"역시 맞았군. 아직은 많이 어릴지언정 진정 어여쁜 세계수여. 굳이 인간과 계약을 맺은 보람이 있구나."

쓰르륵, 검은 액체처럼 농밀한 마계의 달뜬 독기를 베일처럼 두른 세 개의 인영이 신탁의 관에 모습을 나타낸다.

세계수를 먹어 치우는 악룡의 말예 니드헬과 손잡았고 인류 사상 최강 최악의 대마법사 바스트렐과 밀약을 맺어서 끝내 스스로의 욕망에 휩싸인 채 어린 세계수의 내부로 모습을 드러낸 악마 왕자 가반과 호위들이다.

가반의 눈동자는 디아드라나 올리비에 등을 길가의 돌멩이처럼 스쳐본 뒤 엔테 위그드라실에게 딱 초점을 맞춰서 희열에 젖어 일그러졌다.

인간과 같은 생김새의 얼굴인데도 몹시 냉혹한 인상이 느껴지는 미소를 지은 채 입을 열고자 한 순간, 가반은 디아드라가 호위들과 함께 방출한 맹독 꽃가루에 감싸였다.

"훗, 어딘가에서 맡은 기억이 있는 꽃향기군. 라플라시아를 처단한 자인가. 지상에서 귀한 대접을 받을지라도 나의 취향은 아니로다."

시원한 저녁 바람을 쐬는 듯한 가반의 말에 디아드라는 새삼스레 자신의 힘으로는 감당치 못할 상대임을 통감해야만 했다.

"위그드라실 님, 올리비에!"

디아드라의 비명에 가까운 외침과 거의 동시에 엔테 위그드라실과 올리비에가 수호 마법을 전력으로 행사하여 독 꽃가루 안쪽에서 방출된 진정한 악마의 살기를 막아 류류시와 다른 인물들을 간신히 지켜 냈다.

가반의 입장에서는 공격에 속하지도 않는 단순한 살기였지만, 그럼에도 지상의 생물을 절멸시킬 뿐 아니라 혼을 미치게 만들어서 윤회전생마저 지장을 초래할 수 있는 영역에 다다랐다. 소리도 색깔도 없는 악마의 살기를 신탁의 관에 가득 차오른 엷은 녹색의 빛이 아슬아슬한 지점에서 상쇄하고 있다.

"이런, 라플라시아 따윈 귀여운 녀석이란 생각이 드네. 저게 뭐야, 게오르그라는 녀석 수준이 아니면 아예 비교도 못 하겠잖아."

디아드라의 말은 평소의 태도에서는 상상이 안 될 만큼 절박하고 다급했다. 과거에 죽음을 각오하고 사력으로 간신히 쓰러뜨렸던 라플라시아가 눈앞의 세 악마와 비교하면 귀여운 꽃의 요정이라는 생각마저 든다.

설령 지상으로 출현할 때 억제를 받은 상태일지라도 행성 하나의 운명을 좌우할 만한 악의와 힘을 두루 갖춘 고차원의 괴물들!

"자, 제법 귀하다 한들 나에게는 무가치한 흑장미여, 그리고 작은 나뭇가지처럼 무력한 자들아. 너희에게는 관심이 없다. 왜냐하면 내가 원하는 것은 오로지 위그드라실뿐. 너희가 죽든 살든 관심이 없다."

가반의 말에 디아드라가 격앙하기보다 빨리 올리비에의 부르짖음이 신탁의 관을 뒤흔들었다.

"안 돼요, 디아드라. 위그드라실 님부터!"

"손이 빠른 악마구나. 성질 급한 남자는 혼까지 다 스러져버리라지!"

무색투명했던 살기와 달리 검붉은 마력 덩어리가 채찍처럼 바닥을 기어 무시무시한 속도로 엔테 위그드라실의 어린 신체를 거침없이 휘감는다.

"싫어, 싫어엇. 이거, 기분 나빠."

"하하하. 우리의 고향, 마계의 독기가 담겨 있지. 지상의 청명한 대기에서 자란 네게는 지독하게 느껴지리라. 그러면 된다. 금세 익숙해질 테니까. 지상의 존재를 마계에 추락시켜 고통에 몸부림치는 모습을 바라보는 것이 즐거움의 하나이니라."

엔테 위그드라실이 뒤얽히는 마력의 채찍과 함께 새카만 문으로 쭉 끌려들어 간다.

검은 문을 통과하면 그곳은 사신 및 악마들이 사납게 휘젓고 돌아다니는 대마계. 가반의 본거지다. 그곳으로 납치당한다면 엔테 위그드라실이 다시 지상으로 귀환하는 것은 이룰 수 없는 꿈에 불과하리라.

"이, 자식, 건방지게 위그드라실 님을!"

엔테 위그드라실이 검은 문 너머로 빨려들어 가기 직전에, 자기 안위를 돌보지 않은 채 디아드라가 즉각 뒤따라 덩굴을 뻗어서 엔테 위그드라실의 몸에 휘감더니 함께 검은 문 너머로 사라졌다.

"위그드라실 님, 디아드라!"

숭배하고 경모하는 엔테 위그드라실과 친밀한 벗이 한 번에 눈앞에서 사라졌다는 현실에 비통한 부르짖음을 터뜨리는 올리비에는 무시한 채 가반과 호위 악마들이 대수롭지 않게 등을 돌리더니 검은 문으로 나아간다.

"쓸데없는 덤이 따라붙었는가. 뭐, 되었다. 위그드라실의 옆에 심어서 고문해주면 양쪽 다 유쾌한 반응을 보여줄 테지. 너희는……. 그래. 이것들의 상대를 하라. 얼마 뒤 굼벵이 용도 나타날 텐데 살거나 죽거나 마음대로 하거라. 너희에게는 이제 관심이 없다."

가반을 비롯한 세 악마가 검은 문 너머로 사라지는 순간에 맞춰 부글부글 거품이 끓는 거뭇한 진흙과 같은 무엇인가가 잇따라 신탁의 관에 흘러넘쳤다. 곧이어 바닥에 커다랗게 영토를 넓힌 진흙의 안쪽에서 무수히 많은 악마들이 형태를 갖춰 일어선다.

엔테 위그드라실과 그에 준하는 최대급의 전력 디아드라를 잃은 올리비에와 류류시 및 호위들에게 들이닥친 다음 재앙은 무수한 악마들과의 전투였다.

†

디아드라와 헤어진 다음에도 나와 세리나는 피오와 마르의 안내를 따라 떠들썩한 축제 분위기를 즐기면서 거듭 미소를 지었다.

엔테의 숲 안쪽 다양한 종족이나 숲 바깥에 나갔다 온 주민들이 끊임없이 방문하는지라 디프 그린의 활기 가득한 광경은 내가 인간으로 다시 태어난 이후 겪었던 체험 중에서는 가장 커다란 규모라고 말할 수 있겠다.

용궁국도 상당한 수준이었지만, 내가 보았던 곳은 어디까지나 성안뿐이고 도시에는 걸음했던 적이 없어서 정확하게 비교하지는 못한다.

양쪽 다 엔테 위그드라실과 수룡황 류키츠라는 비호자의 아래에서 안녕과 번영을 누리고 있다는 점은 공통되는군.

위그드라실은 아직 어린데도 숲에서 사는 주민들과 공생을 실현하고 있기에 자꾸 감탄을 거듭하게 될 따름이다.

다만 나는 일말의 불안도 느껴졌다. 위그드라실이 만들어 내는 마나는 양, 영적인 질 모두가 지상 세계에서는 최고다. 지상에서 사는 생명뿐 아니라 정령 및 요정을 비롯한 다른 세계의 존재에게도 대단히 뛰어난 식량과 자원이 된다.

"흠, 위그드라실의 마나인가……. 지상 세계의 주민들에게는 진정 은혜롭겠지만, 자칫하면 악의를 가진 일당이 노리고 나타날 수 있겠어. 그런 부분의 대처는 저 공간 차단의 결계—."

내가 불안을 입에 담았던 때.

위그드라실을 중심으로 차원의 벽을 뒤흔드는 진동이 발생하면서 모든 영맥이 영향을 받아 크게 흐트러졌다. 정령들이 한꺼번에 웅성거리기 시작하고, 위그드라실도 역시 폭풍이 제 안쪽에 집어삼킨 것처럼 일제히 나뭇가지와 잎을 흔드는 것이 마치 비명을 지르는 모양새다.

"설마, 내가 불안한 점을 언급했기 때문이라고 생각하고 싶진 않다만—."

내가 험악한 시선으로 위그드라실을 주시하는 한편, 피오와 마르와 세리나는 동요를 감추지 못한 채 고개 돌리면서 세계수에 발생한 이변에 숨을 멈췄다.

나의 일행뿐이 아니다. 이곳 디프 그린에 있는 모든 주민들이 공황에 빠지기 직전까지 몰려버렸다는 것이 피부로 느껴졌다.

"드, 드란 씨가 이상한 말을 꺼내서?"

고르네브에서 받은 해마의 공격을 떠올렸을까, 세리나가 나를 돌아보고는 대뜸 의문을 표시한다.

"아니, 내가 불러들인 녀석은 아니잖아? 확실히 가는 곳곳에서 뭔가 사건이 일어나기는 했다만……."

이러쿵저러쿵하는 동안에도 위그드라실 전체를 짙은 보라색의 달뜬 독기와 같은 기운이 감쌌고, 거기에 저항하려는 듯이 위그드라실이 황금색을 뿜어내면서 팽팽한 상태를 만들어 낸다.

푸른 하늘에는 역시 보라색 구름이 발생하더니 사방에 퍼져 나가서 눈 깜짝할 틈에 햇빛을 가로막아 주위를 어둠 속으로 가라앉혔다.

"드란 씨, 뭐가 어떻게 된 거예요?!"

"이계에서 온 침략자들이야. 목적은 위그드라실과 함께 생성되는 마나군. 이변의 조짐이 없나 가볍게 조사는 하던 참이었다만, 아무래도 이때가 올 때까지 숨죽인 채 가만히 기다렸던 것 같아."

세리나의 물음에 대답해주며 나는 위그드라실의 바로 위쪽에 새로 생성된 균열을 올려다봤다.

저 안쪽에서 위그드라실을 노리는 자의 숨결이 느껴졌기 때문이다.

"이곳에 오기 전 일곱 용사와 만났던 기억이 떠올랐던 게 어째서 인가 싶었는데……. 그래, 그들과 만난 계기가 네놈이었지, 니드호그."

무지갯빛을 반짝이는 용안으로 바뀐 내 눈동자는 균열 안쪽에서 독의 숨결을 내뱉고 날갯짓하는 사악한 용, 니드호그의 모습을 포착했다.

전세에서 어느 위그드라실 한 그루를 잡아먹고자 했던 니드호그를 쓰러뜨리기 위해 「일곱 용사」라 불리는 인물들이 내게 찾아와서 조력을 애걸했었다. 그것이 그들과의 첫 번째 만남이었다.

그때의 니드호그는 일곱 용사의 손에 오체가 산산조각 났고, 최후에는 내가 흔적도 없이 싹 날려버렸으니까 이 녀석은 다른 개체다.

니드호그는 본래 명부의 어느 영역에서 살아가는 악식(惡食)의 용이자 신역의 존재이다. 어지간한 악마의 왕이나 하위 사신과 충돌한다면 거뜬히 해치워서 위장 속에 집어넣는다.

지상 세계에 출현하면 신들과 마찬가지로 권한과 힘을 커다랗게 제한받을 테지만, 완전하게 모습을 드러낸다면 엔테 위그드라실뿐 아니라 이 행성의 모든 위그드라실을 전부 다 잡아먹어서 파멸을 초래할 재앙이 될 것이다.

그러나 무슨 인과인지는 모르겠으나 이곳에 내가 있었던 순간에 운이 다했다. 과거의 어느 때처럼 내가 최후를 선사해주마.

"악식의 위룡이여. 이 세계의 위그드라실을 노렸던 자기 욕심을 후회하거라."

니드호그가 쏟아 내는 기세와 악의를 뒤집어씀에 따라 피오를 포함한 디프 그린의 안쪽 주민들에게 심신의 이상이 발생하는 가운데 나는 온몸에 내포되어 있는 고신룡의 힘을 순환시키며 축제 날 찬물을 끼얹은 어리석은 것을 신속하게 배제하겠다고 굳게 다짐했다.

엔테 위그드라실의 바로 위쪽에 생성된 차원의 균열이 더욱 넓어지고, 건너편 공간에서 꺼림칙하게 타오르는 불덩이가 두 개 나타났음을 디프 그린의 주민 모두가 인지했다.

세계수 위그드라실을 잡아먹는 악식의 마물 니드호그의 식욕으로 가득 찬 역겨운 두 눈이 불덩이의 정체다.

세로로 오므라든 니드호그의 눈동자는 번쩍번쩍 빛나면서 눈 아래에 우뚝 선 어린 위그드라실을 시선으로 능욕하는 것처럼 주시하고 있다.

차원의 균열 너머에 살짝이나마 모습을 내다볼 수 있는 신마의 영역에서 거주하는 존재를 인식했던 디프 그린에 모인 주민들의 정신은 근간부터 타격을 받아 눈 깜짝할 사이에 쇠약해지고 있었다.

디프 그린의 주민들이 니드호그의 형체를 목격했음에도 불구하고 정신이나 혼이 파괴되지 않은 까닭은 오로지 위그드라실의 진력 덕분이리라.

위그드라실은 니드호그의 출현과 동시에 보유했던 마나와 영력을 해방해서 니드호그의 존재 자체에서 발출되는 사악한 기세를 한창 상쇄해주고 있었다.

"드란, 지금 너, 니드호그라고 말했어?! 위그드라실 님들을 잡아먹는다는 그 무시무시한 용의 이름을!!"

내가 언급한 니드호그의 이름에 맨 먼저 반응한 것은 불안과 공포에 젖어 당장에라도 울음을 터뜨릴 듯 흔들리고 있는 피오였다.

위그드라실을 경애하면서 함께 살아가는 우드 엘프 소녀에게 세계수를 해치는 존재 가운데 가장 위쪽에 위치하는 니드호그는 이 세상 무엇보다 가증스러운 대상일 테지.

아니, 피오뿐이 아니다.

주위의 우드 엘프들은 니드호그의 이름을 듣자마자 굳이 진위를 따지지도 않고 공포와 불안을 분노와 증오로 변환하기 시작했다.

자신의 삶에 없어서는 안 될 존재를 위협하는 적이 앞에 나타난 상황에서 주민들의 가슴에 생겨난 것은 불타오르는 의분과 사랑하는 자를 빼앗고자 꾀하는 적에게 쏟을 분노였다.

"그래. 아직 상당히 젊은 개체이지만, 지상 세계에서 출현이 가능하다면 그럭저럭 강력한 녀석임은 틀림이 없지. 게다가 엔테 위그드라실도 아직은 어린 나무의 단계를 못 벗어났어. 단독으로 니드호그에게 대항한들— 기분이 나쁠 순 있겠지만, 버겁다고 말할 수밖에 없겠군."

"세상에……. 그럼 빨리 무녀 공주님이 계신 곳으로 가자! 무녀 공주님이 서둘러 의식을 마치면 위그드라실 님과 동조해서 대량의 마나를 만들어 낼 수 있어. 그 힘을 써서 위그드라실 님이 니드호그를 상대로 유리하게 싸울 수 있을지도 몰라. 그렇지? 드란!"

"흠, 본래 천지의 영맥에 개입해서 세계에 풀어놓는 마나를 위그드라실이 단독으로 이용한다면 확실히 저 니드호그를 꺾을 가능성이 없지는 않을 거야. 하지만 위그드라실의 마나는 니드호그에게도 진수성찬이지. 자칫하면 기껏 만들어 낸 마나가 니드호그에게 먹혀서 힘만 넘겨주는 결과로 끝날 우려가 있군."

"그래도, 이대로 두면 위그드라실 님이!"

"게다가 출몰하는 게 니드호그 하나는 아닌 것 같아."

또다시 나쁜 소식을 전해야 하는지라 마음은 괴롭다만, 이 순간에도 니드호그를 중심으로 아지랑이 같은 흔들림이 무수히 발생하고 있다.

흔들거리는 광경의 너머에서 비록 니드호그에게 미치지는 못할지언정 끔찍한 힘을 보유한 존재들이 악의와 함께 이쪽 세계로 모습을 드러내고 있었다.

"드란, 저, 저것들, 설마 마도병이야?! 어떻게⋯⋯. 게오르그 일당을 얼마 전에 막 물리쳤잖아."

"흠, 마도병이 다가 아니군. 마도병은 전투용으로 제작된 혼 없는 피조물— 달리 말하면 악마들이 기본으로 투입하는 소모품이지만, 하급에서 중급에 속한 악마들도 드문드문 모습이 보이는군. 그 밖에도 하급의 위룡들도 있고. 오래된 니드호그의 혈족은 명계의 안 한쪽 영역에서 살아가지만, 비교적 새로운 계보는 마계에도 둥지를 만든다고 들었지. 저것들은 마계에서 니드호그를 따르는 무리일 거야. 그렇다면 니드호그가 신하로 부리고 있는 악마들까지 한꺼번에 맞상대해야 할 상황인가."

니드호그의 힘에 복종하는 것으로 짐작되는 악마 및 위룡들의 모습은 실로 다종다양했다.

염소 머리에 박쥐의 날개가 달린 것, 수많은 두개골을 맞춰서 누더기처럼 뒤집어쓴 것, 창백한 피부에 소뿔이 달린 것, 거대한 개구리의 머리에서 미녀의 상반신이 자라난 것, 이 정도면 아예 도감을 만들 수도 있겠다.

몇 개월 전, 새롭게 생명이 싹트기 시작한 봄을 앞두고 엔테의 숲 서부에서 침략의 송곳니를 박아 넣었던 게오르그 및 마계의 네 기사와 전투를 치른 기억이 아직 새록새록하다.

그때보다 더욱 큰 위협이 들이닥쳤다는 생각인지 피오는 어쩔 줄을 몰라 하는 모습이다만, 결코 무리가 아니었다.

그때는 다른 여러 종족들이 원군을 보내 주리라는 희망이 있었지만, 이번에는 엔테의 숲에서 사는 주민들의 심장부인 디프 그린이 직접 습격을 받는 상황이다. 더욱이 엔테의 숲 전역의 요체인 위그드라실을 식량으로 먹는 포식자까지 모습을 드러내지 않았나.

그때와 비교한다면 요격에 나서야 할 이쪽의 전력이 숫자도 질도 훨씬 더 뛰어나지만, 막상 들이닥치는 적은 더욱더 무시무시하다.

피오뿐 아니라 디프 그린의 모두가 절망적인 심정에 휩싸인들 어쩔 수 없겠다.

다만 이곳에는 내가 있었다.

"마도병이 사천, 하급 악마가 삼천 남짓, 중급 악마가 오백에 조금, 상급 악마는 없다. 아주 숫자가 많지는 않은 이유는 이쪽으로 연결된 회랑이 아직 충분히 크지 못하기 때문일 테고."

하늘에 가득 들어찬 무수히 많은 악마들을 목격한 피오와 마르, 세리나까지 공포에 휩싸여서 안색이 핼쑥해져버렸다. 나의 친구와 사랑하는 뱀 아가씨의 마음에 불필요한 부담이 가해지는 사태는

간과할 수 없다.

무례한 행각을 일삼는 초대받지 못한 손님에게는 본인의 의사와 관계없이 신속한 퇴장을 강권하는 것이 답이다.

애용하는 장검이 허리에 매달려 있지 않아서 조금 허전했지만, 뭘, 저것들을 배제하는 데 아무 지장이 없고말고.

"피오, 이런 사태가 발생했을 때 주민들이 피난할 장소는 마련되어 있나? 마르와 함께 아지람 씨가 있는 곳으로 돌아가서 다 같이 피난소로 가렴."

베른 마을에서는 이렇게 돌발적인 습격이나 자연재해가 들이닥쳤을 때 취해야 할 행동을 철들었을 무렵부터 철저하게 교육받는다.

이곳도 똑같다는 법은 없다만, 아무튼 확인은 거쳐야 했다. 물론 피오는 이 심록의 도시 출신이 아니니까 과연 긴급 상황의 행동에 대해 숙지했을지는 불분명했다.

"그, 그러니까, 디프 그린이 침략을 받았을 때는 지하도를 지나서 외부로 탈출하라는 방침이 있어. 그래도, 설마 위그드라실 님이 맨 먼저 공격받을 줄은 상상도 못 했거든. 원래 이런 상황은 전사들이 전부 쓰러져버린 다음이니까!"

가장 우선해서 지켜야 할 위그드라실이 모든 수호자들을 다 추월해서 제일 먼저 공격받게 된 이번 사태는 우드 엘프들도 상정하지 못했다는 뜻인가.

그러나 지금은 쓸데없이 한숨이나 쉴 때가 아니다. 이번 실패를 교훈 삼아서 미래를 위해 보완하면 된다.

"흠, 반대로 말하자면 지프 그린의 외곽부가 오히려 이번에는 비교적 안전하다는 말이겠군. 저 마계의 예의도 모르는 것들은 그곳까지 보내줄 생각은 없지만 말이지."

이렇게 피오와 대화 나누는 동안에도 악마들은 숫자가 더욱 불어나서 도시의 청명한 대기를 더럽히고 있다.

악마들 대부분은 과거 신들의 대전에서 패한 악한 신들이 마계에 떨어진 이후 탄생한 신참들 같다. 존재 본연의 기세에서 드러나는 역사의 무게와 위엄이 희미하다.

"요정과 정령의 도시에 쳐들어온 무례한 일당을 토벌하자면 역시 정령의 힘이 어울리겠지."

내 온몸에서 용종의 마력이 흘러넘치고 주위 공간의 벽이 흔들거린다. 다른 세계로 연결되는 조짐을 감지한 피오와 마르가 놀란 얼굴로 이쪽을 돌아보았다.

다만 세리나만큼은 「아, 이번에도」라는 표정을 짓고 있었다만.

역시 세리나도 내가 상식 바깥의 힘을 행사하는 데 완전히 익숙해져버린 듯싶다.

"가깝고 먼 세계에서 나의 목소리를 듣고 오거라, 그리고 어리석은 것들을 모조리 처단하여라, 위대한 정령들이여! 「허무에서 불어닥치는 기적의 바람」 미라네이드! 「천지를 정화하는 맑은 물」 투아쿠아! 「뒤흔들리는 끝없는 대지」 바이어스!"

우리의 머리 위쪽에 펼쳐지는 공간에서 발생한 녹색, 청색, 갈색까지 세 가지 색깔의 거대한 파문에 약간 지체되어 그 건너편으로부터 정령계에서 소환된 대정령 셋이 지상 세계로 출현한다.

정령신이 만들어 낸 정령들의 정점에 서는 존재가 정령왕이고,

대정령은 정령왕 다음으로 높은 지성과 영격을 보유하고 있다.

신들과 마찬가지로 본래는 지상 세계의 주민이 아니기 때문에 정령계에서 지상 세계로 출현했을 때는 본연의 권능과 힘이 커다랗게 줄어들지언정 그럼에도 지상 종족의 입장에서 봤을 때 격이 다른 힘을 보유한 초월 존재라는 사실은 변함없었다.

대정령급의 소환쯤 되면 정령 마법의 고등 오의에 해당한다. 이 것을 셋이나 동시 소환한 것은 나이기에 실현할 수 있는 과격한 능력 행사라고 말할 수 있겠다.

비취색으로 물든 날개옷을 걸친 초록빛 일색의 긴 머리카락 소녀가 바람의 대정령 미라네이드.

항상 흐르는 투명한 물의 의상을 걸치고 거의 맨몸을 노출한 채 나다니는 미녀가 물의 대정령 투아쿠아.

그리고 짙은 갈색의 모피 위쪽에 녹색 이끼며 과실이 달린 나무들이 자라난 거대한 곰이 땅의 대정령 바이어스.

니드호그와 악마들의 출현 이후에 거의 곧바로 수많은 정령 가운데서도 정령왕에 준하는 힘을 보유하고 있는 고위 대정령이 출현함으로써 또다시 디프 그린 주민들의 정신은 경악의 거센 파도에 휩쓸렸다.

더구나 내가 소환하는 현장을 직접 목격하게 된 피오와 마르의 놀라움은 말로 표현할 수가 없을 지경이다.

대정령들이 발하는 압도적인 영적 압력을 받아서 막 출현했던 악마들 사이에서도 동요가 치달린다. 한편 세리나는 주위의 반응과 달리 팔짱을 낀 채 응응, 어쩐지 의기양양한 얼굴로 끄덕이고 있다.

"뭐, 드란 씨니까요. 평범한 정령사라면 평생을 다 걸어서 끝내 목소리를 듣지도 못할 대정령을 동시에 셋 소환하는 정도야 아무것도 아니랍니다, 그럼요."

"세리나, 너, 자기가 무슨 말을 하는지 진짜로 아는 거야? 대정령 소환이라니, 설령 단 하나라도 무시무시하게 어려운 일인데, 그런데……."

"피오, 저는 이런 때 간단하게 정리해서 넘기면 좋다는 걸 드란 씨와 함께 시간을 보내면서 학습했어요."

"응?"

물음표를 띄우는 피오에게 세리나는 대답했다. 세계의 진리 한 자락을 해명하는 대현자처럼 엄숙하게 자신 가득한 세리나가 꺼낸 말은 아래와 같았다.

"「드란 씨니까」예요. 이 문장으로 뭐든 해결이죠. 드란 씨니까 어쩔 수 없고, 드란 씨니까 가능하고, 드란 씨니까 대정령을 동시에 소환해도 이상한 게 아닌 거예요. 이렇게 생각하지 않으면 놀라다가 지쳐서 진이 다 빠져버린다고요."

후후, 웃음을 짓는 세리나의 목소리에는 어딘가 속세를 떠난 사람처럼 달관의 음색이 어려 있었다.

나와 함께 지내면 저런 지경이 될 만큼 지친다는 말인가.

나 또한 상식 바깥의 능력을 쭉 행사했다는 자각은 제법 있다만, 결국 대부분은 세상을 위함이고 생명을 위함이고 사랑하는 사람들을 위한 행동이었다 자부한다. 꼭 필요하다면 이런 급박한 상황처럼 고신룡의 힘을 휘두르는 행위도 불사하련다.

"드란이니까……?"

말을 잇지 못하는 피오에게는 미안한데 지금은 설명에 시간을 할애할 여유가 없다.

대정령의 위엄과 압력에 직면해서 주춤거리고 있던 악마들도 지상 세계에 출현했다는 흥분이 재차 열기를 쏟아 내는지 한꺼번에 눈 아래 디프 그린을 목표로 하강할 태세를 갖추고 있다.

"피오, 많이 놀랐을 텐데 미안하지만, 나에게 별로 어려운 일은 아니야. 불러낼 상대의 사정을 고려하고 사정을 설명하면 대부분은 어떻게든 되니까."

피오의 얼굴에는 「뭐가 어떻게 된다는 거야」라고 쓰여 있었다만, 굳이 지적하지는 않고 넘어갔다.

내가 피오를 달래주는 동안에 머리 위쪽에서 대기하고 있던 대정령들이 내게 말을 건넸다.

『되게 난폭하게 불러내길래 누군가 싶어 와봤더니…….』

『아아, 반가워라. 위대한 용, 귀인의 존안을 몸소 배알하는 영예를 누릴 줄이야.』

『음, 인간의 그릇에 머무르고 계셨는가. 예전부터 별난 분이라는 생각은 했소만, 미처 예상을 못 하였군.』

편한 말투로 말한 녀석이 미라네이드, 고풍스러운 표현을 쓰는 녀석이 투아쿠아, 묵직한 녀석이 바이어스.

모두 다 전세에서 안면을 익힌 대정령들이다. 그리고 보니 이들을 전투 때문에 불러낸 것은 오늘이 처음이었군.

당시의 나에게 대정령이며 정령왕, 많은 신들은 이야기 상대이거나 놀이 상대였을 뿐 실제 전투가 벌어지면 저들의 힘을 빌릴 바에야 자신의 힘으로 싸우는 것이 간편하고 빠르고 확실했었기 때문이다.

"반가운 얼굴을 봐서 나는 기쁘군. 이런 상황이 아니었다면 더 많이 기뻤겠지만 말이야."

『그 마음은 우리도 똑같아. 네가 죽어버린 다음에는 놀러 와주는 상대가 엄청 줄어들었는걸.』

미라네이드가 스스럼없이 나에게 말을 건네는데, 다만 인간처럼 대기를 진동시켜서 음성으로 의사를 전달하는 방식이 아니다.

직접 내 정신에 자기 의사를 전달하고 있다.

염화가 이와 가깝겠지만, 대정령의 의사는 너무나 크고 무거운지라 인간이나 아인종은 받아들이기가 대단히 어렵다.

위그드라실의 무녀 공주처럼 뛰어난 소양을 갖고 태어난 자가 오랜 세월에 걸쳐 정신과 혼을 연마한 이후에도 진정 의사소통이 가능할지 장담을 하기 어렵다.

이것이 전문 수행을 쌓은 정령사들일지라도 대정령의 소환을 실행 가능한 자가 지극히 적은 이유 중 하나이다.

"모처럼 너희들을 불러다 놓고 좀 민망하지만, 느긋하게 대화를 나눌 상황이 아니라서 말이야. 보다시피 마계의 욕심 많은 녀석들이 어린 위그드라실과 이곳의 주민들에게 악의가 묻은 송곳니를 들이밀고 있군. 분수라는 말의 의미를 혼 깊숙이 안쪽까지 철저하게 때려 박아줄 수 있겠나?"

『그야 상관없사오나 저희가 힘을 휘두를 것도 없이 당신께서 힘을 좀 쓰면 저러한 버러지들 따위야 적이 되지도 못하지 않습니까?』

"투아쿠아, 전적으로 네 말이 맞지만, 나는 저쪽에 있는 바보를 정리할 거야."

내가 오른손으로 균열의 너머에 있는 니드호그를 가리키자 투아쿠아 및 대정령 셋도 나란히 저쪽으로 시선을 돌렸다.

내가 말하는 「바보」의 정체를 파악하고 대정령들은 정말 인간미 넘치는 동작으로 한숨을 내뱉었다.

흠, 세리나와 꼭 닮은 반응을 보여주는군.

『저것은 니드호그의 일족 같구려, 끙. 분명 당신께서 인간 용사들과 함께 처단했던 악룡도 저것과 같은 일족이었지.』

『위그드라실을 으득으득 잡아먹으려나 봐~. 그럼 우리는 저기 악마들을 해치우면 되는 거야?』

"그래주면 고맙겠어. 이 도시에 모여 있는 주민들이 한 명이라도 죽으면 우리의 패배와 같은 뜻임을 유념해줘."

찰과상 정도라면 어쩔 수 없겠지만, 사망자만큼은 절대 허용할 수 없다고 나는 마음속에 굳게 다짐했다.

『귀인께서 직접 불러주신 이상은 못난 모습을 보일 수 없지요. 우리의 왕께 어떠한 꾸중을 듣게 되려나 모르는지라.』

투아쿠아는 주위에 무수히 많은 물 구체를 만들어 냈고, 거기에 호응하며 본인의 지상 세계용 육체를 구축하는 물도 역시 물결치기 시작했다.

『아하하하, 맞는~ 말이야~. 저 자식들이 있으면 뭔가 답답하고 기분이 나쁘단 말야. 당장에 싹 없애버리자~!』

미라네이드를 중심으로 범위는 비록 작을지언정 소리보다도 빨리 불어닥치는 바람이 발생하더니 곧 대기를 더럽히고 있던 니드호그 및 악마들의 독기를 폭력적인 기세로 정화하기 시작했다.

『위그드라실의 위기라면 우리에게도 아주 관계가 없지는 않은 상황이지. 요정들 또한 위기를 맞이한 상황인 듯싶고, 이렇듯 불러주셨다는 것이 다행스럽소, 음.』

바이어스는 거대한 육체를 흔들, 공중에 띄우더니 아무것도 없었던 허공에 거대한 암석 및 창날과 같은 형태의 바위를 생성하기 시작했다.

"그럼 이곳은 잘 부탁하지, 투아쿠아, 미라네이드, 바이어스."

내가 당부의 말을 건네자 대정령들은 제창으로 대답했다.

『우리에게 맡겨주시길!』

대정령들의 대답이 아직 내 머릿속에 남아서 울려 퍼지는 동안에 저들이 만들어 낸 고위 영력을 품은 물과 바람과 흙이 만 단위에 달하는 마계의 군세들에게 일제히 쏟아졌다.

내 손에 의해 소환된 대정령들은 통상의 정령 마법에 의한 소환과 비교해서 방대한 마력을 공급받고 있다. 덧붙여서 지상 세계에 출현하기 위한 매개로 내가 존재하는 터라 본 상태에 가까운 힘까지 발휘할 수 있다.

악마 및 마도병들이 자신들의 강인한 육체며 무기화된 팔과 꼬리를 동원해서 대정령들에게 쇄도한다. 저것들도 이곳에 있는 최대의 적이 대정령들임을 인식한 뒤 적극 배제에 나선 형국이다.

수명이 긴 하이 엘프여도 살아가는 동안에 목격할 기회가 과연 있을까 장담하지 못할 대정령들을 피오와 마르, 디프 그린의 주민들이 마른침을 삼키며 지켜보고 있다.

머지않아서 뜨거운 독기가 가득 뒤덮었던 검은 하늘에 바람과 물과 땅의 세 가지 힘이 폭발을 일으켰고, 그때 발생한 충격파가 아래쪽에 있는 우리들에게 세게 불어닥쳤다.

무엇인가 붙잡고 있지 않으면 확 날아가버릴 것 같은 강풍 속에서 머리 위쪽을 올려다봤더니 종횡무진 휘젓고 다니는 미라네이드에게 잘게 조각이 나고, 투아쿠아가 일으키는 소용돌이에 부서지고, 바이어스가 조종하는 암석에 짓뭉개지고 있는 악마들의 모습이 보인다.

"저게 대정령의 힘……. 과연 압도적이네요. 저런 대정령을 거뜬하게 쓱쓱 불러낸 드란 씨도 드란 씨지만요."

세리나가 강풍에 지지 않고 목소리를 높인다.

"세리나, 음, 칭찬하는 말인가? 아무튼, 저들에게 맡겨 두면 이곳의 악마들은 어떻게든 될 거야. 세리나, 우리는 일단 위그드라실을 둘러보러 가자. 위그드라실 내부에 저 녀석들이 직접 나타나지 않는다는 보장이 없는 데다가 니드호그 말고도 이 기회를 노리는 녀석이 있을까 봐 우려되는군."

나와 바이어스 등 대정령들은 정신으로 직접 대화가 가능하기에 세리나와 친구들은 무슨 이야기가 오갔는지 알지 못한다.

니드호그는 나의 분신체로 상대해주면 되고, 본래의 나는 위그드라실을 직접 보호하는 게 좋겠지.

혹시나 다른 니드호그가 위그드라실의 기운을 알아차리고 떼를 지어서 덤벼들지 않을 보장이 없고, 다른 마물들과 사신 녀석들이 쓸데없이 욕심을 부릴 가능성 또한 있겠다.

"드란, 기다려. 나도 위그드라실 님을 지키러 갈래. 나는 엔테의 숲에서 태어난 자란 우드 엘프니까!"

내 말에 반발한 것은 간절하게 얼굴에 힘을 준 피오였다.

"하려는 말은 알겠어. 그러나 너는 싸우는 자가 아니야. 더구나……야박한 말이겠지만, 마계에 사는 악귀들을 상대하기에는 힘이 부족하지."

"그, 그래도!"

"아지람 씨 부부와 빨리 합류해서 안심시켜드리렴. 게다가 마르는 어떻게 하고? 설마 마르까지 전쟁터에 데려갈 작정인가?"

내 지적을 들은 피오는 자기 어깨 위에서 떨고 있는 조그만 친구의 존재를 깨닫고 퍼뜩 놀란 표정으로 마르를 돌아봤다.

마르는 전쟁터에 데려가서는 안 되는 대상의 첫째가는 예다. 아무리 내가 사망자를 발생시키지 않은 채 곤경을 타개하자는 마음을 먹고 있다지만, 위험이 아주 없다고 단언하지는 못한다.

"마르는, 피오가 가겠다고 말하면 같이 갈 거예요. 무섭지만, 드란이랑 피오와 함께라면 괜찮은걸요!"

마르는 씩씩하게 대답하고는 웃음 지었다만, 작은 어깨며 투명한 날개가 자꾸 떨리는지라 작은 요정의 마음을 위협하는 공포의 거대함을 한눈에 알아볼 수 있었다.

그런 마르의 상태를 직접 목격하고도 고집을 부릴 피오가 아니었다. 문득 어깨에서 힘을 쭉 빼더니 작은 친구를 안심시키기 위해 부드러운 미소를 짓고 가만히 끌어안았다.

"미안해, 마르. 내가, 자기 생각만 너무 앞섰네. 친구 실격이야. 드란, 나는 마르를 데리고 아저씨가 있는 곳으로 돌아갈게. 세리나, 너무 위험한 행동은 하지 마. 드란과 세리나라면 악마가 상대여도 분명 괜찮겠지만, 혹시 다치면 혼내줄 거야."

"피오……."

마르는 눈물에 젖은 조그만 눈동자로 친구를 올려다봤다.

"괜찮아, 마르. 위그드라실 님이 계신 곳으로 가고 싶다는 말은 내 억지였으니까."

세리나는 소중한 두 친구들을 위로하기 위해 다정하게 미소 짓다가 살짝 피오의 어깨에 손을 얹었다.

"모처럼 맞은 축제의 날에 이렇게 안 좋은 사태가 벌어졌지만, 저 무례한 작자들을 치워버린 다음에 다시 개최하면 돼요. 그때를 기대하면서 우리가 돌아오기를 기다려줘요."

"고마워, 세리나. 그렇게 할게. 드란, 올리비에 님의 허가증을 갖고 있어도 이런 비상사태에서는 어디까지 들여보내줄지 몰라. 급하게 행동하면 너희들까지 위험인물로 구속당할 수 있어. 아무쪼록 말과 행동에 신경을 써줘."

"명심할게. 베른 마을의 장래를 위해서라도 엔테의 숲 주민들과는 오래오래 우호적인 관계를 유지하고 싶거든. 물론 충분히 주의해야겠지."

피오, 마르와 헤어진 나와 세리나는 황금색 광채로 독기를 중화하고 있는 위그드라실을 목적지 삼아 인파를 밀어 헤치면서 달려 나갔다.

그동안에도 위쪽의 니드호그는 느릿느릿 차원의 균열에 앞다리를 걸쳐서 천천히 자기 거체를 이쪽으로 집어넣고 있었다.

탐욕에 찬 황금색 눈동자에는 최상의 진수성찬일 위그드라실밖에 비치지 않는다.

뱀처럼 장대한 몸은 주홍색과 흑색의 두 가지 반점을 무수히 흩뿌려 놓은 진보라색 비늘로 뒤덮였고, 강인한 손발가락을 갖춘 네 개의 다리가 자라나 있다. 앞다리의 관절 부분 위쪽 부분에서 붉은 피막이 뻗어 나가며 형성하는 날개는 거대한 박쥐 같았다.

나는 위그드라실을 목적지로 달리며 혼이 만들어 내는 마력에서 비롯된 백룡 분신체를 니드호그와 동등한 체격을 보유하도록 구성하여 저놈의 배후— 즉 마계에 발생시켰다.

탐욕에 사로잡힌 채 행동하던 니드호그도 등 뒤에 자신과 비등할 만큼 강대한 힘이 갑작스레 발생했음을 감지한 뒤 기다란 몸을 구부려서 뒤돌아본다.

"지금 깨달아 봤자 늦었지."

나의 분신체는 고개 돌리는 니드호그의 목덜미를 붙잡아다가 차원의 균열과 떨어뜨리고자 뒤쪽으로 세차게 집어 던졌다.

"쿠와오윽?!"

내 완력에 저항하지 못한 니드호그가 휙 날아간다.

마계의 허무에 떠다니는 부유섬을 몇몇 분쇄한 다음에야 겨우 멈춘다.

나는 디프 그린과 연결된 차원의 균열을 새로 만들어 낸 공간에다가 보전함으로써 더 이상 마계와 니드호그의 독기가 유입되는 것을 막은 뒤 주위를 둘러봤다.

"흐음. 대마계의 바깥과 다소 가까운 위치인가. 내 기억에 틀린 게 없다면 악마들이 다수 서식하는 영역이었을 텐데."

주위에는 마족들의 주택이 건설된 부유섬이며 대륙이 여럿 떠올라 있고, 개중에서도 한층 더 커다란 육지에서 니드호그의 냄새가 특별히 짙게 흘러나온다.

저것이 니드호그의 둥지일 테지. 이 주변에 사는 악마들을 힘으로 지배해서 세력권을 구축했다고 봐야 하겠군.

"키엑, 키엑, 키엑!!"

째진 소리를 질러 대면서 니드호그가 몸 대부분이 파묻혔던 부유섬 위로 이륙하여 내게 적의와 살의가 담긴 시선을 쏟아붓는다.

기다란 몸체를 구불거리며 날개를 커다랗게 펼치고 최대한의 경계와 위협의 자세를 취한 니드호그를 나는 여유롭게 마주 바라봤다.

너무 대마계에 오래 머무르면 카라비스가 알아차릴 우려가 있는 만큼 일찌감치 결판을 내는 게 좋겠군.

"누구냐? 세계수의 줄기를 나의 송곳니로 물어 부수고, 수액을 빨아 마시고, 가지와 잎을 씹어야 할 더없이 행복한 때를 방해하다니…… 어디에서 온 목숨 아까운 줄 모르는 작자인가. 세계수를 잡아먹는 사룡 니드호그의 일족에 속한 본인, 니드헬의 분노를 산 것을 마침내 죽는 순간까지 후회하거라."

니드호그— 아니, 니드헬이 맞물려 놓은 송곳니 사이에서 꿀럭,

꿀럭, 짙은 보라색의 독기가 서린 숨결이 흘러나오기에 저놈의 마음속이 분노로 가득 차올랐음을 짐작할 수 있었다.

"먼저 무례한 짓을 저질렀던 쪽은 네 녀석이 아니었나. 엔테 위그드라실이 맞이한 풍요의 때를 축하하고 있는 와중에 갑자기 추한 낯짝을 들이밀었을 뿐 아니라 심지어는 엔테 위그드라실을 잡아먹으려 할 줄이야⋯⋯. 사죄한들 용서받을 수 있는 행동이 아니군."

이렇게 니드호그의 일족과 대치하면 일찍이 일곱 용사와 함께 싸웠던 태고의 니드호그가 떠오른다.

그쪽은 원류에 속한 지극히 위계가 높은 니드호그였고, 지상 세계에 출현했을 때는 수많은 차원에 영향을 미친 강대한 개체였다.

"용서받는다? 내가? 무슨 웃기는 소리인가, 내가 누군가에게 용서를 구할 필요가 있을쏘냐. 세계수는 모조리 우리 니드호그의 먹이가 되어야 할 존재. 그에 의지하여 살아가는 것들도 우리에게는 먹이나 마찬가지. 먹이에게 용서를 구하는 자가 세상 어디에 존재하는가. 네놈은 제법 힘 있는 용인 듯하나 그 심장을 내가 먹어 치워서 혈육으로 바꿔주겠다."

흠, 얼마 전 멸했던 해마의 신은 대치하는 게 고신룡 드래곤임을 알고도 더욱 전의를 끌어올리며 내게 도전했었다만, 니드헬은 나를 고위의 백룡 정도로 생각하는 듯싶군.

처음부터 무지갯빛 눈동자와 여섯 장의 날개를 현현시킨다면 내가 드래곤임을 깨닫고 도망부터 쳤을 가능성을 고려했기에 평범한 백룡의 형상을 취했다만, 그런 판단 때문에 이리도 얕보이는가.

신선하다면 신선한 체험이나 자만에 찬 얼굴을 마주하니까 별로 즐겁지는 않구나.

"그런 대답이 돌아올 줄은 짐작했다. 니드헬이라고 했던가, 내가 있는 세계의 위그드라실을 먹어 치우고자 욕심부렸던 것을 마침내 죽는 순간까지 후회하도록 해라."

방금 전 쏟아부었던 말과 똑같은 도발을 되돌려받은 순간, 니드헬은 결국 한계에 다다랐다.

노란색으로 독이 서린 타액을 뚝뚝 흘리면서 송곳이 뻗어 자라난 턱을 콱 벌리고 덤벼든다.

"크와아라라라라라라라라!!"

대마계의 공간에 가득 찬 에테르와 마소(魔素)를 날개로 붙잡아서 순식간에 가속한 니드헬이 내 눈앞에 바짝 다가든다.

"잘 짖어 대는구나!"

내 목을 노리고 뻗어 오는 니드헬의 머리 측면에 나는 오른쪽 주먹을 있는 힘껏 때려 박아줬다.

니드헬의 입에서 부러진 송곳니와 거무칙칙한 피가 흘러나오고, 놈은 또다시 저 멀리 아득한 곳으로 날아가버린다.

"이전에 싸운 니드호그와 비교하면 미숙하구나. 이런 수준의 개체가 출현했었다면 일곱 용사들은 나에게 조력을 구하러 오지 않았을 테지."

어깨 풀기도 안 되는구나. 나는 날개를 한 번 펄럭여서 세차게 날아가는 니드헬에게 한 수 더 추가 공격을 가하기 위해 뒤를 따랐다.

니드헬은 도중에 자세를 가다듬고 살의의 불꽃이 더욱 격하게 타오르는 눈동자로 나를 노려보는 동시에 폐와 목을 확 부풀리더니 짙은 보라색의 독 숨결을 토해 냈다.

"독에 절어라!"

마치 홍수처럼 내 시야를 가득 메운 채 들이닥치는 독의 숨결.

그러나 나는 아랑곳 않고 똑바로 전진했다.

설마 내가 정면으로 치고 들어올 줄은 예상하지 못한 듯 니드헬의 눈이 휘둥그레지는 게 보였다.

"이쯤이야 내게는 독이 되지도 못한다, 애송이."

"우오오?!"

니드헬은 곧장 독 숨결의 방출을 멈춘 뒤 회피 행동을 시도했지만, 내가 독 숨결을 돌파해서 니드헬과 간격을 좁히는 것이 훨씬 더 발랐다.

즉각 안면을 방어하고자 몸을 구부리는 니드헬을 주시한 채 나는 두 손으로 놈의 몸체를 붙잡았다가 제자리에서 빙글빙글 회전시킴으로써 기세를 더하여 아래쪽 부유섬에 내동댕이쳤다.

니드헬의 거구가 부유섬과 격돌하면서 충격 때문에 메마른 불모의 대지가 분쇄. 잇따라 근처 부유섬의 대지를 부수면서 속절없이 날아가버린다.

짧은 시간의 육탄전 끝에 니드헬의 비늘은 만 단위로 부서져 나간 데다가 예리한 송곳니도 절반 가까이 부러져서 질질 독 섞인 피를 토하고 있다.

"이놈……. 평범한 백룡이 아니었다는 말인가!"

이 지경이 되어서야 겨우 니드헬은 내가 겉모습대로 단순한 백룡이 아니었음을 깨닫는다.

"그러나 머리가 조금 차가워졌다고 어떻게 될 만한 힘의 차이도 아니잖은가, 니드호그의 일족이여."

니드헬은 태세를 다시 갖추고 대마계에 가득 찬 마소를 급격하게 흡수하며 자기 마력과 융화시킴으로써 폭발적으로 힘을 끌어올렸다.

분명 니드호그 일족은 몸 바깥으로 마력을 방출하는 게 서툰 대신에 자신의 육체 강화 및 상대의 혈육 및 영혼에 직접 파괴적인 마력을 흘려 넣는 전법에 능란하다.

그렇다면 다시 육탄전을 감행하겠군.

좋다, 정면에서 맞받아주고, 그럼에도 압도해서 완전히 나의 격이 위에 있음을 깨닫게 해주마.

나 또한 분신체를 구축하는 마력에 대마계의 마소와 에테르를 흡수해서 니드헬 따위 비교도 되지 않는 힘을 쭉 생성하고 있다.

"가상한 위세만큼은 좋게 점수를 주마, 니드헬!"

니드헬은 내 힘이 늘어나는 것을 위협으로 판단한 듯 자신의 힘 증폭이 한계에 도달하기에 앞서 나를 목표로 비상했다.

"크와라르아라아아아아아아아!!"

대마계의 허공에서 한일자의 궤도를 그리는 진보라색 유성이 된 니드헬이 앞뒤를 가리지 않은 채 그야말로 동귀어진을 각오하겠다는 결의가 가득 찬 얼굴로 기성을 내지르며 들이닥친다.

나 또한 두 팔에 대마계를 붕괴시키지 않을 정도의 힘을 담아서 정면으로 받아치기 위해 비상했다.

니드헬은 큰 턱을 벌려서 남은 송곳니에 온 힘과 살의를 담아 내 목을 노리고자 했다.

맨 처음 일격보다도 빠르고 강한 공격이었다만, 최고위의 사신이나 원초의 니드호그들을 상대해왔던 내게는 하품이 나올 만큼 둔한지라 아무 공포도 느껴지지 않는다.

"흐아앗!!"

나는 포효와 함께 오른쪽 주먹을 니드헬의 코끝에 때려 박았고, 거기에서 단박에 장대한 꼬리에 이르기까지 힘주어 휘두름으로써 두 동강으로 베어 갈랐다.

"키, 키콰아아악!!"

니드헬은 나와 적대한 것을 후회할 틈도 없이 순식간에 절명했고 영혼의 핵도 완전히 소멸해서 두 번 다시 부활할 수 없는 처지가 됐다.

신역에 속한 존재의 최후라기에는 몹시 맥 빠지는 광경이었다만, 나와 적대했던 자는 대부분 이런 말로를 맞이하는 것이 보통이었다.

"이제 악식의 용의 위협은 사라졌다만……. 빗나가기를 바란 예상이 맞아떨어졌군."

내 본체가 위그드라실 내부에 돌입했을 때, 내부로 직접 전이를 마친 무수히 많은 하급 악마들이며 그것들을 이끄는 상급 악마들과 마주쳤다.

이 주변을 서식지로 하여 니드헬의 압박에 굴복했던 자들과 다른 곳에서 온……. 아마도 공범자라고 불러야 할 악마들이라는 것이 나의 견해이다.

"저쪽에 나의 본체가 있는 이상 문제는 없을 테지만, 만약을 대비하기 위해 이쪽의 나를 환원시켜야 하는가. 그러나, 그 전에……."

일이 귀찮아졌다는 생각을 하면서 나는 등 뒤를 돌아다봤다.

동시에 익숙한 감이 있는 목소리가 들려온다.

"야호, 드랑! 웬일이야? 웬일이야? 이렇게 직접 마계까지 와주다니, 날 만나고 싶어졌던 걸까아~? 어휴, 어리광쟁이에 응석꾸러기라니까~."

거듭 반복해서 들어야 했던 까닭에 기억에서 말소하고 싶도록 지긋지긋하게 아양을 떠는 목소리로 주절거리는 저 녀석은 다시 또 모습을 바꾼 채 나타난 파괴와 망각을 관장하는 대사신, 카라비스.

이번에는 비유가 아니라 정말 새하얀 피부에 긴 적발을 휘날리고 있고, 신체에 걸친 광택이 나는 검은색 가죽으로 온몸을 덮는 의복은 풍만한 요철(凹凸)을 연출하고 있다.

카라비스의 푸른 눈동자와 이목구비가 뚜렷한 얼굴에는 내가 자신을 만나러 왔다고 믿어 의심치 않는 기쁨의 빛이 역력하게 떠올라 있었던지라 잘못짚었다고 말해주기에는 나마저 차마 가슴이 아팠다.

당장에라도 기쁨의 춤을 출 기세로, 아니, 실제로 춤을 추는 카라비스에게 나는 주저되는 심정을 꾹 눌러 참은 채 진실을 해명했다.

"카라비스여, 이토록 기뻐해주는 네게 말하려니까 마음이 괴롭다만, 내가 마계에 이렇듯 걸음을 한 까닭은 너와 만나기 위함이 아니었다."

"엥, 에엥~ 뭐야, 뭐야. 나를 만나러 와준 게 아니었어~? 쳇, 그럼 드랑이 뭐하러 온 건데. 이왕에 왔음 나한테 사랑의 고백이나 한번 해줄래?"

"지상에 니드호그의 말예가 기웃거려서 말이다. 그 녀석을 정리하기 위해서 이 분신체를 마계에 보냈을 뿐이지. 아직 이쪽에 머물러 있던 시간이 짧건마는 이토록 빨리 나를 찾아내다니 과연 대단하군, 카라비스."

마지막 말은 감탄이 아닌 기막힘의 의미가 더욱 강했지만, 카라비스는 전혀 개의치 않고 자신이 받아들이고 싶은 대로 해석해서 생글생글 만면의 미소를 머금었다.

순수하게 나에게 칭찬받았다고 믿어 의심치 않는 얼굴이군.

"아하하핫, 내 몸과 혼은 드랑이 가까워지면 찌릿찌릿 반응하게 만들어져 있거든! 드랑이 마계에 왔을 때 즉각 감지해서 이렇게 달려올 수 있다는 말씀! 암튼, 드랑은 이제 볼일 다 끝난 거야? 뭔가 불쌍한 니드호그의 말예 녀석은 흔적도 없이 사라진 것 같은데. 그러면 이제 이쪽의 드랑은 사라져버리는 거야? 뿅?"

카라비스가 머리를 직각으로 기울여서 말한 의문에 나는 아니라고 답했다.

분신체인 나는 당초 목적이었던 니드헬의 토벌을 완수했다만, 본체에서 받은 정보에 따라 한 가지 더 새로운 임무가 늘어났기 때문이다.

"아니, 니드헬과 다른 이유로 꼭 처리해야 할 문제가 막 발생한 참이더군. 나는 지금부터 그 볼일을 마칠 작정이라네."

"와아! 그럼 모처럼 이렇게 만났잖아. 내가, 내가아~ 예쁘고 잘난 카라비스가 사랑하는 드랑을 위해서 직접 도와주고 싶은 마음이 막 막 솟아나는데 말이야~."

카라비스는 이보다 더한 명안은 없음을 진심으로 믿어 의심치 않는 모습으로 소리 높여 노래 부르면서 나에게 바짝 다가들었다.

곤란하군, '이래서는 거절하기가 어려워. 카라비스에게 악의는 없다. 여타의 불순물이 없는 선의에서 비롯된 발언임을 오랜 교류 덕분에 단언할 수 있겠다.

악의가 티끌 하나라도 섞여 있다면 대사신 따위 신용할 수 없다 쏘아붙이고 거절했을 텐데.

"흐음……. 나 혼자여도 별 지장은 없을 테지만, 일손이 많아서 곤란할 것도 없겠군……."

"아하핫, 역시 마계의 사정은 드랑보단 이쪽에서 살아온 내가 잘 안다니까. 게다가 나 카라비스의 악명은 드랑이랑 비교해도 높으면 높지 낮지는 않아용~."

그렇다 한들 카라비스의 손을 빌리게 되다니. 순순히 선의를 받아들여도 되는가. 오히려 사태가 복잡해지는 게 아닌가.

나는 마음속으로 무수히 많은 문답을 거듭한 끝에 카라비스의 뒤치다꺼리는 내가 전면적으로 맡겠다고 각오를 다졌다.

"그렇군. 알겠다. 카라비스, 네 힘을 빌리도록 하지. 다만 도를 넘지는 않게 주의해다오."

"맡겨주시라! 사랑하는 드랑이랑 공~동 작~업이면 내 마음은 불타고 또 불타오른답니다!"

너의 지나친 의욕이 나의 가장 큰 근심거리란다. 나의 악우이자 사신이여.

"아무튼, 이쪽의 드랑은 뭘 하려는 거야? 이제부터 어디에서 뭘 하면 되는 걸까앙?"

"아직 그 이야기를 하지 않았군. 이쪽의 내가 꼭 처리해야 할 문제는……."

†

내 분신체가 저쪽 대마계에서 니드호그를 상대하고 있던 무렵에 본체인 나는 라미아 세리나와 함께 디프 그린의 시가지를 전력으로 달려 나갔다.

머리 위쪽에서는 내가 소환한 대정령들이 마음껏 힘을 휘둘러서 수많은 악마들을 물리치고 있다.

악마 및 위룡들은 주민들을 습격할 경황이 없는지라 마구 날뛰는 대정령을 상대해서 죽기 살기로 전투를 벌여 나가고 있었다.

악마들은 지상에 출현할 때 힘이 억제되기에 내게 마력을 공급받는 대정령들과 메울 수 없는 힘의 차이가 발생하고 있는 상황이다.

흐음, 이러면 게오르그 같은 타락한 신이나 상급 악마가 나중에 더 나타날지라도 안심하고 맡길 수 있겠군. 아니, 아무래도 게오르그 수준의 적이라면 많이 버거울 텐가.

"드란 씨, 지금 상황요. 위그드라실 씨의 내부는 어떻게 되고 있어요?"

내 옆쪽에서 전속력으로 기어 나아가는 세리나가 의문을 입에 담는다.

처음부터 내가 위그드라실 내부의 상황을 완전하게 파악하고 있었다는 전제로 꺼낸 질문이겠지만, 실제로 맞는 말인지라 아무것도 받아칠 수가 없었다.

이것은 세리나의 신뢰라고 받아들이도록 하자.

"무녀 공주를 중심으로 엔테의 숲 여러 종족의 전사들이 내부에 출현한 악마들의 선봉과 교전하고 있군. 지금은 딱히 중상자나 사망자가 발생하지는 않았지만, 위그드라실의 의식의 핵에 해당하는 위치에 별로 안 좋은 경향이 보여. 아마도 그곳으로 이번 흑막이 모습을 드러내겠지. 그자의 수급을 거둔다면 이 사태를 일단 진정시킬 수 있겠어."

"바깥뿐 아니라 안쪽에서도 큰 소동이 벌어졌다는 말씀이네요."

세리나는 아름다운 얼굴에 한결 더 굳은 각오를 내비치며 우리가 이제 곧 도착하게 될 곳에서 기다리고 있을 위협에 대한 경계를 최대까지 끌어올렸다.

내가 건네준 호부(護符)와 사역마의 관계를 경유하여 보조해주면 세리나도 상급 악마를 상대해서 정면으로 싸울 수 있을 것이다.

"시간에 별로 여유가 있을 것 같지는 않은데요, 드란 씨의 견해는 어떠세요?"

"역시 위그드라실 쪽 전사들은 실력이 뛰어나기는 한데, 가장 중요한 위그드라실이 적의 두목을 억제하는 데 힘을 소모당해서 보조

역할을 못 맡아주는 게 안타깝구나. 적은 마계의 주민들인 데다가 숫자에서 너무 큰 차이가 있어. 이대로 상황에 변화가 없다면 오래 버티지는 못할 거야. 그러니까 우리가 상황을 바꾸도록 하자."

"드란 씨가 아니었다면 절망적인 상황이었겠네요. 디아드라 씨가 또 힘을 빌렸다고 신경 쓸 것 같아요."

게오르그 일당과 벌인 전투에 이어서 불쑥 비슷한 전개가 벌어졌다만, 그 부분은 신경 써 봤자 어쩔 도리가 없겠다.

"위그드라실의 위기는 더 나아가면 세계 규모의 재액으로 연결되지. 따라서 숲 바깥과 안쪽을 굳이 나눠서 생각할 필요가 없는데 말이야. 게다가 위그드라실의 위기에서 구해 낸다면 엔테의 숲 모든 종족에 좋은 인상을 줄 수 있겠다는 타산도 있고. 무엇보다 순수하게 기껏 방문한 축하 행사를 예의도 없는 것들에게 방해받았다는 것에 분노가 느껴지는군. 어떤 측면이든 우리에게도 싸울 이유는 산처럼 많아."

"든든하달까, 빈틈없달까……. 지금 말씀을 들으면 디아드라 씨도 안심해줄 거예요."

"실패에서도 뭐든 배우지 않으면 손해니까. ……그나저나, 상황이 변했군."

세리나와 대화하면서도 위그드라실의 내부 상황을 빠짐없이 관찰했다만, 아무래도 더욱 서두를 필요가 있는 사태가 벌어져버린 듯싶다.

전력 질주에서 차차 속도를 떨어뜨린 뒤 결국에 다리를 멈춘 나에게 세리나가 불안이 담긴 시선을 보냈다.

"드란 씨?"

"느긋하게 달려갈 때가 아니야. 직접 위그드라실 안으로 도약하겠어."

나에게 전폭적인 신뢰를 보내주는 덕분인지 세리나는 살짝 놀라움을 표시했을 뿐 이의를 제기하지는 않았다.

†

류류시는 무녀 공주 전속의 호위들과 함께 신탁의 관에서 입구 반대쪽 벽에 등을 의지한 채 마구 들이닥치는 악마들을 상대로 하여 용케 건투하고 있었다.

무녀 공주 전속의 호위들은 엔테의 숲 여러 종족에서 선발한 정예 중의 정예다. 개중에서도 특히 눈에 띈 활약을 펼치는 자가 다섯 명가량 있었다.

사지에 두루 자라난 손톱과 발톱을 써서 마도병 및 악마의 살점을 도려내는 자는 회색의 모피를 지닌 늑대 수인 울가, 갈색의 가지런한 털에 번개와 같이 검은 문양이 그어져 있는 호랑이 수인 테겔. 두 명 모두 굳건한 체구를 자랑하는 수인 남성이다. 깊은 숲의 주민답게 활동성을 중시한 경장을 걸치고 있는 우드 엘프 소년 라탄타. 소년의 가는 몸을 지켜주는 방어구에서 금속제 부품은 찾아볼 수 없다만, 숲의 다양한 식물 가운데에는 강철에 뒤지지 않고 오히려 단단한 강도를 자랑하는 종류도 있다.

라탄타 말고도 류류시와 꼭 닮은 무녀 복장을 몸에 걸치고 있는 우드 엘프 여성이 두 사람 보인다.

한 명은 류류시와 같은 나이로 짐작되는 우드 엘프 소녀, 류류시의 시중 담당 겸 호위를 맡은 정령사 쿠엘이다. 살집이 붙지 않은 뺨과 목덜미, 팔다리에는 복잡한 문양이 그려져 있고 주위에는 소환된 바람·물의 정령들이 떠다니고 있다.

그리고 이상의 호위들 다섯 명 가운데 가장 수많은 적을 처단한 자가 마지막 한 명. 다름이 아닌 가로아 마법 학원의 학원장이자 엔테의 숲 우드 엘프들의 대중진 올리비에였다.

아크레스트 왕국 건국에도 깊이 관련된 바 있다고 소문이 난 하이 엘프의 여걸은 냉엄한 눈동자에 동요도 조바심도 없이 이쪽을 포위하는 침략자들을 주시할 뿐.

그 밖에도 열 명 정도의 전사들이 있었다만, 악마 및 상위·마도병을 상대해서 호각 이상으로 싸울 수 있는 인원은 올리비에를 필두로 한 다섯 명의 정예들뿐이었다.

류류시 본인도 높은 마력과 정령사의 소질을 갖고 있기에 전선에 가담하면 큰 전력이 될 테지만, 지금은 위그드라실과의 동조에 의해 악마들의 출현을 억제하는 데 주력하는 터라 직접적인 전력으로는 기대할 수가 없는 상황이다.

주위 전사들의 얼굴에 지친 기색이 점점 짙어지는 와중에 올리비에는 담담히 입술을 움직여서 적을 처단할 힘 있는 문장을 읊조린다.

바람의 정령에게 요청함으로써 정령 본체를 소환하는 것이 아니라 정령의 권능을 이 세계에 현현시키는 종류의 고위 정령 마법이었다.

"바람은 칼날, 바람은 철퇴, 바람은 화살, 바람은 심판, 바람은 죽음, 바람은 그대의 적, 풍살형(風殺刑)."

올리비에의 기량 덕택에 대부분의 영창이 간략화되어 두렵도록 신속하게 발동된 【풍살형】은 영창의 내용을 전부 실현시켜서 바람을 무수히 많은 무기로 전환, 사방팔방 일체의 방향에서 적대자에게 덮쳐들었다.

정령과 올리비에의 마력이 주입된 바람은 지상의 생물보다 높은 마력 내성을 자랑하는 마도병 및 악마일지라도 아랑곳 않은 채 베어 가르고, 때려 부수고, 꿰뚫어서 눈 깜짝할 사이에 십수 개체를 무력화했다.

류류시를 중심에 두고 쿠엘 등 정령사와 궁수를 안쪽에 배치한 뒤 라탄타와 올가와 테겔이 전면에 나서 벽 역할을 맡는 원진을 짜서 들이닥치는 악마들을 물리치고 있다.

부상을 당한 인원은 곧장 원진의 중심으로 물러난 뒤 정령사와 마법사들에게 치료를 받고 또다시 앞에 나서기를 되풀이한다.

"제기랄! 이 자식들, 아무리 때려눕혀도 자꾸, 자꾸만!"

호랑이 수인 테겔은 전혀 줄어들 낌새가 없는 적 집단 때문에 진저리를 치며 불평을 쏟아 냈다.

그동안에도 염소 머리 악마가 휘두른 자루 긴 도끼를 피해 파고들더니 하복부부터 아래턱까지를 자랑하는 손톱으로 베어 가른 뒤 적의 정수리에 발뒤꿈치 내려 차기를 때려 박아서 분쇄하는 솜씨를 보면 전사로서 지닌 역량은 일류를 훌쩍 뛰어넘었다.

소검과 단궁, 투척 나이프를 상황에 따라 능란하게 사용하면서 비교적 몸집이 작은 마도병을 상대하고 있던 라탄타도 테겔의 말에 동조했다.

류류시 전속의 전사가 되어 어렸던 시절부터 함께 지냈고, 격한 단련을 감당해왔던 젊은 우드 엘프 전사는 수인들과 비교하면 체력이 떨어지는 만큼 피로로 움직임이 약간 둔해지고 있다.

제아무리 단련을 거듭하더라도 종족의 근본적인 차이는 메우기가 버거운 장벽으로 존재한다.

"테겔 님의 말씀이 옳아. 이대로 가면 언젠가 무너진다. 그 전에 먼저 치고 나가서 어떻게든 바깥으로 탈출을 시도하는 게 어떨까."

소꿉친구로서, 또한 무녀 공주를 지키는 전사로서 류류시의 안위를 첫 번째로 염려하는 라탄타는 자신들이 희생되더라도 류류시를 이곳에서 탈출시키고 싶다는 것이 거짓 없는 본심이었다.

이대로 마냥 악마들을 상대해 봤자 자신들이 먼저 기력이 쇠해 쓰러질 것은 명백하기에 여력이 남아 있는 지금이라도 결단을 내려야 함은 분명하다.

그렇지만 한편으로 이곳을 탈출한들 상황이 딱히 호전되는 것도 아닌지라 임시방편밖에 되지 못함을 늑대 수인 울가가 지적했다.

"다만 힘겹게 탈출한들 무녀 공주님과 세계수님의 동조에 지장이 발생할 테지. 하물며 디프 그린의 전역에 악마들이 출현했다면 바깥으로 나가 봤자 맹공을 받아 일망타진당할 수 있다."

"하지만…… 이곳을 계속 지키는 데도 한계가 있습니다. 바깥에 만약 악마들이 출현했더라도 도시의 주민들과 연계해서 일단 탈출하는 게 맞지 않겠습니까? 게다가 최악의 경우에는 올리비에 님께

중개를 부탁드려서 숲 바깥의 주민들과 협력해야 할 수도 있습니다. 저희 엔테의 숲 주민들만의 문제로 끝나지 않을 상황이라는 생각이 점점 듭니다."

"라탄타의 말에도 일리가 있군. 하다못해 바깥 상황을 자세하게 알 수 있다면 판단의 근거가 늘어날 터이나……."

울가는 의견을 구하기 위해 올리비에에게 시선을 보냈지만, 올리비에는 입을 다물고 시선을 악마들에게 향한 채 침묵을 고수한다.

본래 말수가 적은 여성이었지만, 이런 사태가 벌어졌는데도 태도가 바뀌지 않음을 보고 주위의 인물들은 무엇인가 비책이 있지 않을까 기대하게 된다. 또는 어찌할 도리가 없을 만큼 궁지에 몰린 탓인가 싶어 불안을 느끼는 인원도 있었다.

딱히 올리비에를 대신하겠다는 의도는 아니었을 테지만, 이때 울가에게 말을 꺼낸 인물은 정령 마법에 의한 공격을 거듭 펼치고 있던 쿠엘이었다.

라탄타나 류류시와 별반 연령의 차이는 없었지만, 쿠엘은 천천히 성장하는 우드 엘프 중에서도 성장 속도가 많이 느렸기에 도저히 라탄타의 또래로 보이지 않을 만큼 어려 보였다.

이렇듯 어린 까닭에 번번이 얕보이는 경우가 많아지는지라 반발심이 들어서 평소 쿠엘은 악착같고 살짝 뾰족한 구석이 있다.

"울가 씨, 테겔 씨, 라탄타. 바깥 상황 말인데, 방금 정령들이 일순간이나마 동요랄까…… 몹시 놀라는 분위기였어."

쿠엘은 말투도 여성적인 겸양과 거리를 두어 의식했다.

"정령이 동요했다고? 공포나 두려움이 아니라?"

우드 엘프답게 정령과 교감은 가능하지만, 정령사가 될 수준은 아닌 라탄타가 확인을 위해 쿠엘에게 되묻는다. 딱히 쿠엘의 말을 의심해서는 아니다. 구체적인 내용을 듣고 싶어서 꺼낸 질문이었다.

"응, 놀라움에 가장 가깝지 않을까. 결코 무서워하는 게 아니었어. 그러니까 아마 정령들에게는 뜻밖의 사건이지만, 나쁜 요소는 아니지 싶어. 내가 놓치지 않고 감지했던 변화를 올리비에 님이 알아차리지 못했을 리 없기는 한데……."

쿠엘에게서 또 시선이 쏠려도 올리비에는 반응하지 않았다.

정확하게 말하자면 반응할 여유가 없었다고 표현해야겠다.

올리비에의 지혜로운 눈동자는 악마들이 가로막고 선 입구 부근의 한 지점을 향하고 있다.

갑자기 그 부근의 공간에서 파문이 발생하더니 다음 순간에는 거대한 이형의 그림자가 쑥 모습을 드러냈다.

이제껏 나타났던 악마들과는 명백하게 다른 위세와 마력을 발출하는 거대한 그림자는 언뜻 보기에 사자 수인 같기도 했다.

잔뜩 부풀어 오른 강철의 근육을 적동색 모피가 감싸고 있고, 온몸에서는 작열의 불꽃이 피어오를 뿐 아니라 관자놀이의 주변에서 전방으로 비틀린 뿔을 척 내밀고 있다.

여섯 개의 손가락이 뻗어서 나온 좌우의 손에는 각각 톱처럼 날이 들쭉날쭉한 검이 쥐여 있었다.

소유주와 마찬가지로 손에 쥔 검에서도 불꽃이 피어오르는지라 불꽃을 다루는 힘이 뛰어난 고위 악마임은 십중팔구 틀림없었다.

이제껏 감정의 빛이 없었던 올리비에의 눈동자에 결코 작지가 않은 긴장이 떠오른다.

"대악마······. 타락한 신은 아니어도 경시할 수 없는 적이 출현했군요."

이것은 올리비에의 긴 삶을 돌아봐도 헤아릴 수 있는 횟수밖에 조우한 경험이 없는 무시무시한 강적이었다.

대악마는 작위급 악마의 다음 계급에 속한 악마이며, 이제껏 올리비에와 호위들이 상대해왔던 하급부터 중급의 악마와는 근본적으로 격이 다르다.

이런 상황에서 더욱 터무니없는 강적이 출현하면서 올리비에를 제외한 정예 네 명을 포함해서 호위 전사들에게 절망의 분위기가 퍼져 나갔다.

그러나 대악마의 출현은 고작 하나에서 끝나지 않았다.

불꽃을 두른 대악마의 주위에 재차 파문이 발생하더니 곧 연속해서 대악마라고 짐작되는 개체가 출현하는 형국이다.

창백한 살갗에 번들번들 빛나는 점액이 묻은 두렵도록 거대한 개구리, 너덜너덜한 검은색 망토를 걸친 채 다섯 개의 붉은 눈밖에 없는 얼굴로 주변을 노려보는 거대한 해골.

단지 대면하고 있을 뿐인데 순식간에 혼이 쪼개져 나가는 듯한 감각에 휩싸이게 되는 격이 다른 악마들의 출현— 이 사태는 단순하게 강대한 힘을 보유한 악마들이 전투에 참가했다는 설명으로 끝나지는 않는다.

이제까지는 류류시 및 무녀들의 기도와 동조 덕택에 힘을 증폭한 위그드라실이 마계에 끌려갔음에도 사력을 다해 어떻게든 차원의 벽에 간섭해서 상급 악마와 니드헬의 출현을 억제할 수 있었다.

그러나 이제껏 억제되어왔던 상급 악마들의 출현은 곧 위그드라실의 힘이 약해졌음을 동시에 의미하고 있다.

급한 처지를 깨달은 라탄타가 조바심을 숨기지 못한 안색으로 소꿉친구에게 고개 돌렸다.

"류류시!"

무릎을 꿇고 일심으로 위그드라실에게 기도 올리던 류류시의 얼굴에는 싸늘한 땀이 무수히 많이 배어나고 있었다.

이 순간에도 류류시의 정신에는 무시무시한 부담이 가해지고 있음을 대변해준다.

무의식중에 라탄타가 류류시에게 달려가려고 했던 순간에 쿵, 땅울림과도 비슷한 발소리를 울리면서 사자 머리의 대악마가 한 걸음 전진했다.

"윽?!"

하등한 지상 종족의 말을 구사할 뜻은 없는 듯 대악마는 말을 꺼내지는 않았다만, 흉악한 사자의 얼굴에는 미소가 떠올라 있다.

우리를 무시할 수 있겠느냐? 말없이 웅변하고 있다.

분함을 꾹 참고 라탄타와 테겔, 울가 및 전사들이 이를 악문 채 대악마들을 노려보는 와중에 올리비에는 담담하게 지팡이를 들어 올린다.

다만 어째서일까, 올리비에의 입가에는 열심히 준비했던 장난이 성공할 것을 확인한 어린아이와 같은 미소가 떠올라 있다.

일순간이나마 올리비에의 얼굴은 냉담한 전사에서 자애로운 마음을 지닌 여성의 면모로 바뀌었다.

"미안합니다, 결국 당신의 힘을 빌릴 수밖에 없게 되었습니다. 학생의 힘을 의지해서야 교육자는 실격이죠. 부끄러울 따름이지만 아무쪼록 힘을 빌려주세요."

올리비에가 말을 중얼거림과 거의 똑같은 때에 전사들과 대악마들의 중간 지점에서 새로운 파문이 발생했다.

라탄타와 쿠엘 등 전사들이 재차 새로운 적의 출현인가 싶어 경계를 높이는 반면, 대악마들의 사이에서도 긴장이 치달리고 있었다.

지금 막 모습을 드러내려고 하는 인물은 전사들뿐 아니라 대악마들도 알지 못하는 누군가인 듯싶다.

다만 올리비에 한 명은 이 공연에 새로 참가한 배우의 정체를 짐작하고 있는 모습이었다.

정령들의 이변은 물론 올리비에도 감지했고, 유례가 드문 정령사의 자질 덕택에 정확하게 무슨 사건이 발생했는지 또한 파악하고 있었다.

정령들은 본인들 역시 좀처럼 만날 수 없는 고위의 대정령이 출현했기 때문에 동요를 금할 수 없었던 것이다.

그리고 대정령들이 누구의 손에 의하여 소환되었는지도.

올리비에는 대정령을 소환한 인물의 이름을 중얼거렸다.

"드란."

아지랑이처럼 발생했던 파문이 사라지는 동시에 바닥과 살짝 떠올라 있는 위치에서 드란과 세리나가 모습을 드러냈다.

제4장　세계수와 드란

흠, 도약 직전에 세리나에게 상황을 설명하기를 잘했군.

우리의 눈앞에는 임전 태세를 갖춘 올리비에 학원장을 비롯한 엔테의 숲 전사들이 있다. 학원장은 우리가 나타날 것을 확신했었는지 입가에 희미하게 미소를 머금고 있다. 이런 상황인데 대단한 배짱이군, 나는 무심코 감탄했다.

"으앗, 도대체 무슨 상황이죠?! 그래도, 벌써 위축됐다간 드란 씨의 사역마로 못 지낸다고요!"

그렇게 세리나는 당황하면서도 뒤쪽을 돌아보더니 이쪽으로 공격의 손을 더하고자 했던 대악마를 향해서 여덟 머리가 달린 마력 뱀을 현현시켜서 돌격했다.

도약 직전에 라미아종 고유 미법이 영창을 끝낸 뒤 언제든 발동 가능하도록 대기시켜 놓았던 덕분이다.

거대 개구리 대악마는 여덟 머리가 달린 마력 뱀에게 주입당한 맹독에 의해 영혼이 흐무러지고, 그뿐 아니라 조르기를 당한 끝에 온몸의 뼈가 부서져서 절명했다.

악마와 대악마들이 이쪽 세계에 내보이는 모습은 어디까지나 마계의 본체에서 투영된 그림자와 같은 부산물이기에 자기 존재를 유지할 수 없어지면 즉각 소멸된다.

"흠, 비록 허를 찔렀다지만 대악마가 일격인가. 게오르그 일당과 싸웠을 때와 비교하면 역량이 많이 커졌군."

이제껏 세리나는 나와 지내는 동안 갖가지 요마, 마수와 싸워왔다. 더욱이 류키츠 상대로 훈련을 거듭했고 매일같이 내 정기를 먹었던 영향으로 라미아이면서 대악마를 압도할 수 있었을 테지.

"이러면 나도 뒤처질 순 없지."

나는 이쪽을 노려서 화염을 두른 두 자루 검을 내리 휘두르는 사자 머리의 대악마에게 고개 돌렸다.

허리에 애용하는 장검이 없어서 역시 허전하다만, 뭐, 없으면 없는 대로 전법을 바꿀 뿐이다.

나는 사자 머리의 얼굴을 노려봤다. 사자 머리도 역시 나의 「무지갯빛으로 반짝이는 용안」을 봤다― 보고 말았다.

사자 머리 대악마에게 불행이었던 것은 저자가 무지갯빛으로 빛나는 용안의 의미를 알 만큼은 오래되었고, 또한 용안을 보유한 자― 즉 나에게 대항할 만큼 힘 있는 존재가 아니었다는 것.

무엇보다 나와 적대한 사실이다.

나는 사자 머리 대악마가 내리 휘두른 칼날에 손을 쓱 가져다 대서 칼날과 사자 머리가 두른 불꽃을 무시한 채 고신룡의 힘을 직접 사자 머리에 흘려 넣었다.

상위 차원에 속한 존재의 기세 및 목소리에 노출만 돼도 하위 차원의 존재는 자기 생명을 잃어버릴 수 있다.

더군다나 지금 내게는 명백한 적의와 살의가 있었다.

고신룡의 힘을 그림자 육체와 영혼에 주입당한 사자 머리는 이쪽에 출현시켰던 육체뿐 아니라 저 너머에 연결돼 있던 마계의 본체까지 아울러서 흔적도 없이 일체의 세계에서 소멸되었을 것이다.

이렇듯 우리가 위그드라실의 내부로 전이한 때와 거의 동시에 대악마 중 두 개체가 소멸을 맞이한 셈이다.

정말 허약한 녀석이군, 생각하면서 나는 학원장에게 말을 건넸다.

"오랜만입니다, 학원장님. 독단이나마 조력을 위해 서둘러 달려 왔습니다."

학원장을 제외한 인물들이 나를 쳐다보는 얼굴은 제법 괜찮은 구경거리였다.

나와 세리나의 갑작스러운 난입에 무녀 공주의 호위들은 한창 전투를 치르는 와중이었는데도 움직임을 멈추고 놀라 눈이 휘둥그 레져서 이쪽을 응시하고 있다.

우리가 직접 나타날 가능성은 도저히 예기할 방법이 없는 돌발 적 사건이니까 어쩔 수 없겠다. 더구나 언뜻 보기에는 단순히 라 미아종 소녀에 불과한 세리나가 대악마를 일격에 처치한 것은 눈 을 의심하고 싶은 광경이었겠지.

다행히 호위 전사들 중 사망자는 발생하지 않은 듯싶다.

학원장은 살짝 이쪽으로 숙이고 있던 머리를 막 들어 올리던 참 이었다.

신탁의 관 전투에서는 화난 사자처럼 맹렬히 활약했을 텐데, 비 록 마력과 정신력의 소모는 있을지언정 안색은 양호하다.

몇백 년, 어쩌면 몇천 년을 살아온 하이 엘프일지 모르겠으나 이 런 상황인데도 전혀 정신의 동요를 찾아볼 수 없다.

흐음, 근본을 짐작할 수 없는 사람이라는 생각은 했었다만, 나의 상상 이상으로 수라장을 헤치고 나온 전력이 있는 듯싶군.

우드 엘프들도, 늑대 수인도, 호랑이 수인도, 원숭이 수인도 모든 인원들이 어안이 벙벙한 채 우리를 쳐다본다. 정보 교환을 할 상대라면 학원장이 타당할 테지. 나는 차분하게 학원장을 향해 걸음을 뗐다.

"세리나, 나머지 대악마와 마도병들의 상대를 부탁하지."

"네, 맡겨주세요."

척척 대답한 세리나는 곧장 대악마가 소멸되었는데도 불구하고 겁먹은 기색을 보이지 않는 나머지 악마 및 마도병들에게 거친 시선을 보냈다. 이런 상태면 맡겨도 괜찮을 테지.

"나의 적이 선 대지를 가득 메워라, 마력의 뱀아. 쟈흐 쟈르드!"

세리나는 육체와 마력에 내포되어 있는 저주받은 뱀의 힘을 끌어올려서 두 손을 지면에 대고 광범위에 마력의 뱀을 출현시키는 공격 마법을 발동했다.

그 순간, 세리나의 두 손을 중심점 삼아서 마치 홍수가 제방을 깨부수는 것처럼 천 단위에 다다를 수많은 뱀 대군이 나타난다.

꾸물꾸물 준동하는 무수히 많은 뱀들의 비늘이 스치는 소리 및 기다란 혀와 함께 내뱉는 숨결의 소리마저 들려오는 듯 착각될 만큼 생생한 뱀들은 모두 세리나의 마력과 혼에 뒤얽혀 있는 저주에 의해 형성된 녀석들이다.

특별히 뱀을 싫어하는 게 아니더라도 얼핏 본 순간 비명을 지르던가 졸도해버릴 뱀의 해일은 바닥에 발을 붙이고 있는 마도병과 악마들에게 가차 없이 몰아쳤다.

마도병과 악마들은 각각 팔과 이빨을 쓰거나 혹은 화염과 눈보라를 발생시켜서 뱀 떼를 날려보냈지만, 마력으로 구성된 뱀들은 즉각 재생해서 또 가차 없이 송곳니를 박아 넣는다.

아니, 단순히 재생되고 있을 뿐 아니라 악마들이 발한 마력을 흡수해서 더욱 커다랗게, 더욱 흉악하게, 더욱더 숫자를 불려서 몰아친다.

"흐음, 예상 이상으로 강해졌구나, 세리나."

하급·중급 악마 1천 정도는 대처 가능할 듯한 전투 능력을 세리나가 보여주었기에 나는 무심코 살짝 쓴웃음을 짓고 말았다.

그렇다 한들 나머지 대악마는 명백하게 이쪽을 경계하고 있어서 방금 전처럼 허를 찔러서 일격에 처치하는 전개는 바랄 수 없겠다.

"학원장님, 다친 곳은 없는 듯하니 다행입니다. 그나저나 무녀 공주께서는 무사하십니까?"

호위 전사들이 짠 원진의 중앙에 있는 인물이 무녀 공주일 테지.

그야말로 무녀 공주라는 명칭이 잘 어울리는 가녀린 소녀였다. 저런 분위기에서는 어딘가 루우와 비슷한 인상도 받는다.

무녀 공주에게 쌓인 심신의 피로는 동시에 위그드라실의 피로를 의미한다. 이 순간에도 어린 세계수는 마계 쪽 주민들의 손에 의해서 피폐를 강제당하고 있을 것이다.

무녀 공주는 위그드라실과의 동조로 심신에 상당한 부담을 받아 기진맥진한 모습이다. 긴장의 실이 끊어지면 제자리에서 혼절해버릴 것 같은 상태였다.

마력의 소모 이외에 딱히 부상을 당하지 않은 학원장은 긴 지팡이를 손에 들고서 내게 시선을 보낸다.

"생명의 위험은 아닙니다만, 대악마들이 출현한 이상 위그드라실 님의 힘이 서서히 억눌리고 있는 상황을 증명하는 셈이죠. 사태가 절박하다고 말할 수밖에 없는 상황입니다."

나는 맞는 말이다 싶어 고개를 끄덕거린 뒤 아직껏 멍하니 있는 호위들에게 돌아서서 한 차례 헛기침을 했다.

학원장은 어쨌든 간에 다른 분들에게는 갑작스럽게 나타난 정체를 알 수 없는 상대. 조금 지나치게 태평한 태도였을 수 있겠지만, 다소나마 경계심과 긴장을 누그러뜨리기 위한 말 정도는 시도해야겠지.

"……으음, 자기소개가 늦었습니다. 저는 드란, 베른 마을의 주민이자 가로아 마법 학원의 학생입니다. 저쪽에 있는 라미아는 제 사역마로 지내주고 있는 세리나입니다. 디프 그린에서 개최될 축제에 참가하기 위해 방문했습니다만, 뜻밖에도 급한 사태를 맞닥뜨린지라 미력이나마 이렇듯 싸우고 있습니다. 아군이오니 안심하시기를."

느닷없이 나타난 신원 불명의 수상쩍은 인간이라면 호위 전사들은 경계하는 것이 마땅하다.

그럼에도 본인들의 입장에서 더욱 지위가 높은 학원장의 지인이라는 것과 절망적인 상황에서 대악마들을 순식간에 제거한 실적 덕분에 항의의 빛은 내비치지 않았다.

"그, 그래. 나는 라탄타. 무녀 공주 류류시 님의 호위 전사야. 올리비에 님의 지인이라면 기꺼이 신용할 수 있지. 한 가지 묻고 싶은데, 지금 바깥은 상황이 어떻지? 가능하면 류류시 님을 데리고 탈출하거나 바깥의 주민들과 합류해서 마계의 침략자를 물리치고 싶은데……."

원진 중앙에서 무릎을 꿇은 류류시에게 고개 돌리는 라탄타의 눈동자에는 임무 이상의 안타까움과 마음 씀씀이의 빛이 보인다.

흐음, 무녀 공주에게 한정된 사례는 아닐 테지만, 이런 때 호위자가 호위 대상을 배반하지 못하도록 어릴 적부터 함께 생활시킴으로써 심리적인 결속을 강화하는 것이 세간의 관습이지.

그렇다면 류류시와 라탄타의 관계는 소꿉친구쯤 되겠구나. 혹은 서로에게 장래를 맹세한 혼약자인지도 모르겠다.

"바깥에도 수많은 악마와 마도병들이 출현했습니다만, 피해는 따로 걱정할 필요가 없습니다. 현재까지 눈에 띄는 피해도 없었습니다. 슬슬 바깥쪽도 결판이 날 겁니다."

내 발언에 라탄타라고 이름을 알려준 우드 엘프 청년이며 호위 전사들이 차마 믿기지 않는다는 표정을 보인다.

이때 뒤쪽에서 대악마의 마력이 고조되는 것을 느꼈다.

오호, 승부에 나설 때라고 판단하여 돌격을 감행하자는 각오인가. 그러나 판단에 걸린 시간이 너무 길었구나.

세리나도 대악마의 기세 변화를 감지한 뒤 잡병들을 놔두고 거물로 표적을 변경했다.

"세리나, 아무것도 걱정할 필요 없어. 아니 뭐랄까, 아무것도 할 필요가 없군."

"네?"

세리나는 어리둥절한 얼굴로 이쪽을 돌아봤다만, 이번에는 내가 특별히 무엇인가를 하진 않았다.

다음 순간, 대악마의 주위에 바람과 물과 흙 정령의 강대한 기세가 발생하더니 주위의 하급 악마들을 분쇄하면서 대정령 세 개체가 위그드라실 내부에 출현했다.

내가 「바깥도 결판이 난다」라고 말한 이유였다.

단시간에 바깥에 나타났었던 악마들을 모조리 다 처단한 대정령들이 이쪽에 나타나려는 조짐을 앞서 감지했기 때문이다.

『어머, 추잡한 악마가 있네. 뼈다귀 같은 얼굴이 아주 우스워.』

『이자들이 어린 위그드라실에게 고통을 준 괘씸한 것들인가.』

『음, 일절 자비를 베풀지 말고 처단해야겠구려.』

내가 소환해서 바깥 청소를 부탁했던 바람의 대정령 미라네이드, 물의 대정령 투아쿠아, 땅의 대정령 바이어스였다.

이들이 직접 나타났다면 바깥 정리는 끝났다는 뜻이다. 과연 대정령답다, 일 처리가 빠르군.

다섯 눈이 달린 해골을 닮은 대악마는 세리나와 내게 의식을 집중하던 중 자신을 포위하는 위치에 나타난 대정령들에게 공격 방향을 돌려야 하는 처지를 강제당했다.

물론 내가 보았을 때 대악마는 이미 「외통수」이다. 어떤 발악을 하든 결과는 바뀌지 않을 것이다.

『너희들, 진짜로 싫어!』

『부정한 것들, 사라져라!』

『우으우오오오!!』

삼인삼색의 기합 소리를 내지른 대정령들에게 세 방향을 빼앗긴 대악마는 반격도 방어도 못한 채 바람의 칼날에 베여 조각나고, 격류에 휩쓸려 찢어지고, 바위 덩어리에 혈육도 영혼마저 으깨져 버렸다.

조금 과하다고 말하고 싶을 만큼 압도적인 대정령의 공격은 즉 각 대악마를 소멸시켰고, 그뿐 아니라 여파가 퍼져 나가면서 주위에 있던 하급·중급 악마 및 마도병들을 잿더미로 바꿔버렸다.

그런 과정을 주위에 정령을 소환해 둔 우드 엘프 소녀가 뺨을 발 갛게 붉힌 채 쳐다보고 있었다.

소녀의 온몸에 그려 놓은 문양은 대정령의 기세에 호응해서 명 멸하고, 소환해 놓은 정령들은 들떠 올라서 당장에라도 춤출 것 같은 분위기다.

흠, 평생에 한 번이나 볼 수 있을까 장담을 못 하는 대정령이 셋 이나 앞에 나타났다면 이런 정도로 흥분하는 법인가.

"해, 해냈어, 대악마들을 해치웠다!"

"이제 위그드라실 님을 구출할 수 있어."

호위 전사들 몇 사람은 체념의 먹구름을 베어 가르고 쏟아지는 희망의 빛을 맞이하여 환희에 찬 목소리를 지른다.

다만 류류시의 안색이며 온몸에서 흘러나오는 분위기는 변함이 없는지라 라탄타 및 학원장도 사태가 딱히 호전되지 않았음을 이 해하고 있는 듯했다.

"무녀 공주께서는 몸 상태가 좋아지지 않은 듯싶군요. 역시 대악 마 따위가 흑막은 아니었다는 말인가. 게다가 아까 전부터 디아드라가 안 보였던 데다가 엔테 위그드라실의 의식도 느껴지지 않습니다. 이것이 무엇을 의미하는가 별로 생각하고 싶진 않습니다만……. 학원장님, 상황이 어떻게 된 겁니까?"

신탁의 관에는 차원을 억지로 비틀어서 연 흔적이 잔류하고 있다. 거기에서 흘러나오는 농밀한 독기와 자취를 감춘 두 사람……. 해답은 자연스럽게 도출된다.

"……네. 이미 이쪽에 몸소 나타났었던 왕족급 악마와 호위들의 손에 위그드라실 님의 의식과 류류시를 지키려던 디아드라가 마계로 끌려가버렸어요. 서둘러 구출 수단을 강구할 필요가 있습니다."

살짝 고개를 끄덕거리는 학원장의 얼굴에 어둠이 드리워졌다.

"역시 안 좋은 소식을 듣게 되는군요. 이곳에 있던 악마들은 비유하자면 반갑지 않은 선물이었군요?"

"네. 두 사람을 데리고 갔던 악마가 풀어놓은 잡병에 불과합니다. 저희는 이런 잡병들도 감당을 못 하는 형편이에요. 저는 악마들이 마계에서 얼마나 큰 힘을 발휘할 수 있는가 그들의 진가를 알지 못합니다. 다만 아마도 제대로 싸울 수 있는 인원은 당신뿐이겠지요."

"그 녀석들이 어떻게 이쪽으로 넘어왔는지는 다소 의문이 남기는 합니다만, 지금은 디아드라와 위그드라실을 쫓아가는 게 우선이겠죠. 이미 문은 닫혔습니다만, 이쪽과 연결됐을 때 궤적은 아직 남아 있는 데다가 디아드라와 엔테 위그드라실의 위치는 이미 포착했습니다."

사태가 이렇게 된 이상 내 정체의 은폐를 운운할 바에야 디아드라와 엔테 위그드라실의 안부를 우선해서 행동해야만 한다. 나는 학원장에게 무지갯빛으로 빛나는 눈동자를 드러냈다.

과연 학원장이 오늘까지 내 본질에 대해 얼마나 눈치챘을지는 수수께끼이다만, 이 눈동자를 본 순간 납득의 빛이 떠올랐던 것은 분명했다.

한없이 정답과 가까운 부분까지 추측했었다고 짐작할 수 있겠군.

"아…… 역시 그 눈동자는. 당신이…… 아뇨, 귀하께서 나서주신 다면 안심하고 위그드라실 님과 디아드라를 맡길 수 있겠습니다."

분명하게 나를 대하는 태도가 바뀐 학원장에게서 시선을 뗀 나는 나머지 악마들과 교전 중이었던 세리나 및 대정령들에게 말을 건넸다.

"세리나, 미라네이드, 투아쿠아, 바이어스, 나는 이제부터 디아드라와 엔테 위그드라실을 구출하기 위해 마계에 다녀오겠어! 이곳에 남아 있는 적의 청소는 맡기겠다!!"

굳이 대답을 기다리지 않은 채 나는 악마들이 맨 처음 비틀어 열었던 차원의 구멍이 있는 장소로 의식을 집중한 뒤 그곳에 고신룡의 마력과 고차 존재의 권능을 구사해서 순식간에 건너편과 연결되는 회랑을 만들어 냈다.

그 성과는 공중에 떠오른 양문형 백색 문이라는 시각 형상을 취하여 출현했다.

내 사후에 전개되었다는 차원 간 결계는, 과연 나의 동포들이 구축한 만큼 내가 보기에도 상당한 강도를 보유했다. 하지만 능력을 전면 발휘하는 내 앞길을 가로막을 수준은 아니었다.

어쩌면 언젠가 내가 부활했을 때 용계로 신속하게 귀환할 수 있도록 손을 쓴 결과일지도 모르겠군.

멀리 떨어져 있는 고향과 그곳에 사는 동포들에 대한 감개는 느껴진다만, 지금은 그 이상으로 디아드라와 위그드라실의 안부가 신경 쓰인다.

이미 마계에 있는 「분신체 쪽의 나」 덕분에 디아드라 및 위그드라실의 상태는 확인됐지만, 서둘러서 손해를 보진 않는다.

다시금 나는 문을 향하여 걸어 나아갔다.

라탄타를 비롯한 호위 전사들은 갑자기 공중에 출현한 문 때문에 당황하는 심정을 감추지 못했지만, 학원장과 세리나 및 대정령들은 만류하는 말을 꺼내지는 않았다.

내가 혼자서 마계에 진입하는 것이 결국은 최선의 수단임을 이해하고 있기 때문이었다.

세리나가 내 등에다 대고 한 말은 전장으로 향하는 전사에게 전하는 격려였다.

"드란 씨, 디아드라 씨와 위그드라실 씨를 부탁드려요. 무운을 빌게요!"

역시 세리나다, 나를 잘 알아준다. 나는 무심코 웃음을 짓고 사랑스러운 세리나를 돌아본 뒤 진심에서 우러나온 말로 대답했다.

"두 사람 모두 상처 하나도 없이 데려올게. 세리나도 쓸데없이 다치지 않게 조심하고."

"네!"

나는 등에서 여섯 장의 용 날개와 한 가닥의 용 꼬리를 전개한 뒤 완전히 열린 문의 건너편— 마계의 심처로 날아올랐다.

†

드란이 직접 만들어 낸 마계와 연결된 문을 지나가기 이전의 일.

신탁의 관에 출현했던 악마 왕자 가반과 수하들을 상대로 활극을 연출한 뒤, 다만 힘이 미치지 못하여 마계에 있는 그들의 영토로 납치당한 디아드라와 엔테 위그드라실은 그럼에도 끝까지 절망에 마음이 꺾이지 않은 채 저항을 이어 나갔다.

두 여인이 납치당한 곳은 가반이 영토로 삼은 부유 대륙이다. 마계에서는 글자 그대로 헤아릴 수 없을 만큼 존재하는 부유 대륙의 한 곳이지만, 고작 단둘이서 악마의 군세에 포위당한 디아드라와 위그드라실에게는 절망적인 넓이다.

지상에서는 손쉽게 처치할 수 있는 하급 악마 및 대악마도 마계에서 맞닥뜨리면 지상의 경험과는 비교조차 할 수 없는 압도적인 힘을 발휘한다.

본래 저들은 지상 세계의 생물과는 큰 간극이 있는 영격과 힘의 소유자이기에 아직껏 어린 세계수는 물론이거니와 지상의 흑장미 정령으로는 전투라고 부를 만한 공방조차 벌이지 못할 정도였다.

디아드라나 크리스티나가 엔테의 숲을 습격했던 마계의 네 기사 라플라시아나 게렌을 상대로 싸울 수 있었던 것은 어디까지나 전장이 지상이었기 때문에 가능했을 따름이다.

"숫자만 잔뜩 끌어모으고!"

살점은 물론 혼까지도 먹어 치우는 수목과 꽃이 우거지고, 악몽을 양분 삼아서 자라난 듯한 식물이 마구 날뛰는 복판을 디아드라와 위그드라실은 무수히 많은 악마에게 쫓기며 달려 다니고 있었다.

하늘에서, 지상에서, 땅속에서, 모든 방위에서 두 사람을 몰아치는 악마들에게 공통되는 태도는 압도적인 약자를 희롱할 수 있다는 본능적인 유열.

똑같은 말로 마계, 사신이라고 부른들 각각의 실태는 다종다양하며 인간의 시점으로 본다면 사신이라고 보를 수 없는 신도 존재하고 있다만, 적어도 이 자리에 있는 악마들은 마땅히 사신이라고 불려야 할 부류들이었다.

『디아드라!』

디아드라의「몸 안쪽에서」엔테 위그드라실의 경고가 들려온다.

"이 자식이이!"

디아드라는 사방에서 들이닥치는 아름다운 여자의 얼굴에 털복숭이 짐승의 몸을 가지고 있는 악마에게 양껏 독성을 부여한 꽃가루를 쏟아부었다.

새카만 홍수라고 표현할 수 있을 만큼 농밀하고 또한 방대한 양의 독이 숲 일면을 둘러싸자 여인의 얼굴에 짐승의 몸을 지니는 악마들은 온몸을 격렬하게 경련시키면서 제자리에 나자빠졌다.

그뿐 아니라 퍼져 나가는 독이 주위를 포위하던 다른 악마들에게도 덮쳐듦에 따라 공중에 있던 날개를 가진 악마들도 실이 끊어진 꼭두각시 인형처럼 지면과 격돌한다.

"조금은 먹혀주기를 바라고 싶은데 말이야."

악마들뿐 아니라 탐욕에 찬 악식의 나무들까지 한꺼번에 독을 침범시킨 뒤 디아드라는 짧은 한순간만 다리를 멈춘 채 가쁜 호흡과 온몸에 순환하는 마력을 가다듬을 시간을 자신에게 허락했다.

『디아드라, 역시 안 되나 봐. 벌써 다들 일어나고 있어.』

"큭, 회복도 빠르다는 거네. 진정한 힘이 발휘되는 곳이면 이렇게까지 힘에 차이가 나는구나……. 이곳이 지상이었다면 마냥 무력하지는 않았을 텐데. 후, 괜한 억지이려나? 위그드라실 님."

『으으……. 이런 때에도 디아드라는 평소 같아서 무척 믿음직하긴 한데, 상황은 좋지 않아. 디아드라, 내가 어떻게든 지상으로 갈 길을 열어줄 테니까 이 틈에 너 하나라도.』

"어머, 위그드라실 님, 그 이야기는 몇 번이나 거절했는데 벌써 잊어버리셨을까? 나는 부모 자식이라는 게 이해가 잘 안되지만, 굳이 말하자면 위그드라실 님이 나를 키워준 부모 격인데, 딸이 돼 가지고 어머니를 내버리면 안 되잖아. 외모로 보면 정반대겠지만, 그런 소리는 하기 없기야."

『디아드라…….』

디아드라는 벌써 몇 번째인가 엔테 위그드라실에게서 받은 제안을 다소 쑥스러움이 섞인 고백과 함께 물리친 뒤 다시 일어서는 악마들을 가증스럽다는 듯이 노려봤다.

지상에서는 절대적인 효과를 발휘해서 거의 모든 생물을 순식간에 절명시키는 디아드라의 독도 마계에 있는 악마들에게는 별반 효과를 발휘하지 못한다.

자신의 무력함에 디아드라가 입술을 꽉 깨물고, 엔테 위그드라실의 마음은 비장한 심정이 더욱 강하게 차오른다.

악마들이 슬금슬금 절망의 발소리를 들려주려는 듯이 포위망을 좁히고 있는 와중에 저들의 건너편에서 이제껏 디아드라와 위그드라실을 몰아붙였던 악마들이 귀엽게 생각될 만큼 싸늘하고 강렬한 악의가 담긴 목소리가 들려왔다.

"지상에 보낸 용병들 중에 라플라시아라는 꽃의 정령이 있었다만, 비단 타도했을 뿐 아니라 힘을 빼앗아서 이렇게까지 능숙하게 구사하는가. 그렇다면 이것들에게 다소나마 통하는 것도 납득이 가는구나. 흑장미의 정령이여. 위그드라실을 몸 안에 보호해서 힘을 끌어올린 수법은 제외하더라도 말이다."

좌우로 물러나서 신하의 예를 취하는 악마들 너머로 모습을 드러낸 자는 연보라색의 피부와 하얀 머리카락을 지녔고 염소를 연상케 하는 뿔이 측두부에서 자라난 젊은 청년이었다.

집사풍의 검은색 차림을 빈틈 하나도 없이 차려입은 모습은 실로 잘 어울린다.

이어서 나타난 자가 이마에 제3의 눈동자를 가지고 있는 적동색 피부의 여자이고 연령은 20대 중반쯤.

각양각색으로 물든 옷감을 여러 장 몸에다가 둘러 감아서 얼굴 이외에는 피부 노출이 전혀 없었다. 엉덩이 주위에는 갑각에 둘러싸인 채 끝부분에 예리한 바늘을 달아 전갈을 연상케 하는 꼬리가 뻗어 나왔다.

두 인물 모두가 악마공, 이른바 공작급 악마라고 호칭되는 상급 악마이며 가반의 호위를 맡고 있다. 목소리의 주인은 염소의 뿔이 자라난 청년 쪽이겠다.

저마다 금색 눈동자를 빛내면서 디아드라를 주시한다만, 거기에서 감정의 빛을 발견할 순 없다. 저들의 입장에서 봤을 때 디아드라는 감정을 가질 만한 가치도 없다는 의미였다.

한층 더 독기의 농도가 올라간 마계의 바람이 불어들더니 살짝 느리게 호사스러운 금색 머리카락을 뒤로 싹 넘겼고 검붉은 뿔이 네 개 뻗어 나온 청년이 모습을 나타냈다.

검은 옷감에다가 금과 적색의 실로 자수를 놓은 롱 코트를 걸쳤고 등에는 황금색 피막을 가진 날개가 두 장 자라났다.

핏기가 가신 창백한 얼굴은 놀랄 만큼 세련되기에 도저히 인간 같지가 않은 이형의 용모일지라도 즉각 여성의 마음을 빼앗을 수 있겠다.

청년이 핏기가 없는 입술에 미소를 머금자 날카로운 송곳니가 끝부분을 살짝 드러냈다. 금번의 엔테 위그드라실 약탈을 기획한 흑막— 가반이다.

"오오, 엔테 위그드라실이여, 드디어 나의 영토에 와서 흙을 밟았는가."

"가반 님, 축하드립니다. 신하로서 더할 나위가 없이 기쁘옵니다."

"축하드립니다. 이제 위그드라실을 손바닥 안에 올려놓은 것과 마찬가지군요."

아첨하는 신하들에게는 반응하지 않은 채 가반은, 젊은 악마는 위그드라실을 거두어들인 디아드라를 응시할 뿐.

"좋다. 아직은 어림에도 아름다운 엔테 위그드라실. 하등한 니드호그의 말예를 부추겼던 보람이 제법 있구나. 그리고 엔테 위그 드라실을 거두어들임으로써 지켜 낸 흑장미의 정령이여, 너 또한 장하다고 칭찬해주마. 이 같은 궁지를 벗어나고자 엔테 위그드라 실의 혼을 받아들였을 터이나 썩 괜찮은 판단이었다. 그런 수법이 라도 동원하지 않았다면 너희 모두가 이미 우리의 손바닥 안에 떨 어졌을 테니."

오로지 전장과 상대가 안 좋았다고 말할 수밖에 없겠다.

눈앞의 가반과 떨어져 있는 실력의 차이를 절절하게 이해하면서 도 디아드라가 악마 왕자의 아름다운 얼굴에 쏟는 시선의 날카로 운 압력은 추호도 약해지지 않는다.

"위그드라실 님의 신병을 노리고 굳이 이토록 먼 곳에서 찾아왔 던 일당의 두목이 바로 너였구나. 그 언사를 듣자 하니까 니드호그 라는 이 세상에서 가장 추잡한 버러지 용의 힘까지 빌린 모양이고."

도저히 억누를 수 없는 분노를 말로 바꿔서 토해 낸 디아드라와 달리 악마공들은 마치 길가의 돌멩이가 입을 놀린 것처럼 바라본다.

두 악마공이 날벌레를 눌러 죽이려는 듯 무자비한 힘을 쏟아 내 려고 했을 때 가반은 부하들을 눈짓으로 제지했다.

물론 디아드라의 육체를 파괴하더라도 그 내부에 존재하는 엔테 위그드라실의 혼까지 흠집을 내는 멍청한 실수를 저지를 두 부하 가 아니다.

가반이 뻔히 알면서도 제지한 이유는 위그드라실과 마찬가지로 디아드라까지 마음에 들었기 때문인가, 혹은 어지간히 기분이 좋 아서 디아드라에게도 자비를 베풀려는 심산인가.

"옳은 말이다. 마계의 향기를 약간이나마 풍기는 흑장미여. 어리석은 니드호그의 말예 니드헬에게 이 땅의 위그드라실을 잡아먹도록 부추기고 차원의 벽을 돌파하기 위해서 이용했다. 아울러 천한 초인종 하나하고도 계약을 체결했지. 그런 덕분에 수월하게 위그드라실의 혼을 데려올 수 있었다. 후후, 물론 최후의 한 수는 네 행동에 의해 조금은 어긋났지만 말이다."

"어머나, 그래, 스스로도 꽤 마음이 안 내키는 수단에 손을 담갔나 봐. 그렇게까지 집요하게 위그드라실 님을 탐내는 이유가 대체 뭐래? 위그드라실 님이 만들어 내는 마나가 목적이라면 혼을 납치할 필요는 딱히 없잖아. 아니면 마계의 영토에다가 옮겨 심을 작정일까? 마계에는 마계의 세계수라고 불러야 할 수목이 존재하니까 별로 필요는 없을 것 같은데?"

"박식하구나. 별것 아니다. 나는 단순히 위그드라실을 아껴주고 싶은 사람에 불과하지. 지상 세계의 생명을 길러서 풍요롭게 가꾸는 위그드라실은 어찌 이리도 아름답던가. 마계의 수목과 너무 다르다. 너는 마계의 수목 및 화초를 제대로 알지 못하기 때문에 공감하기 어려울 테지. 나의 성 한 구역에는 다른 위그드라실을 포함하여 수만에 달하는 지상의 수목이며 그 정령들이 저마다 아름다움을 자랑하고 있다. 또한 엔테 위그드라실도 새로운 나의 컬렉션이 되어 유구한 시간을 보내게 될 것이다."

"요컨대 수목 애호가, 혹은 수집가라는 말이네. 우리 고향의 위그드라실 님이 무척이나 매력적이라는 말은 동의하지만, 느닷없이 독점하겠다는 웬 망발이야. 탐욕에도 정도가 있어. 더군다나 이분과 함께 살아가는 주민들까지 모두가 고통 받아도 상관없다는 태도가 진짜 마계의 녀석들은 무신경해서 화가 난다니까."

"우리의 행동 방식을 잘 이해하고 있다 칭찬해주지. 그러고 보니 그 숲은 그자와 맺은 계약에 따라 게오르그를 보냈다만 토벌되었다고 들었다. 너희가 직접 상대했었나?"

그 말에 일찍이 엔테의 숲에서 싸운 강적들의 얼굴이 디아드라의 뇌리를 스치고 갔다.

"맞아, 그 자식들이라면 다 같이 무찔러줬어. 절반은 숲 바깥의 인간이 맡아 처리했지만."

디아드라가 생각하기에도 드란을 인간이라고 단언할 수 있기는 할까 고민이 적잖이 들었다만, 괜히 표현에 구애될 상황도 아니었다.

가반은 디아드라의 당당한 태도와 진심에서 우러나오는 마계의 주민들에 대한 분노를 감지하고 납득이 되었다는 분위기로 뚫어져라 디아드라를 훑어본다.

끈적한 혓바닥이 훑고 가는 시선인지라 디아드라는 욕지기가 솟고 온몸에 소름이 끼쳤다.

"……오호, 기품이 있는 용모, 나를 앞에 두고도 겁먹지 않는 담력, 순결함 속에 피어오르는 색향. 좋군, 참으로 좋아! 지상의 네게 내렸던 평가를 철회해야겠구나, 흑장미여. 공포에 얼굴을 일그러뜨리게 만든 후에, 엔테 위그드라실을 가두어 놓을 감옥으로 만들어서 너 또한 나의 컬렉션 중 하나로 거두어주마."

"절조가 없구나. 컬렉터인데 컬렉터 나름의 긍지나 신념은 없는 거야?"

"있고말고. 너희들 또한 마계에 떨어져서 보낸 시간은 비록 짧을지언정 이러한 수목이며 화초를 보고 느꼈을 것이다. 너무나 추악하고, 너무나 흉악하고, 너무나 강인하다고. 때로는 사신의 권속이며 악마들마저 습격하여 식량으로 먹어 치우는 폭식의 식물들이다. 사신들의 손에 의하여 구축되었던 이곳 마계에서 살아가려면 확실히 필요한 억척스러움이지. 그러나 나의 눈에는 이것들의 꽃잎을 물들이는 색채를 봐도 아름답게 비치지를 않는다. 이것들의 향기를 맡아보아라. 그랬다가는 즉각 눈 깊숙한 곳과 코 안쪽에서 살점이 썩는 듯한 고통을 맛볼 것이다."

가반은 혐오, 아니, 그마저도 초월한 증오의 눈빛으로 주위 나무들을 둘러봤다. 그가 가지고 있는 미추 감각에 반한 마계의 식물들은 이제껏 가반이 배양해왔던 증오가 응축된 시선을 받고 차례차례 말라서 죽어 간다.

디아드라는 시선 하나만 봐도 자신의 독을 월등하게 뛰어넘는 가반의 흉악함에 속마음에서는 큰 위협을 느끼는 한편 어떠한 목적을 위해 시간을 벌고자 말을 거듭했다. 마침 가반이 자신의 수집벽에 대해 변설을 늘어놓고 있지 않은가. 되도록 말이 길어지도록 유도해야 상황이 유리해진다.

"윗분을 모시다가 어쩔 수 없이 마계에 떨어지게 된 신께서도 있다고 들었어. 그런 신들께서라면 너의 취미에도 맞는 품종을 가져다줄 수 있지 않을까?"

"홋, 그것들은 가지고 온 신들이 독점한다. 그 작자들의 영지 바깥에서 싹을 틔운다 한들 머지않아 환경에 적응하지 못하고 바짝 말라버리거나 마계의 독기에 물들어서 변이하기에 결국은 전부 다 파탄을 맞이하지. 마계라는 세계에 피어나는 추잡한 것들과 비교하여 지상 세계에서 생명을 얻은 화초의 가련함, 아름다움, 삶은 어찌나 향기로운가. 변이하지 않도록 갖은 수단을 동원하여 나의 영지에 처음 지상의 꽃 한 송이를 들여놓았을 때 느꼈던 마음의 전율은 지금도 빛이 바래지지 않는다. 그래, 그렇고말고. 그 이후 나의 정신은 사로잡혔다. 지상 세계의 나무와 꽃을 내 손에 모으자는 충동에. 그리고 내 손에 떨어진 나무들이, 꽃이, 마계의 독기에 닿아 괴롭게 몸부림치고 변하지 않기 위하여 죽기 살기로 덧없는 저항을 이어 나가는 생명의 발버둥을 지켜보는 것에 말이다! 하하, 하하하, 이렇게 떠올리기만 해도 웃음이 절로 솟아나는군."

가반은 같은 악마들에게 이해받지 못하는 자신의 취미에 대해 뜨겁게 웅변했다.

"너희는 알지 못한다. 서서히 뿌리부터, 나뭇가지 끝부터, 꽃잎부터, 마계의 독기에 침범당하여 영혼도 몸도 파먹히는 나무와 꽃이 내지르는 소리 없는 비명은 어찌나 감미로운 울림을 퍼뜨리던가. 각각의 정령들이 끊임없이 고통을 받아 지어 보이는 단말마의 표정에 서린 아름다움을. 크크큭, 꼭 영격이 높다고 좋은 것은 아니다만 위그드라실은 특별하지. 그리고 제 몸을 던져서 엔테 위그드라실을 지킨 흑장미, 너도 내가 수집할 만한 가치가 있음을 인정하겠다. 내가 질릴 때까지는 천 년이든 만 년이든 고통에 몸부림치거라. 너희들의 고통이야말로 내 유열의 불꽃을 태우기 위한 장작이 될 터이니."

흥이 올라서 평소였다면 상대하지 않았을 지상의 생명과 대화를 나누는 동안 가반은 디아드라가 몹시 마음에 들어버렸다.

더한 희색을 내비치던 가반이 좌우에 대기하고 있는 호위들에게 디아드라를 포박하도록 명령하려고 한다. 그것을 눈치챘던 엔테 위그드라실은 사랑하는 아이들 중 하나인 디아드라의 안위를 진심으로 염려했고 또한 절망했다.

하급 악마들을 상대했을 때조차 일찍이 겪지 못했던 고전을 강제당했건마는 이곳에 등장한 자는 악마공 두 개체와 악마의 왕자. 마계에서 상대하게 된 이상 도저히 뒤집을 수단이 없는 절대적인 전력 차. 이런 지경이면 악마일지라도 무심코 동정하게 될 절망적인 궁지였다.

따라서 이런 상황에 처했음에도 입가에 진심이 어린 안도의 미소를 머금더니 이미 싸움은 끝났다는 것처럼 심신의 긴장을 풀어내는 디아드라는 이곳에 있는 모두에게 이단자였다.

가반은 공포가 너무 큰 탓에 흑장미의 정령이 제정신을 잃어버린 것이 아닌가 생각했다. 디아드라의 안에 있던 엔테 위그드라실조차 디아드라의 마음에 퍼져 나가는 안심과 환희의 두 가지 감정때문에 당황했을 정도다.

디아드라는 천천히 두 손을 벌렸다. 왕년의 유명 여배우가 무대 위에서 사랑하는 관객들에게 마지막 이별을 알리는 듯한 친근함마저 느껴지는 동작이다.

그러나 이곳이 무대라면 관객은 주위를 포위하고 있는 수많은 악마들과 최상급의 악마들이 맡아야 한다. 어떻게 생각해도 제정신으로 할 짓이 아니었다.

"귀한 고견을 들려주셔서 진심으로 감사합니다. 질리지도 않고 장황하게 말재간을 부려주신 점, 답례 인사를 올리겠어요."

명백하게 상대를 야유하는 음색이 묻은 디아드라의 발언에 주위를 포위하고 있던 악마들이 즉각 살기를 드러낸다.

그러나 주군 가반이 재미있어하며 디아드라의 말에 귀를 기울이고 있기 때문에 다들 쥐 죽은 듯이 소리를 내지 않는다.

"어떠한 심경의 변화인가 몹시 흥미롭구나, 흑장미의 정령이여. 이런 상황을 맞이하고도 우리에게 인사를 운운하는 것이 광기에 침범당했기 때문이라는 시시한 이유 때문은 아닐 터이지?"

"그럼, 내가 답례를 말한 건 분명한 이유가 있어서야. 나와 위그드라실 님의 힘으로는 곧 너희들의 숫자와 힘에 제압돼서 포로 신세가 되었겠지. 하지만 너희가 여유롭게 나와 수다나 즐겨준 덕분에 「한 남자」가 제때 찾아와줬어."

"남자?"

그러나 가반을 포함한 악마들과 디아드라의 몸속에 있던 위그드라실마저 이곳에 누군가가 출현하려는 조짐은 일절 감지하지 못했다.

결국 진퇴양난의 처지가 된 디아드라의 망언일 뿐인가— 가반은 판단을 마친 듯 이제껏 짓고 있었던 미소 대신에 냉혹하기 짝이 없다고 표현해야 할 표정을 짓는다. 더 이상 디아드라와의 문답을 지속할 뜻은 없을뿐더러 단지 디아드라와 엔테 위그드라실을 컬렉션에 더하려는 목적에만 관심을 두고 있었다.

"말장난은 끝이다. 다른 나무와 꽃의 정령들에게 접목을 하든 아니면 너를 배양기 삼아 다른 나무들을 길러 내련다. 더없이 연약한 지상의 꽃일지라도 원하는 만큼 연명시켜서 즐기는 방법은 잘 마련해 놓았다. 이제부터 긴 시간을 나의 유열을 위한 양식이 되어 살아가야 할 것이다."

"싫거든? 너 같은 시시한 남자보다 만 배나 억 배나 멋진 상대가 여기까지 와줬단 말야. 어설프게 자기 자랑만 해대며 꼬시는데 뭐가 아쉽다고 넘어가줄까. 절체절명의 궁지에 첫사랑 상대가 나를 구하기 위해 열심히 달려와 준다는, 누가 연출이라도 한 것 같은 상황에서 말이야."

가반의 긴 삶 가운데 이렇게까지 혹독하게 거절당했던 경험은 없을 것이다. 일순간 자신이 무슨 말을 들었는지 이해하지 못했을 정도였다.

그리고 말의 의미를 이해하는 순간, 화산이 분화하는 수준을 넘어서는 치욕의 분노가 마음속에서 소용돌이쳤다.

다만 가반의 분노는 결국 표출을 허락받을 수 없었다.

뺨을 발갛게 붉힌 채 요염하게 — 그러나 첫사랑의 열기에 달뜬 아가씨처럼 — 웃는 디아드라의 머리 위쪽에 하얀 빛 입자가 흩날리더니 순식간에 문의 형태를 이루었기 때문이다.

그것은 물론 드란이 지상 세계와 마계를 연결하기 위해 만들어 냈던 차원을 넘는 문의 등장이었다.

완전히 활짝 열린 문 너머에서 한층 더 눈부신 하얀 빛이 홍수처럼 흘러넘친다. 그 빛에 서려 있는 영적 압력은 가반과 좌우 악마공에게 심상치 않은 중압감을 가했다. 심지어 주위를 에워싸고 있던 수많은 악마들은 비명을 지르면서 잇따라 터져 나간다.

한편 디아드라와 엔테 위그드라실은 어떠한 피해도 없이 마계에 납치당한 이후 단기간의 전투로 바짝 소모되었던 두 사람의 심신이 새로운 활력으로 가득 차올랐다.

무엇보다도 하얀 빛 속에서 여섯 장의 용 날개를 펼친 인영을 보았을 때 디아드라는 까딱 눈물이 나올 뻔했고 큰 환희에 마음이 들떠 올랐다.

"드란, 너 정말 멋지게 시간을 맞춰 와주는구나. 눈물이 나오도록 기뻐."

디아드라는 느릿하게 날개를 움직여 내려서는 드란에게 두 손을 뻗어 애끓도록 사모하는 상대에게만 보여주는 미소를 머금었다.

한편 드란은 소리도 없이 착지한 뒤 자연스럽게 디아드라의 허리로 왼손을 두른 다음에 접촉만 해도 기분이 좋아지는 흑장미 정령의 몸을 꽉 끌어안았다.

더욱이 좌측의 날개 세 장으로 디아드라의 신체를 감싸 안은 것은 살아남은 악마들 세 개체의 시선을 차단하기 위함이겠다.

"제때 도착하려고 아주 서둘러서 왔거든. 디아드라도 엔테 위그드라실도 무사하겠지?"

"그럼. 방금 전까지는 살짝 지쳤었지만, 네 얼굴을 봤더니 전부 다 순식간에 싹 날아가 버렸어."

"그런가. 그렇게 말해주면 나도 기쁘군."

디아드라는 엔테 위그드라실과 감각을 공유하고 있는 것도 잊어버린 채 신체에 맞닿지 않은 곳의 존재를 용납할 수 없다는 듯이 드란을 꽉 부둥켜안았다.

정신을 놓은 것 같은 포옹에 드란은 살짝이나마 눈을 크게 떴다만, 그것도 아주 짧은 시간의 반응. 디아드라의 허리에 두르고 있던 왼손에 힘을 담아서 마주 끌어안고는 곧이어 가시 줄기가 섞인 흑발을 천천히 쓰다듬기 시작했다.

"디아드라, 엔테 위그드라실, 지상 쪽은 걱정할 것 없어. 나타났던 악마들은 지금쯤 전멸했을 테니까. 이제 너희를 납치한 녀석들을 처리하면 끝이지."

"후후, 네가 있었으니까 괜찮을 줄 알았어. 올리비에도 있었고 말이야. 그래도 역시 세리나까지 여기에 데리고 오진 않았구나."

디아드라는 드란의 품속에서 완전히 마음을 놓고 안심하는 모습이었다.

"그래, 역시 마계에 데리고 오기에는 아직 어렵군. 디아드라도 절절히 체감하지 않았나?"

"맞아, 진저리가 날 만큼. 위그드라실 님의 혼을 받아들여서 분명 적잖이 힘을 끌어올렸는데도 거의 통하지를 않더라. 라플라시아 일당과 이쪽에서 싸웠다면 어떻게 됐을지 상상하니까 소름이 끼쳐."

"뭘, 지난 전투에 나타났던 네 개체는 전원 혼까지 소멸됐어. 라플라시아는 혼까지 네게 잡아먹혔고, 게렌도 크리스티나 씨가 가지고 있는 용 멸살의 인자와 그에 동반하는 높은 영격에 의해 혼을 절단당했지. 게오르드와 게오르그도 나 자신의 손으로 소멸시켰고. 그때의 네 개체에 한정 짓는다면 두 번 다시 만나지 않을 거야."

"네가 한 말이면 다신 안 만나겠네. 라플라시아의 얼굴을 두 번 다시 안 봐도 된다는 게 특히 상쾌한 소식이야. 자, 아무튼. 무례한 악마들은 슬슬 인내의 한계인가 봐."

아쉬움은 적잖이 있었지만, 디아드라는 침묵을 지키고 있던 가반 일당에게 고개 돌렸다.

드란은 시야를 막지 않도록 디아드라를 감싸고 있던 좌측의 날개를 펼쳤다.

그 날개의 움직임이 일으킨 작은 바람에도 고신룡의 힘은 영향을 미쳤기에 마계의 독기 한복판에서 청렴한 광채를 발하고 있다.

"디아드라와 엔테 위그드라실은 보다시피 내가 돌려받았다. 이름도 알지 못하는 악마들이여."

드란의 말투는 마계의 악귀를 상대할 때 드러내는 고신룡의 태도로 바뀌었다. 가반 일당에게는 이미 디아드라를 상대할 때의 여유가 없다.

그들이 자력으로 이룩할 수 없었던 지상과 마계 간 이동을 눈앞의 소년은 몸소 해내지 않았던가. 어찌 이자를 경계하지 않을 수 있을까.

"내 손에 돌아온 이상 너희들은 이제 손가락 하나 건드릴 수 없다."

드란의 몸에서 피어오르는 형용할 수 없는 중압을 받아 가반의 눈에 험악하게 힘이 들어갔다.

과연 눈앞에 있는 용의 날개와 꼬리를 지닌 인물이 대체 누구인지 판별을 시도하는 모습이겠다.

"제법 당당한 태도로구나. 네놈, 혼이야 인간의 흉내를 내고 있지만 사실은 아니렷다. 다만 용의 날개가 달렸음에도 드래고니안은 딱히 아닌 듯싶군. 그렇다면 지혜가 있는 용이 모습을 바꾼 것인가. 네 정체에 다소 흥미가 동하기는 하나 위그드라실 이상으로 내 마음을 매료하는 것은 이곳에 존재하지 않는다. 디알, 에레네스, 해치워라."

"넷, 전하의 분부대로!"

"눈 깜짝할 틈도 없이 해치우겠습니다."

가반의 명령에 따라 이제까지 가만히 대기하고 있던 악마공들이 움직인다. 남자는 디알, 여자는 에레네스라는 이름을 쓰는 듯싶다.

주군의 허락이 떨어지자마자 악마공 두 개체에게서 공간을 삐걱거리게 할 만큼 공격적인 기세가 피어올랐다.

주군에게 무례한 말을 일삼았던 하등한 인간을 드디어 처단할 수 있기에 기쁜 마음일 테지. 디알은 오른손을, 에레네스는 거울에 비춘 것처럼 왼손을 각각 드란에게 뻗는다.

대기에 가득 찬 마계의 마력이 두 악마공에게 흘러들었다. 집사 분위기의 디알에게서는 검은 불꽃이 피어오르고, 에레네스에게서는 마계의 폭풍이 몰아친다.

"초마염열포(焦魔炎熱砲)!"

디알의 오른손에서 발사된 새카만 화염은 거룡의 턱처럼 거대하기에 지닌 바 열량은 태양을 몇 개 갖다 놓아야 필적할지 가늠이 안 될 지경.

"풍참(風斬)."

반면에 에레네스의 왼손에서 발사된 것은 물리 법칙을 무시한 채

빛보다 빨리 달려서 시간 및 공간마저 절단하는 바람의 칼날이다.

비단 악마공뿐 아니라 고차 존재가 사용하는 공격은 그 전부에 하위 존재의 영혼을 파괴할 만큼 과격한 힘이 내포되어 있다.

3차원에 속한 물질세계의 법칙을 무시하는 공격도 고차 존재이기에 가능한 파격적인 행위이다.

드란은 시야를 가득 메우는 불꽃과 바람에 맞서 오른팔을 휘둘렀다. 막 들이닥치는 악마공의 공격에서 어떤 위협도 발견하지 못하는 담담한 동작이었다. 드란의 오른팔은 혼이 만들어 내는 마력에 의해 반투명 백룡의 팔에 감싸여서 악마공 두 개체의 공격을 먼지라도 털어 내는 것처럼 분쇄해서 흔적도 없이 소멸시켰다.

"검이 없으면 의외로 많이 허전하구나."

반사적으로 허리의 장검을 뽑으려다가 얼마 전 디프 그린에서 맡기고 그냥 왔다는 사실을 떠올리고 드란의 입가에 희미하게 쓴웃음이 떠올랐다.

악마공들의 입장에서는 가벼운 견제였다만, 지상 세계의 존재라면 아무리 발버둥 쳐도 방어할 도리가 없는 공격을 몹시도 간단하게 드란이 쳐내자 그들의 눈에 묻어나던 방심의 빛이 완전히 사라졌다.

"용종— 게다가 용왕 수준이 아니로군?"

지상이라면 또 모를까, 마계에서 그들의 공격을 방어했다면 같은 신역의 존재가 아닌 한 불가능하다. 디알은 그 사실에서 눈앞에 있는 드란의 정체를 냉정하게 추측하고 있었다.

에레네스도 역시 동료의 추측에 자기 자신의 추측을 더했다.

"우리의 일격을 막아 냈는가. 마계에서 방어를 성공시키려면 지상의 용종으로는 불가능하지. 용계의 용종이 지상으로 내려왔는가."

드란은 기막히다는 표정으로 그들을 쳐다본다.

"뭐랄까…… 내가 언제나 힘을 억제하고 있기 때문이기는 할 테지만, 역시 매사에 거듭 비슷비슷한 반응이 돌아오면 나 또한 얼마간 싫증이 나는군. 니드헬도 이미 처단했다. 너희들 또한 명부에 가서 그곳에 있을 니드헬과 함께 심판을 받도록 해라."

드란이 말을 마치는 것을 기다리지 않고 디알과 에레네스가 움직였다.

다리나 날개를 움직이는 것이 아니라 공간을 도약하는 공간 이동이다. 일말의 시간차도 없이 악마공 두 개체가 드란의 좌우에 나타났다.

양자 모두가 이번에는 전력으로 드란을 죽이기 위해 다가든 상황이다. 디알과 에레네스의 손발에 담긴 힘은 방금 전과 비교도 되지 않았다.

"혼백마저 불태워주마, 작열수(灼熱手)!"

"원자 단위로 물어뜯어줄게요, 풍교(風嚙)!"

"전력을 쏟아붓는 것은 상관없다만, 쏟아 낸들 결과는 바뀌지 않는다. 애당초 나와 너희들은 근본적으로 비교가 되지 않으니까."

내쏟을 수 있는 전력의 일격을 날리는 두 사람과 달리 약간의 연민과 함께 드란은 오른팔과 꼬리를 사용해서 여유롭게 대응했다. 왼팔은 상황이 어찌되었든 디아드라에게서 떼어 놓을 뜻이 없는 듯싶다.

물리 법칙의 한계를 뛰어넘은 열량을 보유하고 있는 디알의 수도를 드란의 용 오른팔이 받아 내고, 삼라만상을 물어 부수는 바람의 송곳니를 거느린 에레네스의 왼팔에는 용의 꼬리가 휘감긴다.

일절 고통을 느끼지 않은 채 드란은 악마공들이 날린 전력의 일격을 으스러뜨렸다.

"아니?!"

"꺽, 크아앗, 이것은, 우리의 영혼에까지 타격을!"

디알과 에레네스는 존재의 핵이라고 말할 수 있는 영혼에까지 깊은 상처를 입음에 따라 한 점 거짓도 없는 경악의 목소리를 질렀다.

"흠, 싫증이 나도록 들은 대사이다만, 새삼 돌이켜보면 수없이 내게 원형을 유지하지 못할 만큼 엉망진창으로 지고도 포기하고 재차 도전하는 카라비스는 정말 근성이 있었군. 문득 감탄을 하게 되는구나. ……자, 애써 마계에서 고생을 무릅쓰고 지상에 발길을 뻗은 듯싶다만, 너희의 목적이 이루어지도록 용납할 순 없다. 이 순간, 이 자리에서 소멸되어라."

드란은 곧이어 환영의 용 팔과 꼬리에 파멸의 의지가 주입된 힘을 흘려 넣어서 막 포박했던 악마공의 영혼에 이르기까지 전부를 흔적도 남기지 않고 소멸시켜버렸다.

"─컥!"

"마…… 말도 안 돼!"

말소리가 못 되는 비명을 지른 뒤 소멸하는 악마공들을 앞둔 채 드란의 품속에 있던 디아드라와 엔테 위그드라실이 감탄의 탄식을 쏟아 냈다.

측근 악마공이 소멸한 데 따른 가반의 행동은 신속했다. 검붉은 칼날의 대검을 오른손에 쥐고 이미 드란을 간격 안쪽에 포착하고 있었다.

디알과 에레네스의 잔재가 마계 자체에 녹아 사라지기 직전에 가반은 드란의 정면 대상단에서 대검을 내리 휘둘렀다.

별들의 바다마저 양단하는 참격은 단 일섬(一閃)뿐 아니라 과거 · 현재 · 미래의 시간 축 각각에 일천 이상 발생하며 드란에게 들이닥친다.

존재의 확률과 시간 축을 조작함으로써 동시에 이토록 많은 참격의 존재를 확정시키는 전법이다.

"흠, 내가 알고 있는 마왕급 중에서도 제법 괜찮은 수준에 올라섰군. 성장한다면 꽤 상위에 이름을 올릴 수 있는 잠재 능력을 가졌어."

드란은 용화(竜化)시키고 있는 오른손 손등으로 전면에서 날아든 일격을 막아 냈고, 나머지 참격은 가만히 환영의 몸을 움직여서 막아 냈다.

요컨대 설령 마왕급의 참격일지라도 드란에게는 굳이 차단까지 할 필요가 없다는 의미였다.

"방금 전까지 넘치던 여유가 사라졌군. 고작 인간, 고작 용이라고 말할 수 없게 되었나?"

"도저히 부정을 못 하겠군. 어여쁜 위그드라실을 손바닥 안에 올려놓았다고 기뻐하다가 곧장 충신을 한꺼번에 잃어버리게 될 줄이야."

"쓸데없는 욕심을 냈기 때문에 이리되었지. 자신들의 세계에 있는 것으로 만족하면 좋았을 테지."

"네놈을 죽인다면 만족할 필요도 사라지리라!"

으쩍, 칼날과 비늘이 맞물리는 소리를 내며 가반의 대검이 회수되자마자 흑색과 황금색이 한데 뒤섞인 폭풍이 측면으로 육박한다. 대검을 떼어 내는 동작에 맞춰 가반이 날린 돌려 차기다.

그러나 드란은 흠, 중얼거리는 동시에 오른손으로 아주 간단하게 공격을 막아 냈다.

"암흑에 갇혀버려라, 다크 코핀!"

가반이 부르짖자 드란을 중심으로 검은 선이 공중에서 사각형을 그리고, 곧장 관처럼 닫혀버린다.

가반이 행사한 것은 검은빛 일색의 우리 안쪽에 가둔 대상을 암흑과 동화시켜서 무로 돌려보내는 술법이었다. 대상을 임의로 선택 가능한 특성이 있는 까닭에 디아드라와 엔테 위그드라실을 남긴 채 드란의 존재만을 말소시키고자 하는 시도였다.

"맞아준들 아무 효과가 없을 테지만 성가시구나."

드란은 백룡의 팔을 휘둘러서 얇은 유리를 깨뜨리듯 암흑의 관을 쳐부쉈다.

암흑의 우리를 부순 드란의 눈앞으로 대검을 척 내밀고 있는 가반이 보인다.

대검은 다섯 겹의 마법진을 꿰뚫고 있다. 마력과 마법의 효과를 증폭하고 제어를 보조하기 위한 마법이다. 그것들이 무시무시한 속도로 회전하고, 회전의 수가 늘어남에 따라 파괴적인 마력이 잇따라 생성되고 있다.

"집어삼켜라, 암흑과류포(暗黑渦流砲)!"

가반의 대검 끝부분에서 발사된 것은 마계를 가득 채운 독기와 마력을 가반 자신의 마력으로 연성하여 물체·비물체를 따지지 않고 전부를 격류 속에 집어삼켜서 파괴하는 포격이었다.

일체의 물리 방어가 의미를 갖지 못하는 강렬한 포격이지만, 이런 수법의 공격을 간단하고 빠르게 무효화시키자면 위력에서 우위를 점한 동종의 공격으로 맞부딪치는 것이 제일이다.

"그렇다면 나 또한, 쏘아주마."

드란이 짧게 중얼거리자 바짝 붙어서 떠올라 있는 백룡의 환영에 머리 부분이 새로 더해졌다.

시야를 가득 뒤덮어 들이닥치는 새카만 포격과는 대조적으로 하얀 빛의 안개와 같은 브레스가 백룡의 환영 입에서 발사된다.

암흑의 와류(渦流)와 하얀 안개 형상의 브레스는 일순간 짧게 충돌, 마왕급과 고신룡의 사이에 벌어져 있는 절대적 벽을 무너뜨리지 못하고 가반은 브레스 안쪽으로 집어삼켜졌다.

"이럴 수가?! 설령 진룡일지라도 이토록 큰 힘을 지니지 못했을 텐데!"

브레스의 직격을 맞아 격통과 함께 부슬부슬 육체와 영혼이 붕괴하는 와중에 가반은 남은 생명을 전부 걸어서 자신을 멸한 인물의 정체를 알고자 발버둥 친다.

번번이 듣는 말이구나……. 드란은 담담한 심정으로 가반에게 자신의 정체를 드러냈다.

드란 본인과 환영의 백룡 눈동자가 무지갯빛으로 반짝이고, 평소에는 고신룡의 혼을 가리고 있는 인간의 혼을 모방한 껍질을 잠시 치운다.

"이러고도 미처 못 알아본다면 심판장에서 염라에게 물어봐도 좋고, 명부의 관리자 하데스에게 물어봐도 좋다. 네 녀석보다 먼저 떠나간 마왕이나 사신들에게 물어볼 순 있겠지만, 그것들은 과한 공포로 정신이 나갔을 가능성이 있는지라 별로 추천은 못 하겠군."

"—설마, 설마아, 너는!!"

"흠. 정말이지 흔해 빠진 반응이구나. 하다못해 최후의 말은 다른 녀석들과 달라지도록 노력을 하는 게 어떤가?"

드란의 말에 복종한 것은 딱히 아닐 터이나 가반은 소멸의 고통에 괴로워하면서도 유쾌하다는 듯이 너털웃음을 터뜨렸다.

"하, 하하하하하, 그런가, 그랬었나! 이래서는 내게 승산이 있을 리 없지 않은가. 다, 다만, 두려워해야 마땅한 고신룡이여, 너는 머지않아 놈과 대치하게 될 것이다. 우리와 계약을 맺어 지상으로 길을 열어준 마법사 바스트렐과 말이다. 놈은 지상의 존재이지만, 그래서 더더욱 네가 감당하지 못하리라. 아니, 모든 용종의 정점에 서는 너이기에 더더욱 놈을 감당할 수 없다. 감당할 수 없는 이유가 존재하기에! 운명의 속박을 초월한 존재인 고신룡에게도 역시 천적은 있는 법이구나. 네, 네가…… 소멸당하는 그, 그 순간을, 볼 수 없어서 원통하군. 그러나…… 너의 소멸이 확정, 되어 있음을 선물로 받아, 나는 이곳에서, 사라지리라. 후후, 으하하하, 하하하하핫!"

"바스트렐이라. 역시 엔테의 숲에 불필요한 간섭을 한 장본인은 녀석이었는가."

천공 도시 슬라니아의 전투에서 드란은 엔테의 숲을 습격한 마도병 출현 사건에 마도 결사 오버 진이 관련되었다는 확증을 획득했다. 따라서 그 총사의 이름이 나왔다는 것에는 놀라지 않는다.

다만 드란이 바스트렐을 감당하지 못할 것이라 가반이 단언한 이유에 대해서는 짐작되는 바가 도무지 없는지라 흘려들을 수가 없었다.

"내가 절대로 바스트렐을 감당할 수 없는 이유가 있단 말인가."

드란이 어떻게 해야 자신이 인간에게 패배할 수 있을까 고민하던 때에 디아드라가 가만히 뺨을 어루만졌다.

"고통에 시달리다가 괜히 억지나 부린 게 아닐까? 너무 신경 쓸 필요는 없을 것 같은데. 적어도 나는 네가 누군가에게 패하는 광경이 전혀 상상도 안 되는걸."

"그런가. 가슴을 쭉 펴고 싶어지는 신뢰군. 자, 더 이상 이곳에는 볼일이 없지. 서둘러 엔테의 숲에 돌아가도록 하자."

"잠깐만, 드란. 저 거들먹거리던 악마가 지난날 동안 수많은 위그드라실 님과 꽃의 정령을 잡아 왔다고 한 말을 들었어. 나는 너에게 이렇게 부탁밖에 할 수가 없지만, 제발 그 아이들도 구해주면 안 될까?"

자신의 무력함에 대한 한탄은 마음 깊숙한 밑바닥으로 몰아내고, 디아드라는 부끄러움을 무릅쓴 채 드란에게 애원의 말을 입에 담았다.

긍지 높고 자부심 강한 디아드라가 이제껏 살아오던 중 이토록 절실하게 부탁한 적은 없었다. 만약 드란의 팔에 안긴 자세가 아니었다면 이 자리에서 머리를 바닥에 조아리며 드란에게 부탁했을 것이다.

그런 디아드라에게 돌아온 것은 드란의 따뜻한 말과 미소였다.

"이렇게 부탁할 수 있는 너이기에 좋아한다, 디아드라. 안심해도 돼. 지금쯤 포로로 잡혀 있었던 생명들의 곁에 내 분신체가 도착했을 테니까."

"그래, 너는 전부 다 꿰뚫어 보고 있었구나. 다행이야……."

디아드라는 몸에서 긴장을 풀고 새삼스럽게 드란과 포옹을 나눴다. 사랑하는 남자가 분명하게 눈앞에 있다는 것, 그 체온과 냄새, 심장 고동을 온몸으로 감지할 수 있는 행복을 음미하면서.

"그래, 그러니까 이만 돌아가자."

드란에게 꼭 안겨서 하늘로 날아오르고도 디아드라는 끝까지 말이 없었다. 왜냐하면 저쪽 세계로 돌아갈 때까지 줄곧 이러한 지복의 시간을 아낌없이 즐기기 위해서였다.

†

디아드라를 품에 안은 채 엔테 위그드라실 내부에 있는 신탁의 관에 귀환한 나는 등의 날개며 꼬리, 팔을 원래대로 되돌리고 마계와 연결되는 문을 없앴다.

가반 일당이 이쪽으로 연결시켜 놓았던 차원 간 회랑은 이제 완전히 닫혔고, 이쪽에 남아 있었던 누더기 망토 대악마와 마도병 및 하급 악마까지 아울러서 세리나와 대정령들이 이미 소탕을 마쳐 놓았다.

그렇다면 이제 오염된 공간 및 대기의 정화와 위그드라실을 간호하고 부상자의 치료를 마친다면 이번 이변은 일단 종식되었다고 말할 수 있겠다.

어쨌든 더 이상 누군가가 다칠 우려는 막아 낸 셈이니까.

내가 디아드라에게서 손을 떼자 이제껏 디아드라의 안쪽에 들어가 있었던 엔테 위그드라실의 혼이 빠져나왔다.

엔테 위그드라실은 죽지 않았는데도 몸에서 혼이 떨어져 있는 부자연스러운 상태를 쭉 강제당했지만, 단시간에 마무리된 만큼 악영향이나 후유증은 피할 수 있을 것이다.

"이런, 위험하게."

일단 공중에 떠오른 뒤에 어린 소녀의 모습을 취한 엔테 위그드라실의 혼은 이제껏 붙들고 있던 긴장의 실이 끊어진 것처럼 탈력해서 떨어지고 말았다.

공중에서 떨어지는 엔테 위그드라실을 서둘러 달려가 받아 내자 가벼운 충격이 내 양팔에 전해졌다.

영혼이 반쯤 물질화된 상태이기 때문이겠지만, 마치 날개처럼 가벼웠기에 정말 이곳에 존재하는 것인가 의문이 들 정도였다.

엔테 위그드라실의 화신은 의식을 잃고 축 늘어졌지만, 다행히도 호흡은 안정적이고 체온의 이상도 느껴지지 않는다.

"학원장님, 무녀 공주님, 위그드라실 님의 용태를 살펴봐주시겠습니까? 저보다는 여러분이 전문가이시니 더 괜찮겠죠."

이제 거동할 수 있게 된 류류시와 학원장 및 전사들이 허둥지둥 내 품에 안긴 위그드라실에게 가까이 달려온다.

호위 전사들은 경계와 감사와 공포가 이리저리 섞인 시선을 내게 보내온다만, 뭐, 이것만큼은 어쩔 도리가 없군. 달게 감수할 수밖에 없지 않겠나.

나는 위그드라실을 바닥에 내려놓고 디아드라와 류류시에게 맡긴 뒤 대정령들에게 시선을 보냈다.

"오늘은 너희 덕분에 큰 도움을 받았군. 나도 꽤 편안하게 움직일 수 있었어. 다시금 감사의 뜻을 전하지, 고맙다."

『아냐, 아냐아냐. 역시 넌 바뀌지 않았구나. 엄청나게 강해.』

『우리도 어린 세계수를 구해 냈기에 기쁩니다. 그나저나 마계의 어리석은 것들은 제법 성급한 짓을 저질렀군요. 당신께서 계셔주시지 않았다면 세계수가 그자들의 손에 떨어질 뻔했던 만큼 소름이 끼칩니다.』

『끙, 당신께서 이곳에 함께 계셨던 행운을 과연 누구에게 감사하면 되려는가. 어쨌든 간에 오랜만에 만나 뵈었기에 기쁘군.』

"그래, 또 기회가 되면 내가 너희들 사는 곳으로 찾아갈 일도 있겠지. 오늘은 고마웠어. 잘 지내라."

『네에, 네~ 그럼 또 보자!』

『엔테의 숲 주민들도 큰 재난을 겪었군. 우리는 이만 실례하지.』

『엔테의 숲 주민들이여, 정령은 항상 그대들의 벗임을 잊지 말도록. 음.』

미라네이드, 투아쿠아, 바이어스가 이별의 말을 고하고는 정령계에 있는 각자의 거처로 돌아간다.

오랜 벗들이 돌아가는 것을 확인한 다음 나는 이쪽에 가까이 다가와 있던 세리나와 말을 나눴다.

"흠, 세리나도 상처 하나 없군. 괜찮을 줄 알기야 알았다만, 역시나 직접 확인하면 안심되는구나."

"드란 씨, 위그드라실 씨는 괜찮을까요?"

"보통은 마계의 독기에 노출되었을 때 적잖은 영향을 받을 테지만, 마계의 꽃 정령 라플라시아를 흡수해서 내성이 생긴 디아드라에게 들어가 있었으니까. 혼이 오염되지는 않았어. 긴장의 실이 끊어져서 피로가 한꺼번에 밀려들었겠지. 그에 상응하는 만큼 디아드라도 고초를 겪었다는 뜻이고."

나는 세리나와 동행해서 엔테 위그드라실을 간호하는 사람들이 있는 곳으로 향했다.

쓱 둘러봤더니 류류시가 무릎베개를 해주는 자세로 위그드라실을 눕히고 깊이 명상하며 정신의 동조를 진행하고 있었다. 디아드라도 역시 위그드라실의 바로 옆쪽에 무릎을 꿇고 엔테 위그드라실의 어린 얼굴을 걱정스럽게 바라보고 있다.

류류시에게 인도를 받아 위그드라실의 심신은 다시 천지의 영맥과 연결되어 청정한 마나를 생성하기 시작했기에 곧 정화와 기력 회복이 완료될 것이다.

"학원장님, 위그드라실 님의 용태는 어떻습니까?"

"네, 지금은 잠들어 계시지만, 곧 깨어나실 거예요. 드란, 모두

다 당신의 조력이 있던 덕분입니다. 엔테의 숲 주민으로서 진심으로 감사드려요."

그렇게 말한 뒤 머리를 숙이려고 하는 학원장을 나는 손으로 제지했다.

"이러지 마십시오. 제 나름의 타산이 있어 한 행동입니다. 그 이전에, 곤경에 처한 분들을 돕지 않을 순 없잖습니까. 그렇게 배워 자라온지라."

"그렇습니까. 변함없는 분이군요. 게다가 당신의 내력을 더욱 깊이 알 수 있었던 것은 바라지 않은 수확이었습니다. 위그드라실 님께도 마찬가지겠죠."

흠, 의미심장한 표현이군……. 내가 어떠한 용의 환생인지 모두 다 파악했다고 가정하는 것이 좋겠다.

뭐, 이상하게 떠받들려고 하는 게 아니라면 고신룡이라는 사실이 알려져도 상관없다만, 과연 어찌되려는가.

"아, 드란 씨, 위그드라실 씨가 깨어났나 봐요."

세리나가 내 어깨를 콕콕 찔렀다.

"흠, 후유증은 딱히 없을 테지만 어떠려나?"

엔테 위그드라실이 가느다란 속눈썹을 바르르 떨고 눈꺼풀을 살짝 열었다.

곧이어 자신을 둘러싸고 있는 무녀 공주와 학원장 및 전사들의 모습을 한 차례 둘러본 뒤 나를 향하여 부드럽게 미소 지었다.

"아, 역시나 꿈이 아니었습니다. 고대의 위대한 분, 당신을 직접 만나 뵙다니……."

무한의 감사와 경외의 마음이 뒤섞인 말을 엔테 위그드라실의 입술이 읊조렸을 때 이곳에 있던 전원의 시선이 내게 집중됐다.

나쁜 의도는 없을 테지만, 엔테 위그드라실이여……. 뭐라고 할까, 쓸데없는 소리를 꺼내버리는구나…….

장내가 쥐 죽은 듯이 조용해지고 아무도 말을 꺼내려고 하지 않았다.

어떻게 반응해야 할까 갈피를 못 잡고 있다고 표현하는 것이 정확하려나.

엔테 위그드라실의 슬하에 모여서 그 은혜를 받아 오늘까지 역사를 이룩해왔던 엔테의 숲 주민들에게 소녀는 어머니이자 세계이고 아울러 신과 마찬가지다.

그런데 엔테 위그드라실이 하찮은 인간을 앞에 두고서 동경과 감동을 담아 「고대의 위대한 분」이라는 뜻밖의 말을 꺼냈던 만큼 당연한 반응이라고 말할 수 있겠다.

무녀 공주 류류시와 무녀 공주 전임의 호위 라탄타 및 모두가 당혹감 가득 넘치는 눈동자로 쳐다보고 있다.

예외는 나의 비상식적인 능력 행사에 완전히 다 익숙해져버린 세리나와 디아드라, 나에 대해서 모종의 확증을 얻은 듯 짐작되는 학원장까지 세 사람. 이들은 놀라기는커녕 오히려 납득하는 분위기다.

마계의 침략자들에게 위협을 받았을 때와 또 다른 긴장이 퍼져나가는 가운데 엔테 위그드라실이 천천히 입을 열었다.

아직 의식이 몽롱한 상태인 듯 어딘가 위태위태한 말투였다.

"싸늘하고 두려운 힘에 디아드라와 한 몸이 되어 저항하는 동안 류류시와 숲의 모두에게서 목소리가 들려왔어. 그렇지만 우리를 붙잡으려고 한 힘은 점점 더 강해지고, 모두의 목소리도 작아지고, 어둠이 눈도 귀도 막아버려서, 무척, 무서웠어. 그렇지만 나를 에워싼 무한의 어둠을 꿰뚫고 빛이 디아드라와 나를 비춰줬어요. 아, 당신이었네요……. 고대의 용, 당신께서……. 저를, 그리고 모두를—."

거기에서 나는 엔테 위그드라실의 말을 가로막았다.

"거기까지다, 어린 위그드라실. 무리해서 말을 잇지는 마라. 마계의 독기에 쏘인 후유증은 없을 테지만, 영력을 크게 소모한 것은 분명하지. 지금은 무녀 공주와 동조를 깊이 하여 피폐한 영혼의 회복에 주력하려무나. 이야기라면 또 다음에 얼마든지 하면 되니까."

내가 누구인지를 깨닫고 더욱 간절하게 감사의 말을 전하려고 하는 마음은 알겠지만, 호위 전사들의 치료며 류류시와 엔테 위그드라실의 피로를 해소하는 것이 우선이다.

게다가 사태가 종결되었음을 알지 못하는 디프 그린의 주민들에게도 위협이 물러갔다는 소식을 전해줘야겠지.

"네, 조금, 지쳐버렸어요. 류류시, 올리비에, 라탄타, 테겔, 울가, 쿠엘, 그리고 다른 여러분도, 폐를 끼쳐서 미안. 내가 이렇게 모두와 대화를 나눌 수 있는 것도 여러분이 목숨을 걸고 싸워준 덕분이야. 이 은혜는 평생 잊지 않을게."

진심으로 면목이 없다는 듯이 미안해하는 엔테 위그드라실에게 가녀린 얼굴 한가득 미소를 지은 류류시가 고개를 가로저으면서 대답했다.

"위그드라실 님, 당신께서는 저희에게 둘도 없이 소중한 분이세요. 당신 덕분에 저희는 숲의 은혜를 누리면서 오늘까지 살아올 수 있었죠. 그러니까 당신을 위해 싸우는 것은 당연해요. 가족을 위한 싸움이나 마찬가지인걸요."

가족을 위해 싸우는 것은 당연하다는 말. 지금은 나는 대단히 공감 가능한 말을 듣고서 엔테 위그드라실은 정말로 기뻐하며 흐뭇하게 미소 지었다.

"그래, 그렇구나. 나와 너희는 가족이니까."

"네, 그러니까 지금은 아무쪼록 자기 몸부터 돌봐주세요, 위그드라실 님. 다른 주민들에게는 저희가 이제 악한 침략자의 위협에 겁낼 필요는 없다고 전해 두겠습니다."

"부탁할게, 류류시, 올리비에. 디아드라, 네게도 다시 감사의 뜻을 전하고 싶어. 고마워."

엔테 위그드라실은 그렇게 말한 뒤 디아드라의 손을 살며시 붙잡았다.

"저도 당연한 행동을 했을 뿐이랍니다. 저도 류류시와 교대로 위그드라실 님의 혼령을 치유해드리겠어요. 곁을 지켜드릴게요."

"디아드라, 너도 많이 피곤하잖아? 네 안에 들어가 있던 나한테까지 허세를 부리지 않아도 괜찮아. 이만 쉬어야지."

"……마계에서 위그드라실 님을 부모로 비유했지만요, 진짜 부모가 되신 것처럼 꿰뚫어 보시네요. 알겠습니다. 조금만 쉬었다가 다시 찾아뵐게요."

디아드라가 순순히 수긍하는 것을 본 뒤에 엔테 위그드라실을 나를 향하며 살짝 머리 숙였다. 작은 동작이지만 거기에는 무한의 감사와 경외의 심정이 담겨 있었다.

딱히 나쁜 의도가 없다는 것은 알겠지만, 저런 행동을 할 때마다 호위 전사들이 의문에 가득 찬 시선으로 나를 쳐다본다.

흠~ 엔테의 숲 중심이 어떤 곳인가 놀러 가보자는 생각뿐이었다만, 설마 이러한 결말을 맞이하게 될 줄이야.

이미 학원장에게는 이것저것 간파당한 듯싶고, 차라리 내 혼의 본질이 명확해져도 상관없겠다는 심경이 들긴 한다만……. 뭐, 될 대로 되지 않겠나.

라탄타를 비롯한 호위 전사들은 류류시와 엔테 위그드라실을 다시 신탁의 관 중심부까지 데려가서 눕혀 놓았다.

가반 일당에게 비록 침입을 허용했다지만, 이 방이 세계수의 의식의 핵에 해당하는 장소이자 무녀 공주와의 동조에 적합한 장소라는 사실은 변함이 없다.

눈을 감고 동조에 전념하는 엔테 위그드라실의 머리를 무릎 위쪽으로 올려 두고 류류시는 깊이 눈꺼풀을 닫은 채 손을 맞잡아 기도를 올리기 시작했다.

한숨 자면 엔테 위그드라실은 기운을 되찾을 것이다.

라탄타와 쿠엘 이외에 무녀 공주의 시중 담당도 겸하고 있는 호위 전사들 몇 명은 이곳에 남았고, 다른 인원은 일단 해산하기로 했다. 도시에 모여 있는 각 종족의 중진들에게 사태가 수습되었음을 알리는 역할은 학원장이 맡아주기로 마무리됐다.

"학원장님, 가능하다면 피난했을 피오와 마르에게 무사한 모습을 보여주고 싶습니다만."

이번 사건으로 나는 엔테의 숲 주민들에게 주목을 끌어모았다. 지금은 다들 위기가 떠난 안도로 가득 차 있을 테지만, 언젠가 내게 질문의 비가 쏟아질 것은 불을 보듯 명백하다.

그렇게 되면 자유로운 시간이 없어질 테니까 지금 피오와 만나두지 않으면 기회를 놓쳐버릴 것 같았다.

"상관없어요. 위그드라실 님이 나중에 당신과 대화 나누기를 바라실 테니까 밤중에라도 시간을 만들어주시고요. 디아드라도 이왕이면 드란과 함께 다니는 게 좋겠네요. 위그드라실 님은 오염되지 않았고 단순하게 지친 게 전부니까요. 동조에 의한 정화는 불필요해요. 드란, 족장분들께는 제가 얼마간 설명을 해 둘 테니까 맡겨주세요."

"번거로우실 텐데 미안합니다. 이번만큼은 이것저것 세세한 부분까지 이야기를 해드려야 할 것 같군요. 위그드라실 님에게 나쁜 의도는 물론 없었겠지만, 저로서는 예정한 바가 없었던 주목입니다."

엔테 위그드라실에게 살짝 쓴웃음을 짓는 나를 보고서 학원장은 은근히 즐거워하며 미소 지었다.

"모쪼록 넓은 마음으로 용서해주세요. 위그드라실 님은 어쩌면 이곳에 있는 누구보다도 어리고 무구한 마음을 갖고 계시니까요."

"확실히, 아직 위그드라실치고는 상당히 어린 편이죠. 딱히 화가 나지는 않았습니다. 조금 놀랐을 뿐이에요."

학원장과 가볍게 이야기를 나눈 뒤 나는 세리나와 디아드라를 데리고 일단 위그드라실의 바깥으로 나왔다.

도보로 바깥에 나온지라 다소 시간이 걸렸다만, 엔테 위그드라실의 내부가 어떠한 형태인지 구경하려는 의미도 있었다.

상공에 가득 나타났었던 악마들과 공간의 균열 안쪽에 잠복해 있던 니드헬이 사라짐으로써 디프 그린의 주민들은 다소 침착한 마음을 되찾은 듯 보였다.

잠시간 도시 안을 걸어가던 중 길가에 핀 연보라색 꽃의 중심에서 누군가의 목소리가 들려왔다.

이것은 줄기 및 뿌리를 통해 중심에 벌어져 있는 꽃잎에서 목소리를 내는 편리한 꽃인데, 이름은 말잇꽃이고 엔테의 숲에서 널리 활용되는 통신 수단의 하나이다.

류류시는 아직 엔테 위그드라실의 회복에 전념하고 있을 테니까 아마도 족장 중 누군가가 안전을 선언할 테지.

그런 생각에 귀를 기울였는데 연보라색 꽃에서 들려온 것은 학원장의 목소리였다.

"어라? 올리비에 씨 목소리네요."

세리나도 뒤따라 깨달았다.

"흠. 디아드라, 학원장님은 이런 역할을 맡아서 할 만큼 책임 있는 위치의 분이신가? 단순한 하이 엘프가 아닌 줄 생각은 했었다만……."

"그러게……. 엔테의 숲 주민 대부분이 올리비에의 이름 정도는 알 거야. 엔테의 숲에서 사는 우드 엘프들은 지금이야 각각 씨족의 족장들이 구성하는 합의제를 채택하고 있지만, 예전에는 왕정이 시행됐었거든. 분명 정식으로는 엔테 숲 왕이라고 불렸을 거야. 당연히 왕은 하이 엘프의 일족이고. ……올리비에는 왕정 폐지를 결정했던 마지막 왕의 딸 가운데 한 사람이야."

디아드라는 잠시 망설인 뒤에 대답해줬다.

"왕정 폐지는 당시 엘프들의 입장에서는 아닌 밤중에 홍두깨였고 대부분의 엘프는 왕에게 뜻을 바꿔달라고 요청했다던데 결국 왕정은 폐지됐어. 그럼에도 하이 엘프의 왕가는 당시의 엘프 백성들에게 경모를 받았으니까 지금도 옛 혈맥에 경의를 표시하고 있고. 게다가 올리비에는 한때 위그드라실의 무녀 공주를 맡은 경력도 있어. 출신과 경력과 실력 세 가지가 모두 비범하니 아주 유명인이지."

"흐아앗, 하이 엘프 왕가의 말예셨군요. 그런 분이 어쩌다가 불쑥 마법 학원의 학원장을 맡게 되셨을까요?"

세리나는 연신 감탄하는 모습이었다만, 지금 학원장의 입장에 대해서는 의문이 솟는 듯싶다.

디아드라의 설명에 보충해서 나도 가로아에서 들었던 소문을 알려줘야겠다.

"학원장님은 아크레스트 왕국의 건국 왕하고도 친분을 나눴다는 소문이 있어. 모험가 시절 동료였다든가 첫사랑 상대였다든가 이것저것 소문이 나 있더라. 전부 거짓말일 수도 있겠고, 전부 진실일 수도 있겠지. 학원장님이니까, 양쪽 다 진실이어도 특별히 이상하지는 않을 것 같네."

"굉장한 분이 학원장을 맡고 계셨네요, 가로아는. 다만 드란 씨는 위그드라실 씨한테도 특별한 눈빛을 받는 것 같았는데 어떻게 될까 신경이 쓰여요."

"그 생각은 나도 했었어. 굉장하다면 드란…… 너의 혼이 용이라는 것은 저번에 가르쳐줘서 알았지만, 어떤 용인지는 못 들었단 말이지."

디아드라는 고개를 끄덕이며 장난스럽게 미소 지었다.

"너희 둘까지 추궁의 손을 뻗치는구나. 괜한 걱정은 말고 위그드라실과 대화할 때 둘 모두 동석하면 될 거야. 그때 내가 과거에 어떤 이름으로 불리는 존재였는지 거짓 없이 가르쳐줄 테니까. 그러니까 그때까지 꾹 참고 착한 아이로 지내주면 고맙겠어."

"드란 씨는 거짓말을 안 하니까요. 나중에 얘기해주신다면 그때까지 잘 기다릴게요."

세리나가 신뢰로 가득 차올라 마음 흐뭇해지는 눈빛을 내게 보내온다.

"그래, 조금만 더 기다려줘. 기대와 신뢰는 배반하지 않아."

우리가 걸어가며 대화 나누는 동안에도 말잇꽃에서는 학원장의 냉담하다고도 말할 수 있을 만큼 침착한 목소리가 들려오면서 불안에 사로잡혔던 숲의 주민들에게 사태가 종식되었음을 알려줬다.

땅속과 시가지에 설치된 피난소에서는 먼저 전사와 정령사들이 바깥으로 나온 뒤 정말로 악마 및 마도병들의 잔당이 사라졌음을 확인한 이후 싸울 힘을 가지지 못한 주민들이 흠칫흠칫 빠져나오기 시작한다.

악마들의 출현부터 격퇴까지 걸린 시간은 극히 짧았다지만, 주민들의 마음에는 짙은 공포의 그림자를 드리웠을 것이다.

주민들의 얼굴에 서서히 안도의 빛이 떠오르는 와중에 우리는 피오와 마르가 있을 피난소를 목적지로 계속 나아갔다.

세리나와 디아드라의 입에서는 내가 어째서 피오의 위치를 파악하고 있냐는 의문이 끝내 나오지 않았다.

나라서 당연히 아는 것이라 넘기는 걸까. 흐음, 결국은 디아드라도 세리나와 가까운 경지에 다다르는 듯싶구나.

잠시간 걸음을 이어 간 곳에서 피오와 마르, 아지람 씨 부부와 합류할 수 있었기에 서로의 무사를 확인했다.

우리의 얼굴을 본 순간에 마르가 곧장 큰 목소리로 울음을 터뜨리는지라 많이 당황했다만, 이렇듯 상처 하나도 없는 모습을 직접 보여주면 역시 안심되는 정도가 다르다.

우리가 직접 엔테 위그드라실과 무녀 공주 류류시를 구출한 뒤 무사함을 확인했다고 전해주자 피오와 아지람 씨 부부는 눈이 휘둥그레져서 놀랐다만, 뭐, 이런 게 평범한 반응이겠지.

우리는 곧장 아지람 씨의 댁으로 돌아가서 잠시 휴식을 취한 뒤 다시금 엔테 위그드라실의 내부에 방문하기로 했다.

아지람 씨가 말하기를 이번처럼 바깥 세계의 대규모 침략은 디프 그린의 역사상 처음 겪는 사건이기에 비록 악마들을 물리쳤지만, 이번 축제가 어떻게 될지는 잘 모르겠다고 말했다.

피해를 받은 도시부의 복구 및 부상자 치료, 대침략자용의 결계

재전개 및 경계망 재구축은 급한 사안이니까.

엔테 위그드라실은 지금도 천지의 마나와 조화를 이루는 데 문제가 없겠지만…….

흐음, 모처럼 디프 그린을 방문했는데도 무례한 것들의 소행 때문에 축제가 중지된다면 기대하며 이곳에 온 피오와 마르가 너무 딱하다.

나중에 엔테 위그드라실과 면회할 때 확인차 묻도록 하자.

피오는 축제를 즐길 시간도 없이 악마들과의 싸움에 휘말려버렸다고 거듭 사죄했다만, 이것은 전혀 피오의 잘못이 아니었다. 나는 세리나와 함께 신경 쓸 필요 없다고 여러 차례 타일렀다.

축제가 중지되든 재개되든 숲의 주민들은 오늘 하루나마 차분하게 마음을 달래기를 선택할 테지.

아지람 씨의 댁에서 저녁 식사를 대접받아 기운을 보충한 뒤 재차 엔테 위그드라실의 내부로 향한 나, 세리나, 디아드라 세 사람은 어느 방으로 안내받았다.

그곳은 엔테 위그드라실 내부에 있는 무수히 많은 공동 중 하나를 이용한 방이었는데 열 명쯤 들어가면 꽉 차는 넓이였다.

위그드라실의 바닥에서 직접 탁자와 의자가 자라나 있고, 붉은 탁자 덮개의 위쪽에는 푸른 도자기제 티 세트가 놓여 있었다.

정확하게 인원수만큼 마련해 둔 의자 하나에 학원장이 앉아서 우리에게도 착석을 채근했다.

"어서들 앉으세요. 마침 족장들에게 설명을 일단락한 참이었어요.

위그드라실 님도 기운을 되찾으셨고요. 자, 이렇게 보다시피요."

찻주전자로 연녹색 액체를 능숙하게 따르고 있던 학원장의 오른쪽 옆 의자 위쪽에 녹색과 백색, 황색 등 빛 입자가 발생하더니 눈 깜짝할 틈에 인간과 가까운 형태를 취한 엔테 위그드라실의 화신이 나타났다.

가반에게서 해방된 직후와 비교하면 혈색이 좋다. 병자 상태에서 완전히 회복되었다고 판단해도 괜찮을 테지. 디아드라는 엔테 위그드라실의 무사한 모습을 보고 자신이 나설 필요가 없어졌음을 깨달아 크게 안도하는 표정을 지었다.

"얼마 전에는 부끄러운 모습을 보여드렸네요. 다시 감사의 인사를 올리겠어요. 지금은 드란 님이라는 이름을 쓰신다면서요? 위험에 처한 저희를 구해주셔서 진심으로 감사드립니다. 드란 님, 세리나 님, 디아드라."

막 현현한 엔테 위그드라실은 마음에서 우러나온 감사의 뜻을 담은 미소로 우리의 얼굴을 차례차례 둘러보다가 답례의 말을 꺼냈다. 그건 그렇고, 음, 어린아이가 힘껏 까치발을 들어서 격식을 차리고 있는 인상이다. 평소 말투를 써도 상관없을 터인데.

세리나는 님을 붙여서 불린 게 쑥스러웠는지 민망해하며 웃음 짓는다.

"흠, 학원장님의 말씀대로 잘 회복을 마쳐 다행이군. 류류시라는 무녀 공주님은 제법 유능한 것 같아."

"네, 류류시는 저와 상성도 좋고 또 심성이 아름다운 아이예요. 물론 역대의 무녀 공주들이 모두 마찬가지였고요. 여기 올리비에도 디아드라도 포함해서요."

"디아드라가 방금 전 가르쳐줘서 알았습니다만, 학원장님도 무녀 공주를 맡은 시기가 있으셨다죠. 게다가 과거에는 엘프 왕가의 공주님이셨고요. 가로아에 학원장님 관련의 이런저런 소문을 수군거리는 사람이 잔뜩 있었던 이유가 얼마간 납득이 됐습니다."

"그랬군요. 딱히 숨겼던 것은 아닌데 말이에요. 직접 마주하면서 질문을 받은 경우도 없었던 터라 특별히 누군가에게 이야기를 한 기억은 별로 없습니다만……."

"방관으로 일관하셨군요. 그런 태도를 취하시는 탓에 제멋대로 자꾸 소문을 만들어 내는 게 아니겠습니까?"

"제가 모르는 곳에서 소곤거리는 소문이죠. 게다가 눈을 치켜뜰 만한 내용도 아니었고요. 자, 드세요. 식힌 푸른달 꽃 차예요."

학원장에게 권유받은 대로 우리는 푸른 수면이 일렁이는 컵을 손에 들어서 입에 머금었다.

뭐라고 말할 수 없는 청량감이 입속에서 코끝, 위장까지 쭉 달려가면서 의식이 구석구석 맑아지는 느낌이 든다.

"무척 맛이 좋군요. 엔테의 숲에서만 채집되는 꽃을 쓴 차겠군요."

민트 비슷한 청량감이지만, 한순간에 입속으로 퍼져 나가서 녹아내리듯 사라져 가는 달콤함 등 독특한 맛이 있었다.

베른 마을에 갖고 돌아가서 대량 재배에 성공한다면 특산품이 될 수 있겠지. 그런 생각이 얼굴에 드러났는지 학원장에게 지적을 받고 말았다.

"상인의 표정을 짓고 있군요."

"이런, 실례했습니다. 고향의 발전을 위해 어떻게 돈을 벌어야 할까 날마다 골치를 썩이고 있는지라."

"당신이 학원에 입학했던 큰 이유도 고향을 위해서였죠. 잘 어울리는 이유입니다만, 당신의 혼을 떠올리면 조금……."

이대로 쭉 신변 잡담이나 이어질 것 같은 분위기를 민감하게 알아채고 세리나가 살짝만 허리를 들어 올리며 우리의 말을 가로막았다.

"아, 그거, 그거예요, 학원장님. 드란 씨, 드란 씨의 혼이 용이라는 사실은 전에 들어서 알고 있었는데요. 그다음 더 나간 이야기를 이제 들려주시는 거죠?"

흐음, 자기 의견을 분명하게 주장할 수 있는 아이가 되었다는 게 나는 기쁘구나, 세리나. 확실히 먼저 본론을 이야기해야 할 테지.

"흠, 약속을 했지. 그나저나, 무엇부터 이야기를 해야 되려나."

"으음, 그러면요. 위그드라실 씨는 드란 씨를 알아보는 눈치였잖아요. 혹시 전세에서 알게 된 사이였던 거예요?"

이번 설명회를 열게 된 계기이기도 한 엔테 위그드라실의 발언에 대해 세리나가 질문하자 세계수의 화신은 수줍게 웃고 입을 열었다.

나는 특별히 엔테 위그드라실과 면식은 없다 기억한다만…….

"네, 세리나 님. 저와 여기 계시는 드란 님 사이에 직접 면식이 있는 것은 아니에요. 저와 똑같은 여러 위그드라실에게 전세의 드란 님에 대해 가르침을 받았던 거예요. 그리고 그 악마들의 숲에 붙들려 있던 때 보게 된 드란 님의 모습과 힘에서 「그분」이 틀림없다고 확신했죠."

"그랬군요. 그런데 직접 만났던 적이 없는데도 알아볼 만큼 전세의 드란 씨는 특징이 있는 분이었던 거예요?"

세리나가 아직 수긍이 안 된다는 분위기로 질문을 거듭했다.

"네. 모든 세계에서 유일무이한 존재이자 천계에 거주하는 선한 신들도, 마계에서 준동하는 악한 신들도, 모르는 자가 없을 만큼 대단한 분이세요."

동화 속에서나 등장할 법한 존재를 직접 목격하게 된 어린 여자아이 같은 눈빛으로 엔테 위그드라실은 나를 빤히 바라본다.

어렴풋이 나의 본질을 눈치챘을 가능성이 있는 학원장은 둘째로 치고 디아드라와 세리나는 너무나 뜬금없는 이야기에 눈이 동그래졌다.

"어어, 뭔가 상상 이상으로 굉장하달까, 이야기의 규모가 터무니없는 것처럼 느껴지는데요……."

"아니요, 드란 님은 진정 대단한 분이세요. 지금 저희가 드란 님이라고 부르고 있는 분의 혼은……. 제가 틀리지 않았다면 원초의 혼돈과 함께 있었던 시조룡으로부터 태어난 시원의 일곱 용 가운데 한 분, 「하나이자 전부」되시는 드래곤 님이실 테니까요."

"시원의 일곱 용이라니……. 그 창세 신화라든가 대지모신 마이라스티라든가 전신 알데스의 신화에서 가끔 이름이 나오는 용 말씀인가요? 용들의 신이라는?"

뭔가 좀처럼 실감이 안 되는지 세리나는 먼저 지식 속 전세의 나에 대해서 언급하며 되짚어 갔다.

"그러게, 세리나의 말에 동감이야. 우리들 꽃의 정령들 사이에서도 이름이 알려져 있을 정도인걸. 최고신에게 필적하는 모든 용종의 정점에 군림하는 게 분명 시원의 일곱 용이었을 거야. 그런데 드란이 그런 터무니없는 존재의 환생이라니……. 이래서는 도저히 뭔 말이 안 나오네."

그토록 당찬 디아드라도 사전에 상상했던 선을 뛰어넘은 내 정체 때문에 어떻게 반응해야 할까 곤란해 하는 모습이었다.

하위 신만 되어도 지상 세계의 주민들에게는 직접 목격할 기회조차 없는 존재이건만, 최고신과 동격이라는 용의 환생이 눈앞에 있다는 말을 들으면 「와, 정말요?」라는 생각밖에 달리 느낌이 안 드는 것인가.

"위그드라실 님, 아니, 엔테 위그드라실의 말에 거짓은 없어. 전세의 내 이름은 드래곤이야. 뭐, 제법 알려진 이름이었지. 전생한 영향으로 많이 약해졌지만, 아직 얼마간 고신룡의 힘이 남아 있거든. 가끔 내가 인간을 벗어난 힘을 행사하는 건 이 덕분이지. 참고로 세리나에게 건네준 펜던트는 내 육체를 전세의 용으로 변환해서 벗긴 비늘을 쓴 물건이야. 세계에 하나밖에 없는 고신룡의 비늘을 쓴 부적이 되는 셈이군."

세리나는 옷 안쪽에 넣어 둔 펜던트를 꺼내서 손바닥 위에 올려놓고 뚫어져라 쳐다봤다.

빛의 반사 각도에 따라 무지갯빛으로 빛나는 작은 하얀색 비늘이 이렇듯 터무니없는 내력을 지닌 물건이었다는 게 아직 실감되지 않는가 보다.

"저기요, 음, 잘은 이해가 안 된달까, 실감이 안 솟는달까……. 아무튼, 드란 씨가 진짜로 고신룡 드래곤의 환생이라는 말은, 뭐…… 으음, 알겠어요."

정말 이해해서 한 말인가? 이런 의문은 굳이 꺼내지 않고 자제했다. 지금 이야기의 맥을 끊은들 달라지는 게 없다.

"억지로 받아들이지 않아도 돼. 내 전세를 알았다고 내가 바뀌는 건 아니잖아. 바뀌는 것은 진실을 알게 된 사람들의 인식이지. 이 경우는 세리나와 디아드라겠구나."

"으음~ 확실히 드란 씨가 바뀌는 일은 없을 거예요. 왜냐면 드란 처음부터 쭉 한결같았는걸요."

"그러게……. 불쑥 드란이 거룩하게 보이는 것도 아니고 이제 와서 태도를 고치고 싶은 마음도 들지 않는걸."

세리나와 디아드라가 함께 당혹감 섞인 쓴웃음을 지었다.

"나도 갑자기 태도가 서먹서먹해지면 섭섭하기도 하고, 무엇보다 슬플 거야. 어쩌면 눈물이 나올지도 모르겠군. 그러니까 지금처럼 똑같이 대해주는 게 제일이야. 게다가 나는 한 번은 죽은 몸이지. 이렇게 인간이 되어 두 번째 삶을 받은 건 바라지 않은 행운일 뿐 다른 무엇도 아니야. 그러니까 인간으로 살다가 인간으로 이 생명을 마칠 작정이야. 뭐, 가끔 고신룡의 힘을 휘두르는 건 애교로 용서해주면 좋겠군."

고신룡으로 행세할 뜻이 없다는 말을 다시금 분명히 한 다음에 나는 신경 쓰였던 사안을 학원장에게 질문했다.

"그나저나 학원장님, 엔테 위그드라실이 저를 알아본 이유는 알겠습니다. 오래된 위그드라실 중에는 안면을 익힌 개체도 있는 만큼 특별히 놀랄 일은 아니지요. 다만 학원장님은 어떻게 저의 정체를 눈치챘나 신경이 좀 쓰이는군요. 무녀 공주였던 시기에 혹시 엔테 위그드라실에게 전해 들었던 겁니까?"

내게 질문을 받은 학원장은 잠시 손에 든 컵에 시선을 떨어뜨리고 있다가 천천히 입술을 움직이기 시작했다.

아주 짤막한 시간이나마 마음속에서 모종의 정리를 마칠 필요가 있었나 보다.

"드란, 저를 포함한 일부 하이 엘프들에게는 과거 당신의 최후와 관련되는 전승이 남아 있답니다. 진룡과 신룡, 다른 여섯 분의 고신룡들이 용계로 이주하던 중 유일하게 지상 세계에 남았던 고신룡 드래곤이 일곱 용사들에 의하여 토벌되는 전승이에요."

전세에서 내가 맞이한 최후와 관련되는 화제였기에 세리나와 디아드라도 퍼뜩 놀란 표정으로 학원장의 말에 귀를 기울였다.

반면에 엔테 위그드라실은 안타까워하는 눈동자로 학원장을 보고 있었기에 이미 사정을 어느 정도는 아는 듯했다.

과거에 인간 용사에게 꿰뚫린 심장에서 따끔 통증이 나는 기분이었다.

그때는 제법 아팠더랬지.

"과거에 드래곤이라고 불렸던 시절의 당신을 해친 일곱 명의 용사들 중 하이 엘프 여성이 한 명 있었어요. 당시…… 아니요, 오늘날까지 하이 엘프의 역사를 쭉 돌이켜봐도 아마 최강이자 최고의 영격을 지닌 정령사 여성이에요. 그 여성— 엘시리아가 바로 이곳 엔테의 숲에 뿌리를 내렸던 하이 엘프의 먼 선조이죠. 물론 저의 계보 이외에도 다른 자손은 남아 있지만요."

전세의 내가 죽은 이후에 상당히 긴 시간이 경과한 데다가 역시 일곱 용사의 자손인 크리스티나 씨를 떠올려도 단순히 혈맥을 이어받은 자손만 꼽는다면 얼마든지 더 찾아낼 수 있을 것이다.

"그랬습니까, 엘시리아의……. 제가 아는 바로도 지상 세계에서 엘시리아만큼 뛰어나고 정령들에게 사랑받은 정령사는 없었습니다. 땅, 물, 불, 바람의 정령왕을 동시 소환해서 천지개벽과 유사한 현상을 일으킬 수 있는 기량의 주인은 좀처럼 자주 등장하지 않겠죠."

전세 때 나와 벌였던 최후의 전투에서 엘시리아가 행사한 것은 세계를 구성하는 4대 원소를 관장하는 정령왕들의 힘을 끌어 모아다가 새로운 우주를 만들어 내는 마법이었고, 이름은 그 효과대로 【천지개벽】이다.

궁극의 정령 마법 중 하나로 꼽히는 【천지개벽】은 탄생과 동시에 붕괴하는 불완전한 우주를 만들어 내서 극히 단시간에 우주 붕괴에 이르기까지 발생하는 힘을 대상에게 때려 박는 마법이다. 그밖에도 기존 우주의 영적·물리 법칙에 속한 존재를 새 우주의 법칙으로 덮어 써서 소멸시키는 효과도 있었지.

일개 개체가 우주 붕괴 규모의 공격을 펼치는 셈이니까 지상 세계의 주민치고는 제법 대단하다.

"정령왕의 동시 소환인가요. 아마도 저희가 행사하는 정령왕 소환과는 또 다른 수법이겠죠. 저희가 정령왕을 소환해도 기껏해야

대규모 지진 발생이나 해일을 일으키는 것이 고작이니까요. 엘시리아가 지금의 저희를 보면 한심하다고 탄식할 수도 있겠네요."

학원장은 살짝만 자조하듯 입가가 비뚤어졌다.

"딱히 엘시리아는 거만한 성격의 여성이 아니었습니다. 흠, 그나저나, 기왕에 이렇듯 엘시리아의 자손과 해후를 이룬 셈이기도 하고. 일곱 용사들이 저의 사후에 어떻게 지냈는지 아는 범위여도 무방하니까 가르쳐주시면 좋겠군요. 엘시리아는 저를 죽인 후 어떻게 되었습니까? 세계수로 모습을 바꿨거나 한 「남자」와 맺어졌거나 둘 중 하나라고 생각됩니다만…….'"

엘프 등 정령과 연관이 깊은 종족이나 일부 요정 등은 성장함에 따라서 더욱 고위의 영적 존재로 모습을 바꾸는 경우가 있다. 하이 엘프라면 세계수와 동조해서 영혼을 승화시키는 사례도 극히 드물게 나타났다.

"당신과 싸운 제 선조, 엘시리아는 당신을 해친 뒤 용사 셈트와 맺어지는 길을 선택했고 마지막까지 함께 살아갔습니다. 세계수로 전생하는 길은 일부러 선택하지 않았다더군요."

"그랬군요. 셈트는 꽤나 소심했던지라 주위 사람들이 많이 안달복달하는 눈치였습니다만, 무사히 맺어졌었군요. 안심했습니다."

그렇다면 엘시리아와 셈트의 아이는 하프 하이 엘프가 되는가. 뭐, 학원장에게 흐르고 있는 인간의 피는 세대와 함께 엷어져서 지금은 극히 미세한 비율일 테지.

또한 용사 셈트의 직계 자손인 크리스티나 씨에게도 학원장보다 낮은 비율일지언정 하이 엘프의 피가 흐르고 있다는 뜻이 될 테고.

나는 감개에 잠긴 채 커다랗게 숨을 내쉬었다.

"인간으로 다시 태어난 이후 16년 남짓. 설마 과거에 나를 토벌했던 용사들의 자손을 두 사람이나 만나게 될 줄은……. 분명 운명의 여신들은 간섭하지 않았습니다만, 자꾸 무엇인가 암약을 한 것이 아닌가 의심하고 싶어지는군요."

"두 사람…… 그러면 드란, 역시 다른 하나는?"

"흐음, 학원장님도 알아보셨군요. 짐작하시는 대로 크리스티나 씨도 일곱 용사의 자손입니다. 게다가 아마 틀림없이 제게 마지막 일격을 꽂아 넣었던 셈트의 직계 자손이지요. 단순하게 혈통만 이어받은 게 아니라 저를 죽임으로써 발생했던 용 멸살의 인자─ 정확하게는 고신룡 멸살의 인자를 유일하게 이어받았습니다. 크리스티나 씨도 자신의 일족이 과거에 무슨 행위를 했는지 아는 눈치입니다만, 아직 상세하게 묻지는 않았습니다. 억지로 캐물을 일도 아니니까요. 생각해보면 거의 타인이라고 말하는 게 옳기야 하겠습니다만, 일단 학원장님과 크리스티나 씨는 친척 관계에 해당하는군요."

용 멸살의 인자를 계승했다는 내 발언을 듣고 학원장은 애처롭게 얼굴을 수그렸다.

나를 토벌했던 일곱 용사들 중에서도 최후의 일격을 꽂은 셈트만이 짊어지게 되어버렸을 인자가 지금껏 자손에게 계승되고 있는 사실에 대한 한탄과 깊은 업을 느꼈기 때문일 테지.

가깝게 지낸 인물이 전세의 나를 죽였던 인물의 자손임을 알고 세리나는 적잖이 동요해서 매달리듯 나의 팔꿈치를 붙잡았다.

세리나의 손에 나 또한 손을 겹쳐서 「나는 아무것도 신경 쓰지 않아」라고 동작으로 전했다.

"셈트의 자손에게 용 멸살의 인자를 짊어지게 한 것은 저로서도 예상외였습니다. 어떻게든 그 인자를 제거해주고 싶어서 고심하고 있는 중입니다만, 좀처럼 괜찮은 방법이 떠오르질 않는다는 것이 현 상황입니다."

크리스티나 씨와 셈트에 대한 연민을 섞어 발언하는 나에게 디아드라가 조금은 이상하다는 얼굴로 질문했다.

"있잖아, 드란. 살짝 신경 쓰이는 부분인데 너는 올리비에나 크리스티나의 선조에게 살해당한 과거에 원한은 없는 거야? 네 원수의 자손이잖아. 아니면 역시 세대가 너무나 많이 바뀌었기 때문에 더는 신경이 안 쓰이려나?"

"디아드라는 묻기 어려운 부분을 거침없이 묻는구나. 그런 게 너의 좋은 구석이지만 말이야. 나는 일곱 용사들이나 학원장님, 크리스티나 씨에게 아무것도 원한을 느끼지 않아. 그 무렵의 나는 살아가는 데 지쳤었거든. 그러니까 그들이 나를 죽이러 왔을 때도 달갑게 처분을 받아들였지. 오히려 크리스티나 씨의 사정을 대충 알게 된 이후에는 내가 미안한 일을 저질렀다는 생각이 들더군."

"흐응, 지금의 넌 살아가는 게 너무 즐거워서 하루하루를 아끼는 것처럼 보이는데, 옛날에는 이것저것 많이 힘들었었나 봐."

"조금 정신적으로 약한 부분이 있었던 거지. 동포들도 제법 걱정했달까, 한숨을 지었어. ……자, 들었다시피 학원장님, 저에게 뭔가 부담감을 느낄 필요는 없습니다. 아무쪼록 신경 쓰지 마시길. 괜히 어려워하시면 제가 더 민망하니까요."

"그렇게 말해주니까 얼마간 어깨의 짐을 덜어 낸 기분입니다. 크리스티나에게는 언제 말해줄 계획이세요?"

"시기를 봐서…… 말해야겠죠. 이번과 같은 뜻밖의 기회가 아니라면 「나는 너의 선조에게 살해당했던 용의 환생입니다」라는 말을 꺼내기가 대단히 어렵잖습니까."

그건 그렇다, 이곳에 있는 전원이 쓴웃음을 지었다.

다행히 크리스티나 씨가 가지고 있는 용 멸살의 인자는 직접 용종과 대치한 경우가 아니라면 실생활에 해를 끼치지는 않는다. 다만 선조가 죄를 지었다는 죄책감을 품고 있는 듯하니 어떻게든 가슴속 암운을 걷어 내줘야겠다고 강하게 바랄 따름이다.

"흠, 일단 대강의 의문은 풀어냈다고 말할 수 있겠군요. 그나저나 엔테 위그드라실, 몸 상태는 이제 괜찮은 듯 보인다만, 혹시 축제는 어떻게 마무리할 예정이려나?"

이제껏 얌전하게 나와 학원장의 대화에 귀를 기울이고 있었던 엔테 위그드라실은 「네」 하고 진지한 얼굴로 고개를 끄덕거렸다.

규중처녀 같은 무구함과 살짝은 얼빠진 구석이 있는 어린 위그드라실이지만, 자신의 슬하에 모인 주민들에 대한 책임감으로 가득 찬 진지한 표정이었다.

"제가 책임을 지고 예정대로 진행하겠습니다. 축제를 기대하면서 와준 모두의 기대를 배반할 순 없는 노릇이에요. 대정령들과 드란 님의 고마운 진력 덕택에 마계의 독기에 의한 오염은 제 숲에서 모두 제거되었어요. 지금 제 상태라면 축제를 실행하는 데 문제도 없는지라 모쪼록 안심하시길. 그리고…… 드란 님, 저는 편하게 엔테라고 불러주세요."

엔테 위그드라실은 생긋 미소 지었다.

나는 세리나와 디아드라가 「끙」 작게 중얼거리는 소리를 흘려듣지 않았다. 무엇인가 마음에 걸리는 부분이 있었나 보다.

엔테에게서 호의를 받고 있다는 것은 느껴진다만, 이는 어디까지나 신뢰나 우애의 감정일 텐데. 두 사람 다 너무 과민한 반응이다.

"알겠어. 그럼 바라는 대로 이제는 엔테라고 부르도록 하지. 내일부터 열릴 축제를 기대하고 있겠어."

"네, 아무쪼록 많이 기대해주세요. 드란 님."

엔테는 그렇게 말한 뒤 정말 기뻐하면서 그윽하게 미소 지었다.

†

내가 엔테, 학원장과 회견을 진행하던 무렵.

분신체인 나는 카라비스와 함께 대마계의 「어느 장소」를 방문했다.

아니, 정확하게는 「강습했다」라는 표현이 옳겠군.

가반이 본체인 나와 싸우던 중에 「지상 세계의 수목 및 세계수를 수집하고 있다」라고 발언했던지라 내가 마침 대마계에 있던 분신체로 가엾은 포로들을 구출하기로 결정했기 때문이다.

눈 아래의 부유 대륙에는 가반이 거처했던 성이라 짐작되는 건물이 우뚝 서 있고, 주위에는 서로가 서로 잡아먹는 극채색의 식물로 뒤덮여 있었다.

부유 대륙에서는 상공에 멈춰 선 나를 감지한 악마와 마도병들이 운무처럼 솟아나서 이쪽을 향해 비행하고 있다.

"성 내부에 강한 힘이 있구나. 주인이 부재하는 동안 관리를 맡은 악마공들인가. 세계수들은…… 저쪽에 있군."

나의 무지갯빛 용안은 부유 대륙의 3분의 1에 해당하는 거대한 성의 중핵에 붙잡혀 있던 세계수들의 모습을 포착했다.

시간을 정지당한 개체, 돌 안에 갇혀버린 개체, 숨이 곧 끊어질 듯한 개체, 온몸에 상처를 입은 채 죽음도 치료도 허락받지 못하고 방치당한 개체.

하나같이 불쾌하며 나의 분노를 들쑤시는 광경이 펼쳐져 있다.

"괘씸한 가반, 감히 이렇게까지 시답잖은 짓을 벌이다니."

으득으득 세게 맞물리는 송곳니에서 천둥 같은 소리가 흘러나온다.

급속도로 나와 거리를 좁히고 있던 악마들은 내가 고신룡 드래곤임은 깨닫지 못한 채 외견 그대로 단순한 백룡이라고 치부하는 듯싶다.

뭐, 되었다. 저쪽에서 먼저 덤벼준다면 도망치는 것들을 좇아 해치울 수고를 덜 수 있겠다.

"뭐야, 진짜로 뭐야. 무지라는 진짜로 무섭구나, 불쌍하구나, 가엾구나. 드랑한테 싸움을 걸겠다고 막 날아오네!"

나의 오른쪽 어깨 위에는 검은 가죽제 전신 옷으로 풍만한 몸을 감싼 카라비스가 걸터앉아 있었다. 카라비스는 생글생글 만면의 미소를 지은 모습이 대단히 기분 좋아 보인다.

"내가 숨기고 있는 까닭이기도 할 테지만, 어쨌든 간에 관계없다.

나를 알아서 덤비든 몰라서 덤비든 결과야 바뀌지 않을 테니까."

"와아! 드랑, 의욕이 막 넘치는구나. 나였다면 절대 싸우고 싶지 않았을 거야. 그나저나 말이야, 귀염둥이 세계수들을 구출할 작정인가 본데, 가반 군의 성에 붙잡혀버린 아이들만 구하고 말 거야? 여기 말고도 붙잡혀 있는 지상의 아이들이 제법 많거든? 드랑이 살아 있었던 시절에는 합의 없이 지상의 녀석들을 데려오는 건 다들 자주적으로 삼갔지만 말이야. 불쑥 드랑이 죽은 다음부터는 은근슬쩍 대충 막 손대고 다녔거들랑~."

"내 눈에 보이는 범위에서 구할 것이다. 다만 스스로 원했기에 혼을 거래한 자는 자업자득이라고 말할 수밖에 없겠군. 뜻하지 않게 횡액을 당한 자, 강제로 제물이 된 자들은 가능한 한 구해야겠지. 그 과정에서 방해를 하고 나서는 것들이 있다면 무력으로 배제할 뿐."

"아하하핫, 드랑답게 물렁한 판단이네. 그나저나, 드랑의 눈에 보이는 범위라면 말이야, 대마계가 전부 싹 들어와 버리잖아~? 뭐, 드랑은 진짜 실행이 가능한 힘을 갖추고 있다는 게 은근히 못됐다니까."

"무리해서 따라오지 않아도 된다. 너 또한 부정할 수 없는 사신이잖은가."

"괜찮아, 괜찮아. 서로 사양하지 말자고~. 나랑 드랑의 사이잖아. 게다가 말야, 난 다른 대마계의 녀석들 따위 아무래도 좋거든. 대마계 녀석들을 전부 저울에 올려도 압도적으로, 절대적으로 드랑한테 기울어지는걸. 예전부터 쭉 말했잖아? 나는 드랑을 진짜

사랑한다고!"

생글생글 여름철 해바라기처럼 웃는 카라비스를 바라보면 눈앞의 여성이 사악한 대사신이라는 사실을 잊어버릴 것 같다.

그만큼 천진난만하고 진한 애정으로 가득 찬 웃음이었다.

흠, 가끔은 카라비스가 사신이라는 사실을 잊어보는 것도 괜찮겠군.

"그래, 고맙다, 카라비스. 그렇게까지 말해준다는 게 솔직한 심정으로 많이 기쁘군."

스스로도 쓱 힘이 빠져서 부드럽게 웃고 있음을 깨달았다.

이제껏 쭉 신랄한 태도를 취해왔던 내가 다정한 목소리로 감사의 뜻을 전하자마자 카라비스는 눈이 왕방울처럼 휘둥그레져서 놀랐다.

그러고는 안면이 붕괴할 듯한 기세로 황홀해하는 표정을 짓더니 온몸을 흥분과 환희로 발갛게 붉히면서 나에게 한 번 더, 한 번 더, 졸라 대기 시작했다.

"와아아, 와아아, 와아아. 드랑한테 고맙다는 말을 들었어. 나한테 웃어줬어!! 저기저기저기저기저기, 드랑, 한 번 더, 한 번만 더 말해줘. 말해줘말해줘말해줘말해줘어~!"

"거듭 말한다면 고마운 마음도 엷어질 텐데."

"백억 번 들어도 절대 안 엷어진단 말이야!"

흐음……. 스스로 말하는 것과 보챔을 받아 말하는 것은 상당히 다른 기분도 든다만……. 뭐, 천진난만하게 기뻐하는 모습인 만큼 한 번 정도는 상관없겠군.

"고맙다, 카라비스."

감사하는 마음은 사실인 터라 방금 전과 똑같은 만큼 감사의 뜻을 담아서 입을 움직이자 카라비스는 자기 신체를 부둥켜안고 자꾸 온몸을 덜덜 떨면서 몸부림치기 시작했다.

—저리 기쁜가?! 나는 놀랐다만 카라비스는 전혀 아랑곳 않고 혼까지도 떨리는 기쁨에 잠겨 있었다.

"~~~~……후후후후후, 아하하하하하, 으하하하하하하하하하!! 나의 세상에 봄이 왔구나~~~~. 이얏호~~. 겨우 드랑이 웃어줬어!! 길었지, 영겁의 절개를 지켰던 끝에 드랑의 마음속 아성을 살짝 한 조각이나마 허물어뜨렸다고!!"

도대체 뭘까. 이렇게까지 기뻐하면 흐뭇함을 지나쳐서 꺼림칙하달까…….

"아아, 드랑, 나는 정말로 기분이 좋아!! 좋았어, 저딴 멍청한 악마 놈들은 후다닥 정리하고 붙잡혀 있는 귀염둥이 세계수들 정령들 전부 얼른 다 구해주자! 파괴와 망각과 「사랑」의 여신 카라비스, 다녀오겠습니다~~~~아앗!!"

사랑? 사랑의 여신? 카라비스에게 가장 어울리지 않는 칭호가 아닌가.

최고위의 대사신은 어깨를 빙글빙글 돌리면서 막 들이닥치는 악마들에게 달려들었다.

결국 이날에 대마계에서 해치웠던 악마 및 사신의 권속들 숫자는 나보다 카라비스가 오히려 조금 더 많았다. 카라비스가 얼마나

기합을 넣어 날뛰었는지 충분히 짐작이 된다.

동시에 카라비스와 함께 곳곳에서 날뛴 덕분에 나의 부활, 즉 드래곤의 부활 소식은 온 대마계에 완전히 널리 알려졌기에 이 이후 지상 세계에 대한 간섭이 격감하게 되었다.

대마계 각지에서 사신 및 악마들에게 붙들려 있던 가엾은 희생자들을 구출한 다음에도 분신체인 나는 잠시간 이곳에 남아 있었다.

살아남은 다른 사신들이 동포의 원수를 갚겠다고 들이닥쳤기 때문은 결코 아니었다.

실상은 오히려 반대였던지라 대마계의 주민들 대부분이 반쯤 광란한 채 이리저리 도망 다니고 있는 형국이다.

과거에 인간 용사들에게 토벌되었다고 알려져 있는 내가 부활했고, 더군다나 대사신 카라비스가 변덕을 발휘해서 나에게 조력하고 있는 상황이니까 무리도 아니었다.

적어도 우리를 상대해서 싸움을 벌이겠다는 과한 만용을 부리는 자는 단 하나도 없었다.

그럼 어째서 내가 아직껏 마계에 머물러 있는가, 눈앞에 무릎을 꿇고 앉아서 반성의 뜻을 온몸으로 표명하는 카라비스에게 원인이 있다.

마계에 펼쳐져 있는 무한의 어둠 한복판 위에 떠오른 내 앞에서 카라비스는 점점 몸을 움츠리다가 사라져버릴 것처럼 잔뜩 쪼그라들었다.

"자, 카라비스여."

"네."

내가 이름을 부르는 대로 카라비스는 즉각 응답했다.

다만 인형이 입을 벌리는 것처럼 억양이 없는 딱딱한 목소리이고 평소의 카라비스다운 구석은 완전히 싹 사라졌다.

나의 역린을 건드리는 짓을 저질러버렸다는 자각이 있기 때문에 몹시 미안해하는 탓이다.

"니드헬을 처단하고 대마계에 붙들려 있던 피해자들을 구출하기 위해 우리는 이곳에 남아 힘을 휘둘렀다. 여기에는 문제가 없을 터이지?"

"네, 맞아요."

"나 혼자 처리할 작정이었다만, 네가 나서서 협력하겠다고 말해 준 것은 분명히 감사하는 바이다."

"네, 저도 드랑한테 도움이 될 수 있어서 기뻐요."

"흠, 대마계에 남았던 이유는 잘 이해하고 있군. 그러면 묻겠다만, 보잘것없는 사신과 함께 구출해야 할 피해자까지 한꺼번에 날려버릴 뻔했던 것은 어디의 누구인가? 음?"

움찔, 커다랗게 카라비스의 몸이 경련한다. 살짝 배어나는 나의 노여움을 느껴서인가.

"드랑의 눈앞에 있는 제가 맞아요."

나는 무의식중에 한숨을 내뱉었다. 길게, 무겁게, 깊은 한숨이었다.

그 소리를 들은 카라비스는 더욱더 면목 없다는 듯이 얼굴을 수그린 채 몸이 쪼그라든다.

이런 모습을 보았을 때 카라비스가 진심으로 후회하고 반성하고 있다는 것은 분명하군. 옛날의 카라비스와 비교하면 꽤 많이 기특해졌구나.

"카라비스, 어째서 그런 짓을 저질렀지? 그런 행동만 아니었다면 나는 너의 조력에 진심으로 감사하고 칭찬해주었을 텐데."

내 목소리가 한탄의 울림으로 젖어 있음을 듣고 깨달은 카라비스는 얼굴을 들어 올리더니 내 눈동자를 똑바로 바라봤다.

나 또한 카라비스의 눈동자를 마주 바라보다가 무심코 숨을 멈췄다.

아아, 어쩌다가 이리되었단 말인가.

천계, 마계 지상계 전체에 제 악명을 널리 퍼뜨린 대사신. 파괴와 망각을 관장하는 여신이 어린아이처럼 뚝뚝 커다란 눈물방울을 흘리고 있지 않은가!

"드, 드랑이 다, 다정하게 대해쥬니까, 기뻐셔……. 흐흑……. 그, 그니까 더, 더 마니 열씨미 드랑한테 칭챤을 받고 시펐는데, 착한 아이들이 눈에 잠깐만 안 들어와서어……. 일부, 일부러 착한 아이들까지 댜치게 만들려고 한 계 아니야아아. 이거, 이 말은 진짜니까, 잘못, 잘못했어어어요오오오!! 이제 다시는 실수 안 할 테니까, 미워하지 마아아아아!! 흐에에엥~~~~ 흐흐흑."

마침내 카라비스는 부끄러움도 없이 눈치도 없이 큰 목소리로 엉엉 울음을 터뜨렸다.

비유가 아니라 진정 카라비스의 두 눈에서는 눈물이 폭포와 같은 기세로 흘러나오면서 대마계의 구석에 떨어지고 있다.

카라비스의 눈물에서 무엇인가 터무니없는 개체가 태어날 것 같기는 한데, 지금은 내 눈앞에서 울고불고하는 카라비스를 달래주는 게 우선이다.

다행히 카라비스의 공격에 휘말릴 뻔했던 대상들은 내가 늦지 않게 구출에 나섬으로써 횡액을 모면했다.

카라비스가 불쑥 태도를 바꿔서 욕지거리하거나 도망쳤다면 모를까, 이렇게 울음을 터뜨리는 것은 나도 예상외였기에 솔직히 말하자면 간이 떨어지는 기분이었다.

그건 그렇고 이런 카라비스는 전세를 포함해서 처음으로 본다.

대체 무엇을 어떻게 하면 되려는가 나는 망연자실할 수밖에 없었다.

"다치게 할 뜻은 없었고 반성도 한단 말이지?"

카라비스는 큰 목소리로 울고불고하면서 끄덕끄덕 머리를 위아래로 움직였다.

기세가 쇠하지 않는 눈물의 폭포를 바라보면 이러다가 곧 온몸의 수분이 다 흘러넘쳐서 말라버리는 것이 아닌가 싶을 정도였다.

"흐음, 알았다, 알았어. 이 건은 특별히 다친 녀석도 없었고 너의 조력 덕택에 편하게 일을 마친 것도 사실이지. 더 이상 너를 책망하지는 않을뿐더러 화내지도 않는다. 그러니까 슬슬 눈물을 거두어라. 어서, 콧물에 침까지 줄줄 흘러나오질 않나."

안면을 쭈글쭈글 구긴 카라비스는 훌쩍훌쩍 흐느끼면서 불안과 기대와 안도가 한데 뒤섞인 눈동자를 나를 바라봤다.

"저, 정말로……?"

이제야 눈물이 멎었는가, 안도했다만 일단 못을 박아 두기를 잊어서는 안 된다. 세 걸음 걸어가면 주의받았던 기억을 잊어버리고 똑같은 잘못을 되풀이하는 것이 카라비스의 기본적인 성질이니까.

"거짓말은 하지 않는다. 다만 카라비스여, 이미 몇 번째인지 알 수가 없다만, 진정 다음부터는 똑같은 과오를 되풀이하지 마라. 이것만큼은 철저하게 지켜다오."

약간 애원하는 울림이 섞여 있다는 것은 부정할 수 없는 내 당부에 카라비스는 목이 떨어지려는 기세로 거듭거듭 끄덕거렸다.

그때마다 눈물이며 콧물이며 침 따위가 날아드는지라 나는 일일이 저것들을 피하든 막든 몸을 움직여야만 하는 처지가 됐다.

"응응응응응응응응응, 응! 이제 안 할게~~. 미안, 미안해, 드랑, 으아아아아아아아아아아아아앙~~~~~~~~!!"

카라비스 녀석, 또 울음을 터뜨리는군.

흐음, 흠, 이래서는 울음을 그칠 때까지 쭉 달래줄 수밖에 없나?

나는 눈물 및 콧물 이외에도 카라비스의 다리 사이에서 졸졸 흘러나오는 액체를 보고도 못 본 척하며 망연자실했다.

내가 시선을 돌린 직후에 크흥, 힘찬 소리가 들려왔다만, 이번에도 못 들은 시늉을 했다.

그나마 내가 카라비스에게 해줄 수 있는 최대한의 배려였다.

그렇게 생각하고 싶다. ……후유.

제5장 축제

자, 나의 분신체가 대마계 한쪽 구석에서 망연자실하고 있던 동안에 본래의 나는 엔테 및 학원장과 회견을 마친 뒤 아지람 씨 댁으로 돌아가기 위해 세계수를 뒤로했다.

엔테는 아직도 더 많이 이야기를 나누고 싶은 눈치였기에 내가 물러난다니까 거듭 아쉬워했다.

그렇군, 어리다고 평했던 학원장의 말은 지당하다.

세계수를 방문했던 시간이 저녁 식사 이후였던 까닭도 있어 아지람 씨 댁에 도착했을 무렵에는 밤도 완전히 깊어져서 디프 그린과 엔테의 숲은 까맣다기보다는 짙은 보라색에 가까운 황혼의 화장에 덮여 있었다.

도시 곳곳의 처마 끝에는 빛을 발하는 꽃이며 이끼가 초 대신 걸려 있어서 마치 별하늘이 지상으로 내려온 것 같았다.

밤의 어둠에 감싸인 채 올려다보는 만천의 별하늘이며 반짝반짝 빛나는 달도 아름답다만, 이러한 광경 역시도 또 다른 감흥이 있다.

엔테의 숲 주민 중에는 밤 사냥을 전문으로 하는 부류도 있는 듯 때때로 활이나 단창을 휴대한 채 집을 나서는 사람들과 스쳐 지나갔다.

베른 마을에서는 밤중이면 집에 틀어박힌 채 내일의 준비를 하고 일찌감치 잠드는 것이 습관이지만, 이 부분은 생활 환경과 종족의 특성 차이이겠다.

우리는 아지람 씨에게 늦게 돌아온 사죄의 말을 전한 뒤 집안에 들어서서 미리 준비해주신 방에 들어가 한숨 돌렸다.

한편 대마계도 카라비스가 협력해준 덕분에 희생자들의 해방은 순조롭게 이루어졌다. 그 후에 어쨌든 카라비스를 달래주기는 했다만······.

일단은 디프 그린에 온 이후 벌어졌던 말썽거리는 결판이 났다고 판단해도 될 테지.

나는 침대에 걸터앉아서 창문 너머로 펼쳐지는 밤의 숲과 수많은 빛에 비추이는 세계수를 바라보고 있었다.

얼마 뒤 조심스럽게 문을 노크하는 소리가 울려 퍼졌다.

"들어와."

"밤늦게 미안. 실례할게, 드란."

노크의 주인은 평소의 검은 드레스에서 잠옷으로 갈아입은 디아드라였다.

눈 둘 곳을 모르겠다고 말하고 싶을 만큼 옷감이 얇고, 몸의 선이 비쳐 보이는 저 차림새는 강철의 자제심 정도라면 아마 맥없이 육욕에 패배해버릴 만큼 요염하고 자극적이었다.

풍만하게 영글어서 뾰족 위쪽을 향하고 있는 탄력적인 가슴. 한 차례 대담하게 잘록해졌다가 다시 부드러운 살점이 솟아나는 엉덩이. 두 개의 가슴 끝부분에 있는 돌기 및 유려한 선을 그리는 복부에 있는 소담한 배꼽까지도 들여다보인다.

여성만 있는 꽃의 정령들 사이에서 오래 생활한 영향일까, 애초에 흑장미의 정령이기 때문일까. 디아드라는 수치나 윤리 측면에서 인간과는 커다랗게 다른 부분이 있었다.

거참, 횡재라고 생각해야 하나, 고문 같아서 괴로워해야 하나.

지금의 디아드라를 앞에 둔다면 어떤 금욕적인 인물일지라도 헤죽헤죽 표정이 풀어질 것이 틀림없겠다.

평소 디아드라가 걸치고 있는 드레스와 마찬가지로 이것도 흑장미 정령의 힘으로 엮은 육체의 일부분이라고도 말할 수 있는 의복이다. 디아드라는 딱히 수면을 필요로 하지 않을 테니까 실내라는 사정도 있어 평소의 드레스보다 편한 차림새를 의식한 결과일 테지.

타인을 유혹하는 옷으로밖에 안 보인다만, 디아드라에게 밤놀이 같은 생각은 없는 듯싶다.

남자로서는 유감스럽게 받아들여야 하는 부분일 수도 있겠군.

"아니, 잠이 안 와서 풍경을 바라보고 있던 참이야. 디프 그린의 야경은 그리 간단하게 구경할 수 있는 곳이 아니니까. 이야기 상대가 되어준다면 오히려 고맙지."

"그래? 그러면 다행이야."

선명한 붉은색을 띤 입술을 움직여서 살짝 웃더니 디아드라는 내가 권하는 의자에 걸터앉았다.

열어 둔 창문에서 비쳐 들어오는 엷은 달빛과 실내의 박명 안쪽으로 살며시 떠오르는 디아드라의 자태는 다른 무엇에 비유하려는 시도가 허망하게 느껴질 만큼 오로지 아름답고 신성하게 보인다.

"무슨 일이야? 잠이 안 오나?"

내 질문에 디아드라는 오른쪽 둘째 손가락을 입술에 가져다 댄 뒤 잠시 고민하는 몸짓을 보여줬다.

저러한 얼핏 순진하게 보일 동작도 아름다운 흑장미 여인이 하면 세상을 기울어뜨리는 마성의 여자처럼 마주 대하는 사람을 매료시킨다.

디아드라는 입술에서 손가락을 떼고 사락사락 흘러내리는 흑발에 빙글빙글 손가락을 휘감기 시작했다. 무엇인가 구체적으로 할 이야기가 있어서 내 방을 찾아온 것은 아닌 듯싶다.

그나저나 게오르그 일당과의 사건 이후로 거슬러 올라가서 돌이켜봐도 디아드라와 단둘이 있게 된 상황은 상당히 드묾을 나는 깨달았다.

항상 세리나, 피오, 마르까지 세 사람 중 누군가 한 명은 꼭 같이 있었고, 단둘이 시간을 보낸 경험은 거의 없었더랬다.

"그러, 게. 오늘 하루 동안에 너무나 많은 일을 겪었던 탓에 눈이 말똥말똥해서 난감한 건 분명히 맞아. 전투의 고양도, 그리고 공포도 아직 마음속에 남아 있는걸."

"공포인가. 대악마에 악마공, 끝내는 마왕의 아들까지 등장했잖아. 아무리 네가 여걸이어도 조금은 공포를 느꼈겠구나. 후후, 디아드라에게 약한 소리를 듣는 건 귀중한 경험이지, 이렇게 말하면 화내려나?"

"화내지 않아. 네가 상대라면 나의 약한 부분을 보여줘도 괜찮다고 생각하니까. 그래도, 자꾸 놀리면 삐칠지도 모른다?"

"그럼 곤란하지. 화내는 것보다 삐치는 게 더욱 힘겨울 테니."

"맞아. 그러니까 말은 항상 조심하렴. 후후."

내가 호들갑스럽게 어깨를 으쓱거리자 디아드라는 어째서인지 기뻐하며 웃었다. 흐음, 사실은 이렇게 쓸데없는 대화를 주고받고 싶어서 왔으려나?

마법 학원에 입학했던 이후 디아드라와는 이야기할 기회가 현저하게 줄어들기도 했고, 떨어져 지낸 시간을 메우기 위해 이 밤을 소비하는 것도 괜찮겠지.

"그렇군. 디아드라와 이렇게 단둘이 이야기하는 것도 오랜만이야. 모처럼 맞은 기회이니까 기분을 상하게 만들고 싶지는 않군."

"좋아, 이 짧은 시간을 즐기도록 하자. 즐거운 시간은 빨리 지나가잖아. 무척 유감스럽게도. 다만 원래는 용이었다는 네가 시간의 흐름을 어떻게 느끼는지 나는 잘 모르겠지만."

"즐거운 시간은 빨리 지나간다는 말에는 전면적으로 동의해야겠군. 게다가 나도 지금은 인간으로 삶을 누리는 몸이지. 시간의 흐름은 인간과 똑같이 느끼고 있어. 디아드라는 흑장미의 정령이니까 인간보다 훨씬 장수하잖아? 시간의 흐름이 완만하게 느껴지는 게 아닌가? 뭐, 비슷한 처지의 우드 엘프나 꽃의 정령들과 함께 지내는 만큼 별로 느낀 적은 없을지도 모르겠다만."

"그러게, 아라크네나 우드 엘프만 해도 인간과 비교하면 오래 살아가니까 네 말이 맞지 않으려나. 그런데 달리 생각하면 너와 함께 지낼 수 있는 시간을 돌아보게 될 수밖에 없게 되잖아. 저기, 드란? 너는 인간의 천수를 누릴 생각이야? 아니면 용의 힘을 활용해서 유구한 세월을 살아갈 거야?"

"어려운 부분을 콕 찌른다고 푸념을 하고 싶다만, 학원장님에게도 말했던 대로 인간의 천수를 누리다가 떠날 생각이야. 지금까지는, 뭐. 다만 세리나를 외면할 순 없고……. 앞으로 일어나는 사건에 따라서는 수명을 연장시킬 수도 있겠고 또 다른 방법을 마련할수도 있겠군. 뭐, 벌써 특별히 생각해 둔 것이 있지는 않고."

"흐응, 구체적인 수단은 아직이어도 세리나를 염려는 하는구나. 무책임한 사람이 아니라면 나 역시 기뻐해야지."

"세리나의 삶을 바꿔 놓았다는 자각은 갖고 있으니까. 수명이 다했습니다, 뒷일을 모르겠습니다, 대충 넘어갈 순 없는 노릇이잖아."

단순하게 수명만 생각하면 일단 틀림없이 세리나가 나보다 더오래 산다.

세리나를 나의 사역마로 거두었다지만, 마법 학원에 재적하고 있는 기간으로 한정할 생각이었는데 마법 학원을 졸업한 이후에도 세리나는 베른 마을에 머물러 내 곁에 함께하기를 선택해줄 것이다.

물론 세리나가 내게 애정을 쭉 갖고 있어야 한다는 전제 조건이 필요하다만.

"그래, 뭐, 드란이라면 그 정도는 생각하고 있었겠지. 그렇게 착한 아이는 정말 드무니까 꼭 소중하게 아껴줘야 한다?"

"세리나가 나에게는 아까운 아가씨라는 것을 다른 누구보다도 절감하고 있어. 소홀히 대했다가는 천벌을 받을 거라고 늘 마음에 깊이 새기고 있지."

"도대체 어디까지 알고 있는 걸까? 너는 둔감한 것 같으면서 사실은 전부 다 헤아리고 있는 것 같기도 하고, 마음속이 잘 안 보인단 말이야."

디아드라는 마치 마음속을 들여다보려고 시도하는 것처럼 나를 빤히 쳐다본다.

저 안쪽에 담겨 있고 싶다고 남녀노소를 따지지 않고 저절로 바라게 되는 고혹적인 눈동자를 나 역시 따라서 빤히 쳐다봤다.

"나만큼 감정 변화가 알기 쉬운 인물도 없지 싶다만. 얼굴에는 잘 나타나지 않아도 분위기의 변화로 일목요연하다고 자주 말을 들었는데."

"으응~ 그야 그렇기는 한데……. 유독 남녀 관계에서는 너를 잘 모르겠어. 나 자신도 미묘한 애정 관계에는 좀 어두운 부분이 있지만, 너는 묘한 곳에서 선을 긋고 있달까……. 벽을 세워 놓았달까……."

"흐음, 그런 말을 듣기는 처음이군. 뭐, 나의 감성이나 가치관에 독특한 구석이 있단 생각은 드는군. 알맹이가 알맹이니까 말이지."

"그런 대답이 돌아오면 되게 난처하잖아. 알고 지내는 용이라고 해 봐야 너 하나뿐이니까 네가 평범한 건지 안 평범한지 판단이 안 되는걸. 너 말야, 자기 내력을 되게 유용한 변명거리로 생각하는 거 아니야? 그래도 조심하는 게 좋아. 네가 용의 전생자라는 사실을 아는 상대가 아니면 안 통하니까."

"그런가, 전가의 보도를 손에 넣었다고 생각했었다만, 역시 사용법이 꽤 어려운데."

흐으음, 살짝 신음하는 나를 보고는 디아드라가 쿡쿡 웃었다.

"후후, 있잖아, 드란. 네가 용들의 신 비슷한 존재라는 말을 들었는데도 나랑 세리나가 별로 실감이 안 들었던 이유는 너의 친근함 덕분일 거야. 보통 신이라고 불리는 존재가 우리와 마찬가지로 화내거나 웃거나 울거나 하는 모습은 상상이 안 되잖아. 그래도 너는 우리를 평범하게 걱정해주고, 우리에게 웃어주고, 게다가 소중하게 아껴주는걸. 너무 가까워서 우리와 똑같다는 생각이 들어. 그러니까 별로 많이 놀라지는 않았던 것 같아. 물론 네 힘이 우리는 상상도 제대로 못 할 만큼 거대하다는 것은 이제껏 알고 지내는 동안 잘 이해하게 됐지만 말야."

"나도 한마디 하자면 너희는 신을 좀 과하게 미화하는 거야. 그들도 역시 마음이 있고, 아름다운 부분도 추한 부분도 있지. 지상의 주민들과 큰 차이는 없어. 지상에서 살아가는 생명들의 창조주이니까 어쩔 수 없이 피조물 쪽에도 창조주의 심성이 반영되는 법이거든."

"이렇게 정리할 수 있는 것도 네가 직접 신들과 만난 경험이 있기 때문이겠지? 우리는 어쨌든 간에 인간들이 네 정체를 알면 꽤 많이 놀라지 않으려나? 인간이나 아인이 믿는 신들과 대부분은 안면이 있는 사이지?"

"여섯 대신과는 전원 아는 사이이고, 내가 몰라도 상대는 나를 알고 있는 경우도 많을 거야. 나의 개인적인 우호 관계도 있고."

"흐응, 전승이나 신화에서나 간간히 고신룡이라는 말이 나와서 보고 넘겼는데, 역시나 너는 굉장한 존재였구나. 그래도 예전과 태도가 바뀌지 않는다는 게 정말로 기뻐."

"오히려 내가 할 말이지. 이전처럼 대해주는 게 나에게는 가장 큰 기쁨이야."

내가 훗 웃음을 짓자 디아드라도 따라서 마음을 허락한 상대에게만 보여주는 미소를 머금고 침대에 걸터앉아 있던 내 왼편에 옮겨 앉았다.

새롭게 의미심장한 미소를 짓고 디아드라는 침대에 두 손을 짚은 채 의식하는지 무의식중인지 잠옷 사이로 들여다보이는 깊은 계곡을 내게 과시하면서 쓱 얼굴을 가져다 댔다.

디아드라의 머리카락과 피부에서 흘러나오는 흑장미의 내음은 악마마저도 독살하는 흉악함을 숨긴 채 마음을 취하게 만드는 싱그러운 향기로 내 콧속을 간질였다.

아름다운 여성 표범처럼 등을 휘어뜨리고 내 얼굴을 올려다보는 디아드라의 매력을 숨 쉬는 것조차 잊어버리고 홀린 듯이 쳐다보게 될 만큼 아찔했다.

"예전처럼 쭉 똑같이 지내는 것도 나쁘지 않겠지만, 나는 더 많이 나아가는 관계도 되고 싶은데."

디아드라의 흑발이 한 가닥, 백자 같은 뺨으로 사라락 흘러내린다.

한 차례 호흡을 할 때마다 새로운 흑장미의 꽃 향이 방 안을 가득 채워서 요염하게, 그리고 자극적인 분위기를 연출해 낸다.

"적극적이구나, 디아드라. 너는 이런 행위에 별로 관심이 없는 것 같다고 생각했었는데."

"후후, 나 스스로도 같은 생각이었지만, 만나지 못한 동안에 마음이 많이 애끓었었나 봐. 게다가 오랜만에 만나서 보니까 세리나에게 꽤 추월을 당한 것 같았고. 시치미 떼는 얼굴— 아니, 태도로 모른 척하는 게 너는 참 나쁜 남자라니까?"

아름다운 디아드라, 우아한 디아드라, 요염한 흑장미 정령의 눈동자는 오로지 내 눈동자를 마주 바라본다.

자신의 진심이 나의 마음에 잘 전해졌는가 확인하고 싶은 것일까.

침대를 짚고 있었던 디아드라의 오른손이 내 왼뺨에 닿았다. 내가 이곳이 있음을 실감하고 본인의 마음을 전달하려는 것처럼 다정하게 천천히 내 뺨을 어루만진다.

"이래 보여도 꽤 긴장했거든? 드라이어드 아이들에게 남자를 기쁘게 만들 방법이라든가 유혹하는 방법이라든가 이것저것 배워서 왔어. 드란, 내가 잘 해내고 있는 것 같아?"

가만히 내게 질문하는 디아드라는 이제까지의 요염하게 아름다운 분위기를 잠시 밀어 두고는 뺨을 주홍색으로 물들이고 있었다.

달빛의 장막을 통해서 보는 디아드라의 수줍음 묻은 표정에 나는 자신의 마음이 커다랗게 동하고 있음을 느꼈다.

"그래, 몹시도."

문 너머에서 귀를 쫑긋 세우고 있는 누군가를 놀리고 싶은 의미에서도.

쓱, 디아드라의 얼굴이 내게 가까워져서 어느 한 지점을 넘어섰을 때…… 우리는 나란히 문 방향을 돌아봤다.

쉿, 입술에 손가락을 대서 소리를 내지 말도록 신호를 준다. 그러자 디아드라는 이미 알고 있었다는 것처럼 두 어깨를 으쓱거렸다.

나는 발소리며 호흡, 체온조차 제어해서 문에 살며시 다가들어 문고리를 붙잡고 안쪽으로 세차게 잡아당겼다.

그러자 문 너머에서 우리의 대화에 귀를 기울이고 있었던 세리나가 꺅, 비명을 지르면서 쓰러졌다.

바닥에 부딪치기 전에 팔을 뻗어서 세리나를 안아주고는 머리가 상황을 받아들이지 못한 기색의 세리나에게 말을 건넸다.

"밤샘은 건강에 안 좋아. 더구나 훔쳐 듣기라니. 나쁜 아이가 됐구나, 세리나."

내가 지적하자 세리나는 정신을 못 차리고 이마에 식은땀이 배어났다.

"와앗, 드란 씨?! 아뇨⋯⋯. 그게 말이죠, 저기 말이죠, 이건 말이죠."

"후후, 내가 드란이랑 뭘 할까 신경 쓰여서 가만있을 수가 없었지? 정말 귀엽게 군다니까."

침대 위에서 딸랑딸랑 구슬 울리는 듯 웃는 디아드라에게 눈길을 보내다가 품속의 세리나는 겸연쩍어하면서 물었다.

"으으으, 디, 디아드라 씨, 언제부터 알고 계셨어요?"

평소의 여유를 되찾은 디아드라는 귀여운 여동생을 보는 눈빛으로 세리나를 놀린다.

"후후후, 글쎄, 언제부터였을까? 다만 네가 예절에 어긋난 행동을 하지 않았다면 어떻게 되었을지는 모르겠네. 그런 의미에서는 예의가 나쁜 행동도 때때로 좋은 결과를 가져오는 것 같아. 가만히 앉아 있다가는 드란을 빼앗겨버릴 것 같아서 조금은 힘을 낸 모양이지만."

"끙끙끙끙끙끙."

세리나는 요즘 자주 보았던 「끙끙끙 표정」을 짓고 있었다.

옆쪽에서 가만히 보면 세리나와 디아드라의 대화는 사이좋은 자매의 장난 같기도 하다는 것이 흐뭇하다.

"유감이야, 드란과 좋은 관계가 될 수 있었을 텐데. 세 걸음 정도 늦었나 봐. 그건 그렇고 잠이 확 달아나버렸네. 세리나도 드란도 하루 정도는 안 자도 괜찮지? 기왕에 모였는데 이대로 수다나 떨까?"

디아드라는 무척 유쾌하게 웃고는 제안했다.

"그게 좋겠군. 여름휴가 동안은 베른 마을에서 지내겠지만, 그 후에는 또 가로아에 가야 하니까."

내가 디아드라의 말에 동의하자 세리나도 거하게 숨을 내뱉더니 마지못해 찬성해줬다.

그렇게 우리는 디아드라의 제안대로 하늘에 황금색 아침 해가 얼굴을 비출 때까지 지난날의 공백과 시간을 메우기 위해 열심히 이야기를 주고받았다.

하룻밤이 지난 뒤 우리는 피오, 마르와 함께 축제에 참가했다.

디아드라만 혼자 무녀 공주의 책무를 다하기 위해서 한발 먼저 엔테가 있는 곳으로 출발했다.

어제 중 예정대로 축제가 개최되리라는 소식을 전달받았던 주민들은 날이 미처 다 밝아지기도 이전 시간부터 집을 나와서 장내를 가득 채웠다.

흐음, 새삼 생각하면 피해가 전혀 없다고 말해도 될 만큼 발생하지 않았군. 굳이 말하자면 류류시를 지켰던 호위 전사들 중 부상자가 발생한 정도인가?

수선거리는 소리가 끊이지 않는 주민들의 기대와 열의는 아직 모습을 드러내지 않은 세계수의 화신과 무녀 공주에게 쏟아지고 있다.

엔테는 어쨌든 간에 류류시 등 역대 무녀 공주들은 분명 중압감을 느꼈을 테지.

전날과 달리 축제 당일에는 무녀 공주가 개최 선언을 마치기 전까지 상거래 등은 이루어지지 않기에 주민들은 오직 경애하는 세계수와 무녀 공주들의 등장을 기다리고 있다.

이윽고 세계수의 줄기 중간쯤에 설치되어 있는 테라스로 호위 전사들과 각 종족의 족장들에게 둘러싸여서 류류시와 디아드라가 나타났다.

시각은 태양이 온전하게 형태를 이루어서 하늘에 떠오른 뒤 조금 지났던 무렵인가.

류류시와 디아드라는 어제의 의상 위에다가 엷은 녹색의 날개옷을 몇 벌 더 겹쳐 입었고, 귀와 손가락에는 고농도의 정력석이나 마정석을 새겨 넣은 장식품으로 차려입고 있다.

무녀 공주가 등장하는 순간, 엔테의 숲 주민들은 기침 소리 한 번도 나지 않는 정적으로 맞이했다.

그게 전부가 아니다. 숲속 나무들의 술렁거림도, 벌레와 새와 짐승들의 울음소리도, 모든 소리가 고요해지며 엔테의 숲에서 소리가 사라졌다.

바람마저도 불어 들지를 않고 제자리에 멈춰 서면서 세계수와 무녀 공주가 곧 거행할 의식의 시작을 가만히 기다리고 있었다.

갑작스럽게 찾아든 정적에 놀라 세리나는 두리번두리번 주위를 둘러봤다만, 곧장 손으로 입을 막아 놀라는 목소리를 참은 것은 현명했다.

그런 세리나가 우스웠는지 피오와 마르는 미소를 짓고 세리나에게 눈짓한다.

설령 자그만 목소리라도 말을 하지 않는 까닭은 역시 이 한때의 정적이 몹시 중요하기 때문이겠다. 피오는 입술만 움직여서 「조금만 조용하면 될 거야」라고 나와 세리나에게 알려줬다.

완전한 정적 속 세계가 아주 길게 이어지지는 않았다. 머지않아서 전임 호위인 라탄타와 손을 잡은 채 류류시가 앞에 나서서 대대로 무녀 공주가 계승해왔던 지팡이를 들어 올렸다.

그나저나 이렇게 보면 류류시와 라탄타는 연인 사이가 분명 맞는 듯싶은데 특별히 숨기려는 것 같지는 않다.

엔테가 무녀 공주의 연애를 금지하지는 않기 때문인가.

으레 신을 섬기는 신관이나 무녀는 신께 정조를 바쳐야 하기에 연애 및 혼인은 금지당하는 것이 일반적이다만, 이곳에서는 다른 습관을 가지고 있는 듯싶다.

이윽고 사랑스럽다는 듯이 라탄타의 손을 놓은 류류시가 우아하다고 표현할 수밖에 없는 동작으로 자신을 올려다보는 주민들에게 머리 숙였다.

류류시가 머리를 숙인 이후에 드디어 디아드라가 앞에 나서서 옆쪽에 함께 선 다음 걸음을 멈췄다.

의상도 역할도 똑같은 반면 재미있을 만큼 대조적인 두 사람의 외모는 서로의 아름다움을 서로가 더욱 돋보여주기에 두 사람의 자태가 한 가지 미의 결정이었다.

나란히 선 이후 무녀 공주들은 선언도 축복의 말도 축제의 시작을 알리는 데 필요로 하지 않았다.

류류시가 얼굴을 들고 지팡이를 두 손으로 고쳐 잡더니 머리 위로 높이 치켜들자 거기에 맞춰 디아드라도 역시 두 손을 좌우로 벌려서 명상을 시작한다.

두 사람이 기도하는 동작에 호응하여 세계수에서 방출되는 마나의 양이 늘어나고, 류류시 및 디아드라와 마주 바라보는 위치에 엔테가 등장했다.

소리를 내지 않은 채 숨을 멈추고 세계수의 의사가 구현되었다고 말할 수 있을 엔테를 목격한 주민들에게서 경외와 환희의 감정이 차오르는 것이 느껴졌다.

어제 대화를 나눈 우리가 보기에는 경외의 감정보다는 친근함이 먼저 와닿았던 데다가 엔테 본인도 넌지시 숭경받기보다는 대화를 나눌 수 있는 거리에서 함께 웃는 것이 더욱더 기쁠 테지만.

서로를 마주 바라보는 엔테와 류류시, 디아드라가 영혼의 영역에서 동조를 더해 나감에 따라 엔테가 천지에 흘러내리는 기맥과 더욱 깊숙이 결합한다. 그리고 방대한 양의 기, 생명, 혹은 마나를 빨아들여서 자신의 몸 내부에 순환시켰다가 세계로 쏟아 보냈다.

우리의 눈앞, 지면 깊숙이 뚫린 큰 구멍 바깥으로 뻗어 오르고 있는 세계수가 거대한 줄기 및 무수히 달린 나뭇가지에서 녹색과 황색, 백색 등 빛을 두른 입자를 서서히 숫자를 늘려 가면서 주위

로 방출하기 시작했다.

잔잔했던 바람이 다시금 불어 들고, 숲속에서 정적에 몸을 맡기고 있던 벌레도 새도 짐승도 모든 존재가 다시금 생명의 숨결을 받아 세계수에서 방출되는 마나를 뒤집어쓰고 본인의 목숨으로 바꿔 나간다.

이 단계에 들어서자 입을 다물고 있던 주민들도 더는 흥분과 환희를 숨기지 않고 두 손을 들어서 힘껏 환성을 내질렀다. 엔테의 이름을 연호하는 자가 있는가 하면 류류시와 디아드라의 이름을 높이 부르는 자도 있었다.

피오와 마르, 엔테의 숲에서 살아가는 두 사람도 예외에 속하지는 못했다. 세계수의 은혜를 전신으로 받아 쐬면서 덩실거리며 춤추고 웃음을 짓고 있었다.

엔테 위그드라실이 가져다주는 방대한 마나는 이 행성의 구석구석까지 널리 퍼져서 이미 존재하고 있는 생명과 추후 탄생하게 될 생명을 축복하고 풍요롭게 길러 내리라.

세계를 가득히 채워 나가는 따스한 마나의 빛 속에서 나는 광채를 줄곧 발하고 있는 세계수를 조용히 지켜봤다.

그 후 우리는 풍요가 가득한 디프 그린의 시가지를 놀러 다니면서 제한된 시간을 즐겁게 보냈다.

축제 기간 중 류류시와 엔테는 서로에게 동조하고 있기 때문에 시가지를 이리저리 다닐 순 없었지만, 보좌 비슷한 무녀 공주인 디아드라의 역할은 이미 대부분이 끝났던 덕에 자유 시간을 받았다.

류류시도 테라스에서 오직 동조만 계속해야 하는 것은 아니고, 이후에는 종종 휴식을 취하는 한편 신탁의 관에서 기도를 올린다고 들었다.

축제에 참가할 수 없다는 것이 무녀 공주라는 직위의 유감스러운 점이라며 학원장이 농담조로 말했더랬지.

우리는 아지람 씨의 댁에서 신세를 지며 더욱 떠들썩해지는 디프 그린을 돌아다녔다만, 그동안 우리에게만 소소한 이상 사태가 발생했었다.

염화를 써서 엔테가 적극적으로 말을 건네 왔다는 사연 때문이다.

특별히 무슨 피해가 있는 것은 아니다만, 피오와 디아드라는 자꾸 긴장하는 처지가 되고 말았다.

엔테에게 축제는 딱히 긴장하지 않아도 되는 행사인지라 그보다는 말로 전해 들었던 드래곤의 환생인 나와 대화를 나누고 싶어서 견딜 수가 없다는 분위기였다.

너무 천진난만하게 부탁하기에 축제에 지장을 주지 않는 범위라는 조건을 붙여 허락했더니 정말로 쉴 틈이 없이 말을 걸어왔다.

내 정체를 폭로한 건도 그렇고 엔테는 나쁜 아이는 아니지만, 순진함과 푼수 같은 면모 때문에 뜻밖의 행동을 벌이는 아이 같았다.

아무튼 간에, 우리는 이렇듯 나머지 디프 그린의 체류 기간을 보낸 뒤 수많은 수확을 얻어서 베른 마을로 귀환했다.

이번 디프 그린 방문으로 내 정체가 뜻하지 않게 폭로되었다만, 드래곤의 입장에서 대우를 받은 까닭에 나도 조금 생각했던 바가 있었다.

또한 대마계에서 카라비스와 손잡고 거하게 날뛴 덕분에 내가 다시 이 세상에 부활했다는 소식을 널리 알려질 것이다.

그런 결과로 드디어 귀찮은 전신 알데스에게 나의 전생을 들켜 버리게 될 테지. 뭐, 언젠가 시간이 지나면 알려졌을 테니까 벌써부터 걱정한들 소용없겠다.

알데스가 아직껏 귓가에 남아 있는 너털웃음과 함께 찾아올 날을 각오하도록 하자.

다만 내 머릿속에 스친 것은 알데스 하나뿐은 아니었다.

인간인 나, 즉 드란은 마법 학원의 여름휴가로 본가에 귀성했다. 그러나 고신룡인 나, 즉 드래곤은 본가로 귀성하지 않았다.

전생한 이후 쭉 형제라고 말할 수 있는 다른 시원의 일곱 용이나 용계에 거주하는 동포들에게 얼굴을 비춘 적이 없었다는 말이다.

16년은 용종이 보았을 때 눈 깜짝할 정도의 시간이라지만, 조금 과하게 매정한 처신이 아니었는가 디프 그린 방문을 계기로 나는 이제야 생각이 미쳤다.

슬슬 용계에 얼굴을 비출 때가 되었나.

대마계에서 거하게 날뛴 소식이 벌써 전해졌을 가능성도 있는 만큼 얼굴을 비추지 않고 넘어갈 수는 없는 노릇이겠다.

바하무트 및 리바이어던 같은 녀석은 환영해줄 것 같지만, 알렉산더는 아주 끈질기게 달라붙지 않으려나.

카라비스와는 또 다른 의미에서 귀찮은 것이 우리의 막내 여동생 알렉산더이다.

흐음, 이제부터 나는 「귀찮은 녀석」을 둘이나 더 상대해야 하는 처지인 건가.

그나저나 알데스는 어쨌든 간에 알렉산더의 경우는 지상 세계에 간섭 어쩌고를 전혀 개의치 않는다는 말이지. 이쪽에서 어서 얼굴을 보여주러 가지 않았다가는 문답 무용으로 베른 마을에 들이닥칠 수 있는 녀석이다.

바하무트가 말려줄 것 같기는 한데, 그 녀석에게 괜히 고생거리를 떠넘긴다면 내 마음이 괴롭다.

시원의 일곱 용 사이에 상하 관계는 존재하지 않으나 진룡 및 용신들을 아우르는 역할은 바하무트와 리바이어던에게 전적으로 맡겨버렸었다.

전생한 이후가지 그 녀석들에게 다대한 심려를 떠넘길 순 없겠지.

흠, 역시 베른 마을로 돌아가면 한 차례 용계에 가서 나의 동포들에게 얼굴을 보여줘야겠구나.

잘 가거라 용생, 어서 와라 인생 8

1판 1쇄 발행 2020년 4월 10일
1판 2쇄 발행 2021년 4월 15일

지은이_ Hiroaki Nagasima
일러스트_ Kisuke Ichimaru
옮긴이_ 김성래

발행인_ 신현호
편집부장_ 윤영천
편집진행_ 김기준 · 김승신 · 원현선 · 권세라 · 유재슬
편집디자인_ 양우연
관리 · 영업_ 김민원 · 조인희

펴낸곳_ (주)디앤씨미디어
등록_ 2002년 4월 25일 제20-260호
주소_ 서울시 구로구 디지털로 26길 111 JnK디지털타워 503호
전화_ 02-333-2513(대표)
팩시밀리_ 02-333-2514
이메일_ lnovelpiya@naver.com
ㄴ노벨 공식 카페_ http://cafe.naver.com/lnovel11

ISBN 979-11-278-5497-3 04830
ISBN 979-11-278-4192-8 (세트)

값 9,000원

*잘못된 책은 구매처에 문의하십시오.

©Hiro Ainana, shri 2019／KADOKAWA CORPORATION

데스마치에서 시작되는 이세계 광상곡 1~17권, EX

아이나나 히로 지음 | shri 일러스트 | 박경용 옮김

한창 데스마치를 치르던 프로그래머 스즈키 이치로(29),
「사토」란 닉네임을 쓰는 그가 잠시 잠들었다 깨어나 보니
듣도 보도 못한 이세계에 방치되어 있었다!
혼란에 빠질 틈도 없이 눈앞에는 처음 보는 괴물의 대군이 다가오고,
하늘에서는 유성우가 쏟아진다.
정신을 차리고 보니, 최강 레벨의 힘과 막대한 부를 손에 넣었는데……?!
이렇게 사토의「유유자적, 가끔 시리어스, 그리고 하렘」인
이세계 모험담이 시작된다!!

**최강 레벨과 막대한 재보를 가지고
시작되는 유유자적 이세계 관광!!**

변변찮은 마술강사와 금기교전 1~15권

히츠지 타로 지음 | 미시마 쿠로네 일러스트 | 최승원 옮김

알자노 제국 마술 학원의 계약직 강사인 글렌 레이더스는 수업 중
자습 → 취침 상습범.
그러다 웬일로 교단에 서나 싶으면 칠판에 교과서를 못으로 고정해놓는 등,
그야말로 학생들도 기가 막혀 하는 변변찮은 강사다.
결국 그런 글렌에게 진심으로 화가 난 학생,
「교사 킬러」로 악명이 자자한 시스티나 피벨이 결투를 신청하지만—
이 해프닝은 글렌이 허무하게 패배하는 안타까운 결말로 막을 내린다.
하지만 학원에 닥친 미증유의 테러 사건에 학생들이 휘말리자,
"내 학생에게 손대지 마!"
비로소 글렌의 본성이 발휘된다!

TV애니메이션 방영 화제작!!

라이트노벨의 새로운 빛! L노벨의 신간은 매월 10일에 발매됩니다. http://cafe.naver.com/lnovel11

© 2011 Wataru WATARI / SHOGAKUKAN
Illustrated by PONKAN®

역시 내 청춘 러브코메디는 잘못됐다. 1~14/6.5/7.5/10.5권

와타리 와타루 지음 | 퐁칸⑧ 일러스트

역시 내 청춘 러브코메디는 틀려먹었다.
고독에 굴하지 않고, 친구도 없이, 애인도 없이.
청춘을 구가하는 동급생들을 보면
「저놈들은 거짓말쟁이다. 기만이다. 뒈져버려라」라고 중얼거리고,
장래희망을 물으면 「일하지 않는 것」이라고 천연덕스럽게 대꾸하는—
삐뚤어진 고교생 하치만이 생활 지도 교사에게 붙들려간 곳은
교내 제일의 미소녀 유키노가 소속된 「봉사부」.
별 볼일 없던 내가 뜻밖에도 이런 미소녀를 만나게 되다니……
이건 아무리 봐도 러브코메디의 시작!? —인 줄만 알았는데
유키노와 하치만의 유감스러운 성격이 그러한 전개를 용납하지 않는다!
그로 인해 펼쳐지는 문제투성이의 청춘 군상극.

내 청춘이 어쩌다 이 꼴이 됐지!?

오랫동안 기다린 화제의 신간!

© 2015 Yomi HIRASAKA / SHOGAKUKAN
Illustrated by KANTOKU

여동생만 있으면 돼. 1~13권

히라사카 요미 지음 | 칸토쿠 일러스트 | 이신 옮김

여동생 바보인 소설가 하시마 이츠키의 주변에는
언제나 개성 넘치는 녀석들이 모여든다.
사랑도 재능도 헤비급이지만 아쉬운 미소녀의 최정상인 카니 나유타.
사랑에 고민하고 우정에 고민하고 미래도 고민하는 청춘 3관왕 시라카와 미야코.
귀축 세금 세이버 오노 애슐리. 천재 일러스트레이터 푸리케츠—.
각자 방황과 고민을 안고 있으면서도 게임을 하거나 여행을 가거나
일을 하며 떠들썩한 하루하루를 보내는 이츠키와 주변 사람들.
그런 그들을 따뜻하게 지켜보는
완벽 초인 남동생 치히로에겐 커다란 비밀이 있는데—.

『나는 친구가 적다』의 히라사카 요미가 펼치는
청춘 러브 코미디의 도달점, 드디어 개막!!
TV 애니메이션 방영 화제작!!!